Un escaparate navideño

Tessa Bailey vive en Brooklyn, Nueva York, con su esposo y su hija. Cuando no está escribiendo o leyendo novelas románticas, le gusta participar en un buen debate y preparar sabrosas recetas. En Titania ha publicado *Sucedió un verano*, *Morder el anzuelo* y *Unas vacaciones de muerte*, así como la serie **Las reformas del Amor**, *La fan nº 1* y las novelas centradas en el mundo del vino *Tu admiradora secreta* y *Tu enemiga secreta*.

Código BIC: FRD | Código BISAC: FIC027020
Diseño de cubierta: Monika Roe

Un escaparate navideño

TESSA BAILEY

Traducción de Lidia González Torres

📚 **books4pocket**

Argentina • Chile • Colombia • España
Estados Unidos • México • Perú • Uruguay

Título original: *Window Shopping*
Editor original: Tessa Bailey
Traducción: Lidia González Torres

1.ª edición en **books4pocket** Octubre 2025

1
Stella

Por lo general, evito la Quinta Avenida. Pero hoy no. No sabría explicar por qué me he desviado de mi ruta y me he metido en la ajetreada calle de tiendas de lujo.

Si creyera en la magia, diría que en el aire flotaba una magia navideña que me ha impulsado hacia el este y me ha llevado a través del paraíso de las compras en una ráfaga de viento invernal. O diría que los elfos de Santa Claus me han empujado y conducido a este lugar en el que estoy ahora, justo delante del enorme escaparate de Vivant. No obstante, la magia es para los ingenuos y los niños, así que no puede ser eso. Tal vez estaba preparada para mirar de nuevo.

Un peatón intenta adelantar a otro que camina muy despacio delante de él, pero no lo consigue y choca conmigo, un obstáculo vestido de negro y sin ningún tipo de espíritu navideño, así que me golpea a toda velocidad con el hombro.

Me muerdo la lengua para reprimir la palabra «MICROPENE» que quiere salir de mi boca como un dardo hacia una diana. ¿Qué me diría la doctora Skinner? No intercambies monedas emocionales con desconocidos. Nunca recibirás un reembolso. Puede que Skinner huela a granola mohosa, pero da buenos consejos de vez en cuando. Siguiendo este, precisamente, logré salir antes del correccional de Bedford Hills por buena conducta.

Si ahora mismo estuviera en una de mis muchas sesiones de terapia obligatorias, mi expsiquiatra me diría que evitara esta situación que tiene todas las papeletas para irritarme.

Molesta al descubrir que la terapia realmente funciona, me aparto del tráfico peatonal y me sitúo a pocos centímetros del escaparate.

Al mirarlo, se me arruga la nariz por voluntad propia, y no es por la combinación del olor a nueces tostadas calientes y a agua hirviendo para perritos calientes que envuelve la manzana. Sino porque no consigo entender qué pretendía la persona que se ha encargado de la decoración del escaparate.

Al otro lado del cristal, alguien ha recreado una cadena de montaje. Los pingüinos llevan un pequeño mono rojo adornado con pelitos blancos y están montando juguetes mientras descienden por la cinta de plástico en movimiento. Como los pingüinos son mecánicos, solo hacen un giro torpe y luego vuelven a su posición original con la expresión congelada en una especie de regocijo maniático. Es una escena sacada de la pesadilla de algún niño. Solo podría ser peor si hubiera pingüinos mutilados por la maquinaria, y un cartel en la escena del crimen con esta frase: HAN PASADO CERO DÍAS DESDE EL ÚLTIMO ACCIDENTE.

Frunzo los labios, y el cristal a prueba de manchas me devuelve mi reflejo.

—Vaya —dice una voz a mi izquierda—. Verás, pensaba seguir andando y no meterme donde no me llaman, pero has sonreído. Y ahora tengo que saber en qué estás pensando.

—Eso no ha sido una sonrisa —espeto de forma automática, indignada ante el hecho de que alguien piense que me ha sorprendido a mí (*¿a mí?*) haciendo algo que no sea juzgar con hostilidad. Poco probable. Sin embargo, las palabras mueren en mi boca cuando miro a mi acusador.

«Por los pingüinos de Santa Claus».

Hay pocas cosas que me dejen sin palabras, pero este enorme hombre, con una pajarita de bastones de caramelos y una sonrisa radiante, hace que me pregunte si estoy alucinando. Desde luego, a él no le podrían dar un golpe en el hombro ni aunque quisieran. No llegarían tan alto. Por no mencionar que ha cambiado el flujo del tráfico peatonal por completo. Cuando se da cuenta de que es un obstáculo, uno altísimo y de pecho muy ancho, el hombre *da un saltito* y se aparta de en medio con un «Lo siento, señora» y un «Disculpe, señor».

En la mano lleva un vaso de papel azul y blanco con café, y sus dedos largos y gruesos rodean todo el diámetro. El viento agita su pelo marrón oscuro y ligeramente ondulado. Diría que tiene unos treinta y dos años, más o menos. Un halo de éxito trabajado, del que se tarda mucho en adquirir, lo rodea. Su traje está impecable. Azul marino, con un pañuelo de bolsillo blanco e inmaculado.

Pero lo más destacable de él son las arrugas que se le forman al sonreír. Le rodean la boca y se abren en abanico desde las esquinas de los ojos. Son profundas y están desgastadas, como unos vaqueros que se han lavado setecientas veces.

No para de sonreír.

Lo odio.

—Si no ha sido una sonrisa, ¿qué ha sido entonces? —No sé cómo, pero le da un sorbo al café sin atenuar la potencia de su sonrisa—. ¿Un tic nervioso o algo así? Mi tío Hank tiene uno. Por culpa de ese tic solía derramar cerveza por toda la alfombra de la tía Edna. Un día se enfadó tanto que le golpeó la cabeza con un colador y el maldito tic desapareció. —Hace un gesto con el vaso—. Como si hubiera apagado el interruptor de la luz. Después de eso, se limitó a derramar cerveza por tradición. —Hace una pausa—. La tía Edna acabó casándose con otro.

Vale. ¿Estoy *alucinando*?

Escaneo las inmediaciones en busca de pingüinos mutilados o de algún otro indicio que me diga que me he vuelto loca. Todo normal. Todo lo normal que puede ser Nueva York, lo que significa que hay tres personas peleándose por un taxi, los acordes de un saxofón emanan misteriosamente del éter y una peluca rosa y brillante yace olvidada en una alcantarilla. Nada que se considere anormal. Si no estoy alucinando, ¿por qué se ha parado para contarme una historia sobre sus parientes? No soy precisamente alguien «accesible». De hecho, hablo perfectamente el idioma de «Vete a la mierda». Con suerte, puede que él también lo entienda. O, al menos, que sepa interpretar mi lenguaje corporal.

Mirándolo directamente a los ojos, me pongo los Air-Pods de imitación en las orejas y vuelvo a observar el potencial escenario del crimen entre pingüinos.

Ya está. Hecho.

Pero no miro a los pingüinos. No puedo evitar quedarme maravillada ante mi reflejo y el del hombre, uno al lado del otro. Medirá 1,95 fácilmente, es robusto y lleva un traje de diez mil dólares. Yo mido treinta centímetros menos, llevo una chaqueta acolchada negra, unas medias gruesas a juego y unas botas de segunda (o tercera) mano cuya suela se está desprendiendo rápidamente del resto del zapato. Mi bandolera fucsia rota es el único toque de color que llevo, y eso es porque era la más barata que encontré en la tienda de segunda mano. Llevo el pelo negro y grueso cortado justo por debajo de los hombros de manera poco profesional, y que oculta un rostro pálido en cuya expresión se lee «No molestar».

Somos polos totalmente opuestos. «Menos mal».

¿Por qué sigue ahí, sonriendo contra el café como si nada le importara lo más mínimo? Ni siquiera se ha inmutado por mi grosería. ¿Se ha desvanecido mi talento para ignorar a la gente mientras estaba en la cárcel? Perder mi superpoder sería la guinda del pastel de mierda de los últimos años.

Pasa otro minuto entero y sigue ahí, a medio metro, mirando el escaparate al igual que yo. Inclinando la cabeza hacia la derecha ante los pingüinos. Podría irme. Seguir mi camino hacia el centro hasta llegar al apartamento de alquiler controlado que está situado en el barrio de Chelsea y que le tengo subarrendado a mi tío mientras vive en Queens con su nueva novia. No hay nada que me retenga delante de esta monstruosidad artística. Sin embargo, no parece que mis pies vayan a moverse. ¿Y por qué deberían hacerlo? Yo llegué aquí primero.

Me quito el auricular izquierdo.

—¿Puedo ayudarte en algo?

—¿A mí? —En su mejilla aparece un hoyuelo—. Solo estaba esperando a que se terminara la canción que estás escuchando.

No estoy escuchando nada, pero, obviamente, no voy a decírselo.

—¿Por qué? —pregunto, y me quito el otro auricular con brusquedad y vuelvo a meter ambos en el bolsillo de la chaqueta—. ¿Vas a contarme otra historia sin sentido?

—Dios. —Tiene los ojos verdes. Y brillan de una manera que me recuerda a una guirnalda de luces—. Tengo *miles* de historias sin sentido que contarte.

Mi sonrisa está adornada de falsa amabilidad.

—Con una he tenido más que suficiente.

—De acuerdo —contesta, y se termina lo que le queda de café de un trago—. Pero después de lo de la cerveza, mi tía Edna se fugó con un payaso torero que se llamaba Tonto. Supongo que nunca sabrás lo que pasó.

—Qué pena.

—Sí que lo fue. Dejémoslo en que el toro lo envistió *a él* por los cuernos, en vez de al revés. —Un escalofrío le recorre el cuerpo entero—. Lo único que le dejó a Edna fue un kit de pintura facial medio usado y algunos zapatos

14

enormes. Un año más tarde se reconcilió con el tío Hank. Ahora van de mercadillo en mercadillo los domingos por la mañana.

Estoy bastante segura de que la mandíbula me llega hasta las rodillas.

—¿Esto es alguna especie de fetiche? En vez de desnudarte delante de la gente, ¿vas por ahí abordándola con historias estrambóticas?

—Bueno, en diciembre hace demasiado frío como para desnudarse en la calle. Mis opciones son limitadas.

Me sonríe. No la suaviza en absoluto. Es todo arruguitas y ojos cálidos.

Lamentablemente, es guapísimo. Incluso atractivo.

Y entonces ocurre lo más inquietante. Algo que no podría haber predicho en cien millones de años. El giro de ciento ochenta grados que da mi estómago debe de ser una señal del apocalipsis. El fin de los días se acerca. Nunca ha dado un giro y menos de ciento ochenta grados por nada que no sean los macarrones con queso de Kraft. Es imposible que esté reaccionando a este hombre. Reaccionando con *atracción*.

—Bueno, me voy a ir —digo con un tono de voz un poco apagado.

Por primera vez desde que ha aparecido, su sonrisa desaparece. Durante solo un momento, un atisbo de pánico le atraviesa el verde de los ojos antes de agachar la cabeza. Mira el suelo durante un segundo, como si estuviera intentando reagruparse, y luego alza la cabeza para dedicarme otra sonrisa.

—En realidad, sí tenía un propósito para pararme, si no te importa seguirme la corriente un poco más. —Apunta hacia el escaparate con la barbilla—. Tengo curiosidad por saber qué piensas de esto.

—¿Te refieres al Chernóbil de los pingüinos?

Su risa retumba por toda la manzana y hace que los compradores y los mirones se detengan. El sonido que hace me recuerda a tomar chocolate caliente delante de una chimenea en la mansión de Bruce Wayne. Es rica, abundante y de calidad.

—Sí, supongo que me refiero a eso.

Alzo una ceja.

—¿Quieres saber lo que pienso *yo*?

Mi escepticismo hace que reflexione con la comisura de la boca hacia abajo.

—Sí. Así es.

—¿Trabajas en Vivant?

Encoge uno de esos hombros fornidos.

—Por decirlo de alguna manera.

Entrecierro los ojos y le echo otro vistazo. Está claro que tiene algún puesto directivo. Tal vez uno de los despachos superiores. Su carácter irritantemente jovial hace que piense que trabaja en relaciones públicas. A lo mejor toda esta conversación es la forma que tiene de poner a prueba una nueva iniciativa «para conocer a los consumidores». Hay una parte de mí que tiene muchas ganas de preguntarle, pero me niego a parecer interesada solo por ese giro cataclísmico que se ha producido antes en mi estómago.

—Vale, como quieras —digo entre dientes, rodeando la correa de la bandolera con las manos enguantadas, y pisando fuerte con los pies para entrar en calor al tiempo que vuelvo a girarme hacia el escaparate—. Creo que, en vez de atraer a los compradores a la tienda, lo más probable es que los aleje. Nadie quiere pensar que están construyendo sus regalos de Navidad en una cadena de montaje. Es demasiado impersonal. Es un recordatorio de que todos estamos atrapados en un patrón de consumismo y que no vamos a escapar nunca de él. El patrón seguirá dando vueltas y vueltas como esa cinta transportadora. La gente quiere elegir algo para sus seres queridos que crean que es especial. Único. No algo producido en cadena.

Genial, ahora estoy en racha. Algunos transeúntes hasta se han parado para escuchar mi discurso y, por lo general, eso me desestabilizaría, me haría callar, pero hubo un tiempo en el que soñaba con trabajar de escaparatista. Antes de que mi vida quedara en suspenso, estudié tres años de Comercio y Marketing de Moda en la universidad a distancia. Esperaba algún día diseñar escaparates. Es una de las pocas cosas que me han apasionado siempre. Por eso, normalmente, me resulta tan doloroso caminar por la Quinta Avenida, porque me recuerda lo mucho que la fastidié.

Los peatones siguen quietos a nuestro alrededor, esperando a oír lo que voy a decir. Y, a ver, no voy a volver a ver a ninguna de estas personas, sobre todo a Pajarita, así que, ¿por qué no dar mi opinión? Hace tiempo que no me la pide alguien que no sea la doctora Skinner, y ella solo hacía su trabajo.

—Eso me lleva a los pingüinos. —Cometo el error de lanzarle una mirada a Pajarita y casi pierdo el hilo. Es imposible que esté la mitad de interesado en mi opinión de lo que muestra. ¿No? Ni siquiera parece estar respirando—. Y… ya sabes. La esperanza de vida de un pingüino ronda los treinta años, así que, técnicamente, sería trabajo infantil. No queda bien.

Analiza el escaparate como si lo estuviera viendo por primera vez.

—Tienes razón. Es horrible. —Niega con la cabeza—. Uno de los pingüinos está a punto de perder una aleta.

Me sobresalto un poco al ver cómo imita mis pensamientos, pero lo disimulo aclarándome la garganta.

Y metiéndome el pelo detrás de la oreja una y otra vez. Sin necesidad.

—¿Eres artista? —inquiere—. ¿Has decorado escaparates antes?

Ojalá. Dios, ojalá. No llegué tan lejos.

—No, solo soy crítica.

Suelta una pequeña carcajada y sus ojos, de alguna manera, se muestran astutos, amables y cordiales al mismo tiempo. En ese momento, estoy completamente segura de que hay algo único en él. Un carácter distintivo. Capas. Y ojalá me hubiera ido cuando tuve la oportunidad. Me ha conducido hasta un lugar en el que tengo voz y no me siento invisible. No lo he visto venir. ¿Lo ha hecho a propósito? Si es así, ¿por qué se tomaría la molestia de hacerlo? ¿Qué ha notado en mí para detenerse? ¿Qué está pasando?

—¿Cómo decorarías el escaparate entonces?

Mierda.

«Mierda».

Estoy permitiendo que me saque de mi anónima soledad. Y es de muy mala educación y también muy presuntuoso por su parte hacerlo, pero ya estoy medio hundida en las arenas movedizas. Además, tengo que responder. Es demasiado tentador. Expresarlo en voz alta es lo más cerca que voy a estar jamás de cumplir mi sueño. Una chica con antecedentes penales no va a decorar un escaparate en Vivant jamás.

Entre sus cejas aparece una línea, como si me estuviera leyendo el pensamiento.

«Maleducado».

—Yo no les recordaría que han venido a la tienda a gastarse el dinero. Les recordaría que comprar regalos tiene que ver con… la sorpresa. La sorpresa no tiene precio. —Suelto un suspiro, y la condensación blanca se alza en el aire delante de mí—. Ese momento en el que un ser querido le quita la tapa a la caja y suelta un grito ahogado. Para eso estamos ahí. Hay todo un rincón de TikTok dedicado a ello.

Durante los últimos dos meses, desde que salí de Bedford Hills, he encontrado cierto consuelo en Internet viendo cómo la gente escucha canciones famosas por primera vez. O la primera vez que ven *Star Wars*, *Crepúsculo* o *Harry Potter*. Veo esos vídeos y me pregunto si seré capaz alguna vez de volver a expresar emociones así. *Pum*, ya está. Nada de vacilar. Sin rebajar los sentimientos ni preocuparme de que, si me emociono demasiado, la presa se rompa y todo salga a borbotones.

—Salimos para buscar algo mágico sin tener ni idea de lo que es. Si lo vemos, lo sabremos, pero casi nunca lo encontramos. Así que enséñaselo. Enséñales a los compradores el artículo que dejará sin habla a su amante, hermano o madre y hará que no solo se sientan queridos, sino que se emocionen como seres humanos. Las llaves de una motocicleta, el pintalabios *nude* perfecto, una coctelera de diseño para hacer todo tipo de bebidas. Si fuera mi escaparate, pondría… el vestido que una mujer no se compraría a sí misma, pero que desea tener en secreto. Y haría que ese vestido fuera un nuevo estilo de vida. Un nuevo comienzo. El resultado que desean está al otro lado del escaparate.

Asiente con la cabeza durante unos segundos mientras se muerde el interior de la mejilla.

Luego, se gira levemente para mirar el lateral del edificio, el cual ocupa la manzana entera.

—¿Y qué harías con los otros tres escaparates?

Lo miro perpleja, ya que no sé si me está desafiando por ser una experta de pacotilla o si de verdad siente curiosidad. Por algún motivo… presiento que es lo último. El sarcasmo no es lo suyo. Un momento. ¿Cómo es que me ha transmitido su personalidad en cinco minutos? ¿Diez? ¿Cuánto tiempo llevo aquí hablando con él?

—Debería irme…

—Deberías presentarte —dice al mismo tiempo, y se ríe ante nuestra colisión verbal—. Sé que Vivant está buscando un nuevo escaparatista.

—Oh. —Me atraganto con la palabra, incapaz de que no se me note el anhelo en la cara cuando vuelvo a mirar al escaparate, imaginándome a mí misma al otro lado con un presupuesto del tamaño de Vivant. Cuatro escaparates para decorar. Toda clase de materiales, telas y adornos al alcance de mi mano. Y eso es algo que nunca, *jamás* va a ocurrir. Mi currículum tiene un vacío laboral gigante entre los veintiuno y los veinticinco, en el que estaba cumpliendo condena en Westchester. Por un delito que *no* niego haber cometido. Ni siquiera puedo conseguir trabajo en una cafetería, así que ni de broma podría trabajar en estos lujosos grandes almacenes.

—No. No… no estoy interesada.

Pajarita me escruta con atención.

—¿Estás segura?

—¿Puedes repetirme por qué te importa?

Se mete la lengua contra la mejilla y me guiña un ojo; y *madre mía*, vuelve a ocurrir. Ese giro ingrávido debajo de la caja torácica. A lo mejor he contraído alguna clase de enfermedad. Hace mucho tiempo que no salgo con nadie ni tengo novio, pero me acuerdo de cuál es mi tipo. Él no lo es. Tiene un *pliegue* en los pantalones de vestir. Lleva pajarita y una sonrisa, y un mechón de pelo se le está enroscando en el centro de la frente. Las yemas de mis dedos no deberían estar frotándose, preguntándose qué textura tendrá ese mechón de pelo. O cómo reaccionaría si me lo enrollara despacio alrededor de los nudillos.

Me apresuro a bajar la mirada antes de que mi rostro delate lo que quiera que esté pasando en mi interior.

—Vale, creo que ya hemos terminado. —Tras rascarme la nuca, inquieta, lo rodeo y vuelvo a adentrarme en el flujo de gente que camina por la acera.

Justo antes de estar lo suficientemente lejos como para oírlo, dice en voz alta:

—En la página web hay un formulario. Echarle un vistazo no te haría ningún daño.

No paro de andar hasta que estoy dentro de mi apartamento. Camino hasta la esquina de la habitación, donde me quito las botas y luego la chaqueta, la cual enrollo y coloco encima de las botas. A continuación, los auriculares. Quitados de en medio. Ordenados. Un recuerdo de hace justo un mes me atrapa con la guardia baja: mis padres viendo cómo llevo a cabo este hábito desde el otro lado del comedor e intercambiando una mirada nerviosa el uno con el otro. Como si no estuvieran seguros de quién habían permitido que entrara en su casa.

Doy unos saltos con los pies descalzos para aclarar mi mente y me dirijo hacia el radiador para asegurarme de que sale calor. Durante el largo camino hasta el barrio de Chelsea, me dije a mí misma que el corazón me latía con fuerza porque iba a paso ligero, pero no ha parado todavía. El órgano sigue tamborileando de forma inestable cuando me siento en el borde de la cama. Poco a poco, mi mirada se desvía hacia el portátil antiguo que se dejó mi tío. Sacudo la cabeza, negándome a considerar la idea de rellenar una solicitud para un trabajo para el que no estoy cualificada. O, incluso dado el caso de que sea *levemente* apta para decorar escaparates, tres años de carrera de Comercio y Marketing de Moda se verán extremadamente eclipsados por cuatros años en la cárcel.

Mi pierna derecha se balancea arriba y abajo.

¿Por qué estoy tan inquieta?

Aguanto otros cinco minutos antes de ponerme de pie, maldiciendo la existencia de Pajarita, y empiezo a buscar el cargador del portátil por los cajones. ¿Qué es lo peor que puede pasar? ¿Completar la solicitud y que no me respondan nunca?

No, eso es lo que *va* a pasar. Soy una exconvicta.

Sin embargo, por alguna loca razón, la envío de todas formas.

Tampoco voy a obtener respuesta.

2

Aiden

Me siento en mi mesa y doy una palmada.

—Hoy va a ser un buen día.

Al otro lado del despacho, los dedos de mi asistente se detienen mientras escriben Dios sabe qué a trescientos kilómetros por hora.

—¿En qué te basas exactamente para tener esa teoría? —pregunta Leland por encima de sus gafas con montura de alambre—. Es lunes y está *nevando*.

—Ambas cosas son señal de borrón y cuenta nueva. Es como si hubiéramos comprado una libreta y esta vez fuéramos a escribir con letra bonita hasta el final. No solo la primera página.

A través de la ventana que abarca del suelo al techo, Leland contempla los copos grandes y macizos que caen del cielo sobre la Quinta Avenida.

—El ambiente extrainvernal es un recordatorio de que no he comprado nada y de que solo quedan doce días para Navidad. No me va a dar tiempo.

—Siempre te da tiempo —le aseguro.

Agarra un bolígrafo y usa la frente para pulsarlo y abrirlo. Cerrarlo. Abrirlo.

—Seguro que tú ya lo has comprado todo, lo has envuelto y has escrito minuciosamente en las tarjetas que llevan.

—Todo el mundo sabe que no hay que envolver los regalos hasta el veintitrés de diciembre.

—Yo no. —Curioso, deja de pulsar el bolígrafo y alza una ceja pelirroja y cautelosa—. ¿Por qué hay que esperar?

Me doy cuenta de que se me ha olvidado quitarme el abrigo, por lo que me pongo de pie y me dirijo al perchero que hay junto a la puerta, donde lo cuelgo del gancho más alto para que el bajo no roce con el suelo. La nieve cae del cuello y se derrite en la alfombra gris, dejando a su paso pequeñas manchas de humedad.

—Digamos que le has comprado a tu tía una bufanda verde. La compraste asumiendo que no tenía una. Pero tienes que dejar un margen por si acaso aparece con una tres días antes de Navidad. O si de repente dice: «Odio las bufandas verdes. Espero que nadie me compre una».

Leland farfulla.

—¿Qué probabilidades hay de que ocurra eso?

Alzo las manos.

—Si quieres envolver los regalos antes del veintitrés y poner en riesgo la cinta adhesiva, allá tú. Reza porque mi teoría no se cumpla.

Despacio, mi asistente vuelve a su ordenador, murmurando para sí mismo:

—Tú eres el que ha preguntado. Sabías de sobra que no había que preguntar.

Me río por lo bajo y pulso una tecla para encender mi ordenador. Leland tiene veintinueve años (tres menos que yo), pero tiene el carácter de un anciano cascarrabias y el pesimismo de Ígor. Esa es una de las razones por las que lo contraté hace cinco años. Dios, alguien tiene que equilibrarme. También lleva salsa casera de melocotón y pimientos habaneros a las fiestas de la empresa y esa es una cualidad que no hay que subestimar.

Las alertas de mi calendario aparecen en la pantalla, lo que me provoca un pellizco extraño en el pecho.

El mismo pellizco que sentí el viernes durante aquella conversación improvisada fuera de la tienda. Qué... extraño. Pasándome los nudillos por la zona, escondo la alerta del calendario que dice «Entrevistas al mediodía con solicitantes a escaparatista» y abro la carpeta de Drive que comparto con Leland. Dentro hay dieciséis solicitudes. ¿Estará entre ellas?

—Antes de que preguntes, todas las personas solicitantes han sido aprobadas —dice Leland sin alzar la mirada del ordenador—. Con el fin de ahorrar tiempo, lo he reducido a las que tienen potencial. He excluido las que lo tenían todo en mayúscula o usaban la palabra «prosperar» en la carta de presentación. Esa palabra es *literalmente* agotadora. Mi elección personal es Vivian Blake, antigua escaparatista de Bergdorf. Fue la responsable de elaborar la pasarela de elfos de 2019. Icónico.

Leland tiene razón. Aquel escaparate dejó boquiabierta a la gente.

¿Los pequeños ayudantes de Santa Claus con corsés y pelucas? Suele quedarse grabado en la memoria de uno.

Sin duda, nunca tengo pesadillas en las que uno de ellos atraviesa el cristal y me persigue por la avenida con un picahielos a modo de tacón en la mano.

—¿Alguien más que haya destacado?

Ni siquiera estoy seguro de por qué pregunto. No hay nada que pueda decir Leland que me afirme que una de esas solicitudes sea de ella. Como un idiota, no le pregunté cómo se llamaba. No conseguí ni un solo ápice de información sobre ella, salvo por el hecho de que es un poco distante y muy guapa. También es perspicaz en cuanto a decorar escaparates, y eso es lo que importa. Por eso la animé a que completara la solicitud.

No porque quiera verla otra vez.

Ignorando el nudo que se me ha formado en la parte baja de la garganta, voy haciendo *clic* en las solicitudes, seguro de que de alguna manera voy a saber cuál es la suya. Simplemente lo sabré. Va a haber alguna característica que la defina. Experiencia laboral en una cafetería/sala de juegos innovadora o una estancia universitaria en el extranjero en algún sitio como Brujas o Berlín.

Negativo. Todas las solicitudes son demasiado sencillas. Impresionantes de una manera que estoy acostumbrado a ver como director general de Vivant. Algunos de los aspirantes están incluso sobrecalificados. Sin embargo, ninguno es ella. Simplemente… lo sabría.

Me reclino en la silla, llamándome ridículo de nueve formas distintas por entrar en pánico. Es una chica que he visto y con la que he hablado una vez y ni siquiera le caí bien. Perdí la cuenta de las veces que puso los ojos en blanco bajo ese flequillo grueso y negro o intentó poner fin a la conversación antes de tiempo.

Sin embargo, antes de detenerme para hablar con ella, vi esa media sonrisa reflejada en el escaparate y fui incapaz de parar de intentar que volviera a esbozarla. Hacer que sus labios se alzaran de nuevo.

Su media sonrisa era preciosa. Me detuvo en seco.

Y, al final, ni siquiera le pregunté cómo se llamaba.

Ahora he de confiar en la remota posibilidad de que haya solicitado el puesto de escaparatista en Vivant. Es un riesgo mayor que envolver los regalos antes del veintitrés de diciembre. Por lo que sé, tiene un trabajo. O solo está visitando Nueva York. Me tomé unos cuantos búrbones a lo largo del fin de semana pensando en todas las posibilidades. Lo que, una vez más, es ridículo. La he visto una vez.

Aun así, su rostro sigue en mi cabeza, claro como el agua.

Lo recuerdo con más detalles que la habitación de mi infancia en Tennessee.

Los ojos azules, grandes y en forma de nuez maquillados de color negro. La suave inclinación de sus cejas, el profundo pliegue entre su nariz y su labio superior. Ese conjunto de pecas que le recorrían la parte inferior derecha de la mandíbula. Las vibraciones de «lárgate» que desprendía en oleadas.

Y la certeza que me infundía de que… en realidad no quería que me fuera. Que se sentía un poco sola y nostálgica y solo necesitaba a alguien que estuviera un rato a su lado.

He estado ahí. Sé reconocer las señales en otra persona.

No obstante, ver dichas señales no suele hacer que mi estómago se intercambie con mis pulmones. Ni me impulsan a faltar a una reunión para intentar ayudar. Intentar entenderla.

—A ver, ha habido un par que han resaltado en el departamento de los horrores. Como la primera ronda de un concurso de *American Idol*, ¿sabes? —Hace una pausa para dramatizar—. Incluso había una chica con antecedentes *penales* en toda regla.

Me atraviesa una sacudida que me endereza la columna.

¿Antecedentes?

No.

Pero se me ha erizado el vello de los brazos, y eso suele una señal de que el universo está a punto de enviarme un reto. Por lo general me emociono cuando esa electricidad me recorre la piel, como un cerebrito antes de un examen sorpresa, pero si esa solicitud está conectada a la Chica Lárgate, ¿qué puedo hacer?

—¿Cómo se llama?

Leland se reclina un poco, sus dedos todavía volando sobre el teclado inalámbrico.

—Pues no me acuerdo. ¿Por qué lo preguntas?

Ya estoy acercando la silla al escritorio, con la mano sobre el ratón. No es la primera vez que me siento optimista ante la posibilidad de volver a verla (los pensamientos buenos equivalen a cosas buenas), pero esta vez tengo una pista real.

—¿Qué has hecho con las solicitudes que no pasaron el corte?

Mi asistente no responde al instante y, cuando lo miro, tiene una pequeña mueca en el rostro.

—Bueno… están en una subcarpeta llamada «Desechos absolutos».

Suelto un silbido bajo.

—Es un misterio cómo alguien tan frío puede elaborar una salsa tan picante.

—Es el zumo de pimiento habanero y…

—No quiero saberlo, hombre, solo quiero comérmela.

Leland se remueve en la silla, como si todavía se sintiera culpable por haberle puesto un nombre tan duro a la carpeta. Si bien es cierto que me gustaría aliviar esa culpa, descubro que soy un poco protector con la chica de ojos azules a la que ni siquiera le caigo bien y cuya información podría estar en dicha carpeta, así que, por desgracia, Leland tendrá que cocinar un hechizo a fuego lento.

—Voy a llevar mi salsa a la fiesta de Navidad de la semana que viene —se anima a decir—. Un táper enorme.

—Eso espero. Es un requisito de tu puesto de trabajo. —Le dedico una sonrisa rápida para indicarle que estoy de broma (en mayor parte), pero esta se desvanece cuando localizo la carpeta y la abro. Porque veo el nombre de Stella Schmidt y, por alguna razón, sé que es ella.

Se llama Stella.

Antes de ir más lejos, me recuerdo a mí mismo algo muy importante. No voy a copiar su número de teléfono y usarlo sin más. Eso sería peor que encontrarse a una araña de patas largas, y ya hice que hablara conmigo más de lo que quería fuera de la tienda.

Ahora que me he asegurado de que llevaré a cabo la situación de forma ética, llega el Dilema Principal. Si, en efecto, Stella Schmidt es la candidata de los antecedentes penales, no puedo contratarla. Ni tampoco llamarla para una entrevista, ¿verdad?

Puede que sea el director general de Vivant, pero respondo ante una junta directiva de buitres y uno de ellos es mi padre. Y otro es mi abuela. Y ni siquiera están de buen humor un viernes antes de un fin de semana de tres días.

Si no consigo que Stella venga para hacerle una entrevista, no volveré a verla nunca más.

Pero no puedo decirle que venga *solo* para pedirle una cita.

Eso haría que pasase de ser una araña murgaño a una tarántula llena de pelos.

—Parece que tiene un conflicto, señor Cook.

Leland nunca me llama por otro nombre que no sea Aiden.

—Puedes dejar las formalidades. No voy a darte un sermón por lo del nombre de la carpeta.

—Menos mal. —Suelta una carcajada y se relaja, mandando la silla contra el archivador con un traqueteo—. Me estaban viniendo recuerdos de mi entrevista de trabajo y de ti diciendo que lo único que no tolerarías nunca es la crueldad. Y no debería haber etiquetado la carpeta de esa manera. Nadie es un desecho. Todo el mundo tiene altibajos. Nada más. Todos nos encontramos en diferentes fases de nuestras vidas...

Leland sigue divagando, pero mis pensamientos lo acallan.

«Todo el mundo tiene altibajos».

No le falta la razón.

Dios sabe que yo los tengo.

Cuando asumí el puesto de director general de Vivant hace cinco años, me prometí a mí mismo que sería justo con respecto a todo, me costase lo que me costase. Antes de llegar, se tomaban decisiones basándose solamente en el resultado final, y no soy tan idealista como para creer que en el mundo de los negocios los márgenes de beneficio no son importantes. Pero tiene que haber un equilibrio. *Todo* se trata de equilibrio. Por ejemplo, el pesimismo de Leland equilibra mi optimismo y mantiene nuestro despacho en un punto intermedio.

Si Stella es la de los antecedentes penales y *no* la entrevisto basándome únicamente en eso, no estoy siguiendo mi intuición, la cual me está diciendo que se merece tener una oportunidad para obtener el puesto. La estoy descartando por la junta de directores y sus estándares infundidos.

No los míos.

Por último, y puede que, por puro egoísmo, quiera volver a verla, y solo hay una manera de hacerlo correctamente: darle una oportunidad real de conseguir el trabajo. Entrevistarla con la misma mente con la que entrevisto al resto. Haber estado en la cárcel no debería impedirle tener una oportunidad si ha cumplido su condena, ¿verdad?

Ya me preocuparé en otro momento del hecho de que no tengo permitido tener una relación romántica con alguien del trabajo sin rellenar unos documentos con Recursos Humanos.

Finalmente, me permito seguir leyendo.

Stella Schmidt. Teniendo en cuenta su fecha de nacimiento, tiene veinticinco años. Caramba, qué joven. Soy una presidencia y media mayor que ella, pero vale. Sigamos. Tres años de cursos *online* en comercialización de moda y *marketing* de productos. Vale. Es algo, está claro, a pesar de que no se graduó.

Me detengo cuando llego a la casilla en la que se pregunta si ha sido condenada por un delito grave.

La respuesta es sí.

Debajo de «Más información» solo pone «correccional de Bedford Hill desde 2017 hasta 2021».

Ninguna aclaración más. Y casi puedo ver su expresión con los labios apretados de forma obstinada.

Me paso los dedos por el pelo. Dios, *acaba* de salir. ¿Qué demonios puede haber hecho para pasarse cuatro años entre rejas? La chica apenas me llegaba al hombro. No es que la altura tenga algo que ver con cometer delitos. A no ser que sea una de esas espías que tiene que atravesar una serie complicada de rayos verdes que protegen un diamante gigante. Ser de estatura pequeña puede que sea una ventaja en una situación así.

Sigo leyendo.

No ha puesto ni una sola referencia.

«Colabora un poco, Stella».

Basándome solo en la solicitud, es una auténtica exageración llamarla para hacerle una entrevista, pero si no lo hago, estaría mucho tiempo sin quitármelo de cabeza. «Equilibrio. Encuentra el equilibrio».

Si Stella consigue una segunda oportunidad, el resto también.

—Vale, Leland, esto es lo que vamos a hacer. Llama a *todos* los de la pila del «no» y conciértales una entrevista también.

La mandíbula se le descuelga hasta las rodillas.

—¿Cómo? ¿Incluso a los músicos?

—Incluso a ellos.

Es mucho más tarde cuando empiezo a arrepentirme de esa decisión.

Son más de las cinco. Todos, incluido Leland, han finalizado su jornada y se han ido a casa. Yo voy por la entrevista número treinta y uno y no he almorzado, por lo que los gruñidos de mi estómago están ahogando las respuestas de la mujer que tengo sentada delante. Kimberly. Es una de las candidatas sobrecalificadas. Graduada en la Universidad de Nueva York. La mejor de su promoción. Vestida de forma impecable, con un brazalete de oro alrededor de su bíceps marrón oscuro. Responde a todo correctamente, pero no siento la misma patada en el estómago cuando discutimos los conceptos para el escaparate. Tampoco me pasa con el siguiente aspirante: Jonathan, de Minnesota, que solo está en la ciudad dos semanas con su banda de *death metal* y que pensaba que a lo mejor podrían actuar en uno de los escaparates, en plan «algo conceptual o así». Ni con Lonnie, un exconcursante de *Project Runway* que fue expulsado en una de las primeras rondas e insistió en que viera su momento culminante.

Ninguno de ellos ha hecho que *vea* lo que estaban describiendo. Sobre todo, Jonathan de Minnesota.

Y eso es un problema.

Porque Lonnie es la última persona con la que me reúno, además de Stella, y esta no está por ninguna parte. La fila de sillas que hay fuera del despacho está vacía por primera vez desde que empecé con las entrevistas al mediodía, y estoy empezando a perder la esperanza de que vaya a aparecer.

Termino la entrevista con Lonnie y le digo que, sea lo que sea, nos pondremos en contacto. Me quedo sentado, tamborileando la madera de pino sólida de mi mesa con los dedos. Con nerviosismo, saco su solicitud y busco mensajes ocultos, de los cuales, como es obvio, no hay ninguno. Sería ético llamarla y preguntarle si va a venir, pero no es algo que haría por el resto de los candidatos, así que obligo a mi mano a que se mantenga lejos del teléfono.

Con un suspiro lo bastante fuerte como para despertar a los muertos, me aparto de la mesa y me pongo de pie. Tardo unas diez veces más de lo habitual en guardarlo todo en mi maletín de cuero, por si acaso se está retrasando. Dejo caer el móvil y me agacho para recogerlo, y es entonces cuando veo un destello en el hueco que hay entre la mesa y el suelo.

¿Estoy loco o algo se acaba de mover fuera de mi despacho?

Rápidamente, me estiro hasta alcanzar mi altura completa, pero no hay nadie en la puerta.

—¿Stella? —digo, agradecido de que Leland no esté aquí para hacer una broma sobre *Un tranvía llamado Deseo*, porque, sin duda, es la clase de persona que lo haría.

Como no obtengo ninguna respuesta, rodeo la mesa y salgo a la planta principal vacía justo cuando oigo cómo se abre y se cierra la puerta de las escaleras. ¿Quién va a bajar desde la décima planta por las escaleras cuando hay un ascensor que funciona perfectamente?

El universo vuelve a mandarme otro de esos cosquilleos en la piel de «aquí viene un reto», y empiezo a correr hacia el sitio por el que la persona (o el posible fantasma) acaba de desaparecer. Abro la puerta que da a las escaleras de un tirón, veo si escucho pasos y, abajo, oigo un patrón rápido.

—Stella —repito, y mi voz hace eco contra el hormigón.

Los pasos se detienen de forma abrupta. Pasan muchos segundos.

—He cambiado de opinión —contesta al fin—. En cuanto a lo de hacer la entrevista.

Madre mía. Se me había olvidado lo mucho que me gusta su voz. Desprende un tono dulce y suave y lo más probable es que ella lo odie con toda su alma.

—Estás en tu derecho de cambiar de opinión —digo, sopesando mis opciones. No quiero que se vaya. Pero no puedo correr hacia ella en unas escaleras que parecen sacadas de una película de M. Night Shyamalan—. Guau. Mi despacho parece el Polo Norte. Está iluminado como si le fuera la vida en ello. Ni te enterarías de que estamos justo encima de un portal al infierno.

Oigo un suspiro que suena sospechosamente a risa, pero no me hago ilusiones.

Mierda. Demasiado tarde. Ya me las he hecho.

—Podrías haber mencionado que eras el director general cuando nos conocimos —comenta con un destello mordaz en la voz.

—Si lo hubiera hecho, habrías sido más diplomática y menos gratamente sincera.

—Una forma muy bonita de decir criticona. —Suelta un resoplido bajo—. No, habría sido exactamente igual.

—Tienes razón. Habrías sido igual —le afirmo a la chica a la que ni siquiera veo—. ¿Podemos ir a algún sitio menos desmoralizador a hablar? Tengo cortezas de menta con tu nombre en el despacho.

Gruñe.

—Prácticamente *oigo* la pajarita en tu voz.

—El tema de hoy es la señora Claus. Esa mujer no se lleva el reconocimiento suficiente por proteger el fuerte. —Sé que es arriesgado, pero empiezo a descender las escaleras, despacio, como un asesino en serie—. Igual podríamos hacer una lluvia de ideas sobre un escaparate dedicado al alma gemela de Santa Claus. ¿Qué me dices?

—Digo que no puedes estar hablado en serio sobre lo de entrevistarme. *Contratarme.* —Hay un sonido como de pies arrastrándose, como esas botas negras que tiene sobre el rellano de hormigón. Dios, se ha puesto las botas de combate para una entrevista de trabajo. Es imposible no sonreír ante eso—. Escucha. ¿Esto es... alguna especie de *casting* de sofá para escaparatistas? Como sea así, pienso darte un rodillazo en las piedras preciosas lo más fuerte que pueda, aunque tenga que subirme a un taburete para hacerlo.

—Y me merecería ese trayecto en ambulancia. —Bajo otros cinco escalones y veo cómo su sombra se mueve en el hueco de la escalera que hay debajo de mí—. No es eso.

—Entonces, ¿qué es? No pareces de esos que le hacen una broma tan elaborada a alguien, aunque, por otro lado, llevo un tiempo fuera. —Pasa un segundo—. Lo cual ya sabes. Obviamente.

La oleada de nerviosismo en su tono de voz hace que trague saliva.

—Sí. —Doblo al final de las escaleras y la veo, apoyada contra la pared de ladrillos del descansillo, seis escalones por debajo de mí. Y no cabe duda de que es la fuente del tirón en el pecho que llevo experimentando los últimos días. Soy como un detector de metales pitando por una moneda de un dólar.

Aquí está. La X marca el lugar.

Puede que lleve puestas las mismas botas, pero su ropa es distinta. El vestido es ajustado, negro, de mangas largas, hecho del tejido de los jerséis. Unas medias gruesas y grises le cubren las piernas. Unas piernas que no debería estar mirando en unas escaleras oscuras, pero parece que no puedo evitarlo. Es un vestido más bien corto y las medias se le ciñen a las piernas de una forma que un cura sería incapaz de ignorar, por no mencionar un hombre que lleva sin tener relaciones sexuales desde… bueno, mejor no pongamos una fecha. Antes de la pandemia, por lo menos. No tengo por qué recordarme que llevo sin tener algo íntimo con alguien *desde* bastante *antes* de eso. O que me he tomado un descanso de salir con mujeres porque parece ser que piensan que mi personalidad es desconcertante.

Demasiado inusual. Demasiado *amable*.

Y hablando de la gente que piensa que solo soy una sonrisa y una prenda al cuello (aunque esta vez noto que se lo está cuestionando, se está preguntando si no estará equivocada), Stella lleva una carpeta en la mano. La cual se esconde detrás de la espalda enseguida.

«Vale, bien. Allá vamos».

Me siento en el escalón de arriba, dejando que ella se quede abajo, y sus hombros se relajan levemente.

—¿Sabías que mi abuelo le puso el nombre de Vivant a la tienda porque quería impresionar a una mujer francesa llamada Camille? Ni siquiera funcionó. Y aquí estamos cincuenta años después. Cargando con eso.

—Tu familia es la dueña de la tienda —sentencia despacio, dejando claro que no tenía ni idea—. Guau. Supongo que fue un error leer por encima el apartado de «Sobre nosotros» de la página web.

Le resto importancia con la mano.

—Casi todo son tonterías aburridas sobre la tradición y la calidad.

Inclina la cabeza hacia la derecha.

—Pareces alguien que valoraría la tradición.

—Lo hago. Es solo que… mi familia no siempre la ha valorado. Al menos no de la manera en la que se representa en sus escaparates. —Me llevo los dedos a la pajarita para ajustármela de forma apresurada, y la nuca se me frunce como la lana en el agua. No pretendía decir eso en voz alta. Se supone que tengo que hacer que se sienta lo suficientemente cómoda como para hacer la entrevista, no lamentarme de los inconvenientes que supone ser un Cook. Sobre todo, cuando está claro que lo ha tenido mucho más complicado que yo—. Solo te cuento lo del legendario rechazo de Camille y lo de ponerle el nombre de Vivant como una forma de decir que… han pasado locuras más grandes que el hecho de que entreviste a alguien con ideas geniales y con experiencia en comercialización de moda. Aunque estemos llevando a cabo dicha entrevista en el salón de Lucifer.

Me escudriña mientras reflexiona sobre ello.

—Me estás mirando de una forma que me recuerda a esos láseres que escanean las huellas dactilares en una película de espías. ¿Sabes a lo que me refiero? —En mi mente se reproducen escenas de la película que vi anoche y me doy una palmada en el muslo—. Me encanta una buena película de espías. Creo que *Enemigo público* es mi favorita. Tiene riesgos, intriga y espionaje. ¿Y encima me ponen a Will Smith y a Gene Hackman? Dios, la alquilaría dos veces.

Stella mira a su alrededor como si acabaran de teletransportarla a la luna.

—Puede que este sea el momento más raro de mi vida, y eso que me he pasado los últimos cuatro años intercambiando pan de maíz por pasta de dientes y artículos de aseo personal.

El corazón se me sube a la boca.

No me gusta pensar en ella entre rejas.

No obstante, lo más probable es que a ella le guste mucho menos, así que me obligo a imaginármelo, lo que debió de haber sido su día a día, y no puedo evitar fruncir el ceño.

El silencio se alarga.

Ladea la cabeza.

—¿No vas a preguntarme qué hice para que me condenaran?

¿Tengo curiosidad? Muchísima. Como futuro empleador, *debería* preguntar. Aunque, puede que, por egoísmo, no quiera resultarle predecible. Y no quiero que me cuente algo incómodo cuando ya estamos en terreno frágil.

—No, no voy a preguntarte. Simplemente cruzaré los dedos y tendré la esperanza de que no fueras una ladrona de pajaritas. Mi colección está valorada en cuarenta dólares, algunos dirían que cincuenta.

Se le forma una carcajada en la garganta, pero la contiene y busca, de manera perceptible, algo que decir.

—Vale, no preguntes. Pero deberías saber… que me merecí estar ahí por lo que hice. Mucho más que algunos otros prisioneros. Mi delito fue grave. A algunos presos les pusieron una condena más dura por hacer algo bastante más leve. Robar para alimentar a sus familias. O ser atrapados con marihuana. Y siguen ahí dentro mientras que yo ya estoy aquí fuera. Tuvieron más consideración conmigo gracias al privilegio cuando lo más probable es que me mereciera más mi condena. —Se saca la carpeta de detrás de la espalda y la retuerce en sus manos—. ¿Y ahora vas a pasar por alto mis antecedentes? Es darme una consideración especial más que no me merezco. No sé si puedo… Creo que no debería dejarte que lo hagas.

—Te estás adelantando. Ni siquiera hemos hecho la entrevista todavía. —Me cuesta decir esas palabras, porque sueno como un imbécil integral, pero está a punto de marcharse. Lo noto. Necesita que sea más duro con ella de lo que ahora mismo me gustaría ser, ya que mi amabilidad está haciendo que se sienta culpable. No voy a señalar lo que eso dice sobre su personalidad, por mucho que quiera. Así pues, en vez de eso, estiro la mano para que me dé la carpeta—. ¿Por qué no empiezas enseñándome lo que has traído?

Su instinto de luchar o salir huyendo se ha puesto en marcha.

Cambia el peso de un pie a otro con esas botas, como una corredora que está esperando a que suene el pistoletazo.

El pulso me va a mil por hora, pero intento que no se note. Intento que no se note lo mucho que quiero quedarme en estas escaleras con ella y seguir hablando.

Finalmente, pone los ojos en blanco, sube unos pocos escalones y me tiende la carpeta antes de volver a bajar y reanudar su postura defensiva. Sin embargo, esta vez hay un destello de determinación y esperanza en su expresión, menos mal.

Dejo escapar el aire que estaba conteniendo y, al abrir la carpeta, me encuentro una copia de su currículum, el cual contiene la misma información que el formulario de solicitud *online*. Debajo hay una serie de bocetos. Son lo bastante buenos como para hacer que me siente erguido, y por defecto mi columna ya está tan vertical como el marcador de millas de una autopista.

—Háblame de este.

Alzo un boceto de un escaparate con un vestido rojo en el centro rodeado de vegetación. Enredaderas con grandes toques de blanco. Mariposas recortadas que cuelgan del techo. En la parte inferior del escaparate están las palabras «Ofréceles un nuevo comienzo».

Stella tiene los ojos cerrados, pero respira hondo y empieza a hablar.

—Dar y recibir. Ese es el tema que he elegido. El año que viene será un año de renovación, un nuevo comienzo tras dos años de confinamientos y mascarillas. Estamos mirando más allá de la melancolía de la Navidad y del frío. El mensaje es el siguiente: «Ayuda a tu ser querido a volver a sentirse cómodo y seguro». —Señala con la cabeza la obra de arte que sostengo—. Mucha gente no se compraría un vestido rojo brillante como ese, pero si otra persona lo hiciera, sería un soplo de aire fresco. De repente se preguntan: ¿soy la clase de persona que lleva un vestido rojo? La respuesta es que todos lo *somos*, solo necesitamos ayuda para creérnoslo. El voto de confianza de un ser querido llega muy lejos. Puede llevar a descubrir más de tu propia confianza.

»En cuanto al «recibir» de «dar y recibir», los estudios demuestran que los consumidores, especialmente las mujeres, hacen muchas compras para sí mismos cuando están comprando regalos navideños. Acaban de recibir la paga extra del trabajo. O utilizan el estrés navideño como excusa para derrochar. Así que ¿por qué no aprovechar esa oportunidad para atraerlos a la tienda y hacer que quieran volver en Año Nuevo?

Me hace un gesto con el dedo y, durante unos segundos, estoy confundido, ya que su voz y la forma en la que se ha… animado me han absorbido por completo. Apenas soy capaz de apartar la mirada lo suficiente como para sostener el siguiente boceto, que es un surtido de zapatos de los colores del arcoíris dispuestos en una forma geométrica, atrayendo la mirada desde la parte delantera del escaparate hasta la parte trasera.

Incitante. Llamativo.

—Ahí es donde entra el «recibir». *Recibe* un nuevo comienzo. Compra los zapatos. Ponte lencería para ti misma. —Hace una pausa para humedecerse los labios—. Vivant siempre ha sido lujoso. Mi opinión es que… o te inclinas por esa imagen o no. Vuestro escaparate es accesible y eso está bien, pero no coincide con lo que hay en la tienda. Van a entrar esperando los precios de Macy's y se van a encontrar pañuelos de Hermès de quinientos dólares. Tener una marca es tan importante como vender productos, por lo que el primer paso es tener una visión clara antes de que empecemos a ejecutar. —Sacude un poco la cabeza—. No me refiero a «nosotros» como si fuera una conclusión inevitable.

Me gusta que hable en plural. Mucho.

Probablemente demasiado.

Mi instinto ha sido darle el puesto desde el segundo que empezó a hablar. No solo estoy de acuerdo con todo lo que dice y que sus diseños están bien hechos y son dinámicos, sino que *quiero* creer en ella. Aquí es donde tengo que contenerme. Soy optimista hasta decir basta. Me enseñaron a buscar lo mejor de las personas y (negándome a tener en cuenta la atracción que siento por ella) veo muchas cosas buenas en la persona que está al pie de la escalera, aguantando la respiración a la espera de mi respuesta. Quiere el puesto más que cualquiera de los que he entrevistado arriba.

Necesita demostrar su valía... demostrársela a sí misma, ¿no? Y yo quiero ayudarla a hacerlo. Si este fuera un mundo perfecto diseñado por mí, le diría: «¡El puesto es tuyo!», y veríamos un montaje musical de ella trabajando con diligencia y con el pelo recogido con un lápiz mientras intentamos no mirarnos a los ojos en la sala de descanso. Pero este no es un mundo perfecto. Necesita una oportunidad, pero también es *reacia* a recibirla. Tengo que hacerlo de una manera determinada.

—¿Qué te parece pasar un periodo de prueba? —Me aclaro la garganta para intentar que mi voz suene más oficial—. Por lo general, nuestros escaparates de Navidad se quedan durante todo el mes de diciembre hasta enero, pero a la junta directiva tampoco le hizo gracia la decoración de los pingüinos. De hecho, puede que se pronunciara la palabra «vomitivo». Quieren algo nuevo para la semana de antes de Navidad, que es cuando se hacen la mayoría de las compras. Básicamente, vamos a reinventar la rueda en un tiempo muy limitado. Puedo darte cuatro días para completar un escaparate, y a partir de ahí ya veremos. Podrías empezar mañana y tener hasta el viernes.

Durante un buen rato, el único sonido que hay es el de su respiración.

El ascenso y descenso rápido de su pecho.

Se mete el pelo detrás de la oreja con un movimiento apresurado y baja la mirada al suelo. Pero no antes de que capte el brillo de las lágrimas, y me da un vuelco el corazón. Tengo que hacer acopio de la fuerza de un superhéroe para mantenerme sentado en lo alto de las escaleras cuando lo que quiero es bajar los seis escalones de una zancada y abrazarla, sin importar lo inapropiado que sería eso.

—Stella…

—Gracias. —Asciende los escalones con rapidez y me estrecha la mano—. Puedes… quedártela. —Ya está bajando las escaleras corriendo—. Hasta mañana, señor Cook.

—Es Aiden —digo a sus espaldas.

Hay una breve vacilación antes de que la puerta del vestíbulo se cierre de golpe.

Finalmente, tomo la enorme bocanada de aire que no he podido tomar con la presencia de Stella provocando que se me agarrotaran los pulmones. Me enderezo la pajarita y asciendo las escaleras silbando, deseando que llegue mañana más de lo que lo he deseado en mucho tiempo.

3
Stella

Esto sobrepasa bastante el síndrome de la impostora.

Estoy delante del escaparate delantero de Vivant, y los transeúntes se me quedan mirando como si fuera la atracción de un zoo. Siguiendo el correo electrónico que recibí anoche por parte de Aiden, me he puesto en contacto con la señora Bunting de Recursos Humanos, he rellenado unos papeles y me he hecho una foto para mi identificación de empleada, la cual es inquietantemente parecida a una foto policial. Con mi nueva y reluciente acreditación alrededor del cuello, uno de los administradores de Recursos Humanos me hizo una visita guiada, y no cabe duda de que sabe lo de mis antecedentes penales, lo que dio lugar a un montón de miradas curiosas que intenté ignorar.

Esta es una oportunidad enorme.

No puedo evitar sentir que no me lo merezco, pero a partir de ahora voy a hacer todo lo posible para cambiar eso. Voy a decorar el mejor escaparate del maldito mundo. Primero, voy a intentar no vomitar de los nervios. Segundo, voy a hacer uso del conocimiento que logré retener gracias a tres años de clases *online* y a combinar-lo con la información nueva que gané anoche mientras devoraba estrategias de diseño y de *marketing* en Internet. Ha habido muchos cambios en la técnica desde que estudié el arte de exhibir productos, pero las bases son las mismas.

Paso uno: tapar el escaparate para tener algo de privacidad.

Tardo veinte minutos en pegar el papel opaco con ayuda de un taburete. Cuando llegué después de la visita guiada con Recursos Humanos, mis bocetos me estaban esperando en el estrecho hueco del escaparate, y el aroma de Aiden flotaba en el aire. Menta picante. Hasta huele alegre. Es casi fascinante.

Claro. Estoy echándole la culpa a la *fascinación* de tener las rodillas débiles que tuve ayer por él. Me imagino lo que diría mi mejor amiga Nicole si se enterara de la atracción que siento por Aiden, el polo opuesto de los chicos rebeldes cuyos nombres solía garabatear en los márgenes de mis libretas de clase.

Las cavilaciones incontrolables sobre mi mejor amiga me golpean en la barbilla y me obligan a detenerme en el proceso de ordenar los trozos de papel desechados. De repente está ahí, con su sonrisa rápida y de labios apretados y su tez italiana bronceada. Nicole sigue en la cárcel y lo seguirá estando durante un tiempo. Desde el juicio, nuestra única comunicación ha sido a través de cartas escritas a mano, y han sido escasas y poco frecuentes. Crecimos juntas, lo compartíamos todo, por lo que la falta total de comunicación no ha sido fácil. Sin embargo, tuve que poner un límite. Así lo llamó la doctora Skinner. No culpo a Nicole por todo lo que pasó. Dios, no. A fin de cuentas, las decisiones que tomé son las que me metieron en problemas. Pero no puedo fingir que no me empujaron de la cuerda floja y me dejaron sin una red de seguridad.

Sacudo la cabeza para librarme de las telarañas del pasado, salgo del hueco del escaparate y atravieso un pequeño almacén. Y entro en la planta principal de Vivant.

Enseguida me topo con los aromas a cardamomo y a vainilla, los cuales me invitan a avanzar bajo la promesa del lujo navideño. Pentatonix canta sobre los doce días de Navidad a un volumen ideal. No tan alto como para resultar desagradable, pero tampoco tan bajo como para que se oigan los cotilleos. Una moldura de techo grande, impresionante y original atrae la mirada hacia el techo, y luego suaviza el impacto con un papel pintado de estilo art decó debidamente desgastado en crema y menta, contrarrestado por unas guirnaldas grandes y hermosas compuestas de pino, acebo, cinta roja, luces que parpadean y piñas.

Es temprano, por lo que todavía no hay clientes en la tienda, pero la cabeza de cada uno de los empleados se gira en mi dirección cuando cruzo el tapizado grueso y color malva que se discurre entre dos vitrinas transparentes con joyas. Con un jersey de calaveras y huesos cruzados, el flequillo en medio de los ojos y una rasgadura gigante en la rodilla de los leotardos de lana, no soy lo que se esperaban.

Empiezan a sudarme las palmas ante la necesidad de explicarme. O de comenzar con una disculpa.

«Hola. Lo siento, soy Stella».

Pero luego pienso en los diseños que me he pasado creando cada minuto del fin de semana. Mi tema son los nuevos comienzos. ¿Y si este es el mío? ¿Y si esto está ocurriendo de verdad y milagrosamente me han contratado como escaparatista en Vivant? ¿Acaso no quiero empezar con buen pie, de una forma de la que no me avergüence después?

Sí. Quiero.

Llego hasta el centro de la planta, donde hay varias empleadas de la planta principal reunidas y manteniendo una conversación entre murmullos que, en cierto modo, se mezcla a la perfección con la cautivadora banda sonora *a capella*.

—Hola. Lo siento, soy Stella.

«Mierda».

El grupo, impecable con sus trajes pantalón negros y sus chapas identificadoras doradas y relucientes, parece girarse hacia mí a cámara lenta. Me miran de arriba abajo. Algunas alzan las cejas. Y, entonces, la más elegante da un paso hacia delante con una sonrisa premeditada y extiende la mano.

—Lo siento, soy Jordyn. Soy la encargada de la planta principal. —Me guiña un ojo color marrón—. Bienvenida a Vivant.

—Gracias. —Respiro hondo al tiempo que le estrecho la mano, y las náuseas disminuyen ligeramente—. Sé que estamos a punto de abrir y que estás ocupada, pero me preguntaba si... —Hago un gesto hacia el espacio alfombrado en el que nos encontramos—. Puede que suene raro, pero me preguntaba si estarías dispuesta a exponer un vestido aquí a partir del sábado. Voy a incluir un vestido concreto en el escaparate y, cuando la gente entre, quiero que lo vean al momento junto con alguna... indicación de dónde pueden encontrarlo en la tienda.

El grupo de mujeres que hay detrás de Jordyn junta las cabezas y empieza a susurrar.

Intento mantener el mentón firme.

—Nunca hemos hecho eso —dice Jordyn despacio, pero no de forma despectiva. Todavía—. Vamos a caminar. —Asiento y la sigo hacia la sección de perfumería, donde el aroma a vainilla y a cardamomo es más intenso—. Sigue hablando.

—Gracias. —Intento elegir las palabras con cuidado, buscando una manera delicada de expresar lo que me he pasado todo el fin de semana leyendo en las reseñas de Yelp sobre Vivant—. Jordyn, ¿hay muchas personas que entran y salen al momento?

Hay un tic en su mejilla suave y bronceada.

—Más de lo que me gustaría admitir.

—Vale. Creo que gran parte de eso puede ser culpa de que los escaparates resulten confusos. Con suerte, podemos cambiarlo. —Ni siquiera tengo que recurrir a las clases de comercialización de moda, las tengo profundamente grabadas en el cerebro. Llevo cuatro años elaborando escaparates mentalmente sin una sola herramienta en la mano. Aunque estoy nerviosa, pronunciar estas palabras en voz alta es como desabrocharse los vaqueros después de una comida copiosa. Por fin puedo respirar, pero también me falta el aire—. Si somos capaces de atraer a la gente a la tienda con lo que diseñe, tenemos que dejar un rastro de migas para que puedan encontrar lo que en un principio los trajo aquí. Por eso preguntaba lo de exhibir el vestido.

Parece curiosa, pero un poco ofendida.

—¿Qué pasa con esta planta? ¿No atrae?

—Sí atrae. Si consigo sacar adelante el primer escaparate y a Aid… al señor Cook le gusta lo que hago, tengo una idea para atraer también a la gente a este espacio.

Alza una ceja cuando casi llamo Aiden a nuestro jefe. ¿Significa eso que no le pide a mucha gente que lo llamen por su nombre? Mi estómago no debería estar haciendo un salto mortal ante eso. Tampoco debería estar mirando por encima del hombro de Jordyn hacia los ascensores y preguntándome si lo veré hoy. Es un *idiota*. Seguro que dice expresiones como «guay del Paraguay» y «recórcholis». ¿Por qué mi primer pensamiento al despertarme fue: «¿Cómo besará ese hombre?»

Porque puede que sea un completo idiota, pero es… impredecible.

Nunca sé lo que va a decir. Pero siempre encuentra una forma de empujarme… al centro. En vez de *sacarme* de él. Ya sea contándome una historia para sacarme de una espiral de ansiedad o sentándose a propósito a tres metros de mí para que no me sienta incómoda, esos movimientos atentos hacen que sueñe despierta con mi jefe cuando no puede salir nada bueno (o malo) de ello.

No puede salir *nada* de mi diminuto atisbo de curiosidad, por lo que he de apagar esa chispa de interés enseguida.

De todas formas, aunque no fuera todo lo contrario a mí, leí el manual de empleados esta mañana y los integrantes de la directiva tienen «estrictamente prohibido fraternizar con los empleados y empleadas», así que ya está. Fin de la historia.

Bien. Cualquier otra cosa sería *ridícula*. Solo llevo un mes fuera de Bedford Hills. Mucho de ese tiempo lo he pasado acostumbrándome a volver a estar en público. Pidiéndole café a un barista, hablando de cosas sin importancia con mis vecinos, ir al supermercado. Cosas super básicas. Una relación romántica de cualquier clase, sobre todo con alguien tan ampliamente distinto a mí, parece menos probable que ser abducida por un hombrecito verde con pistolas paralizadoras.

Jordyn abre la boca para responder a mi petición, pero la cierra de golpe y entrecierra los ojos cuando ve algo por encima de mi hombro. Me doy cuenta del sonido de unas ruedas rodando.

—Buenos días, señorita Jordyn.

—Otra vez el imbécil este —suspira, lo que hace que alce las cejas. No me lo esperaba viniendo de la encargada perfectamente peinada de la planta. Se cruza de brazos, se inclina hacia un lado y clava en quienquiera que se esté acercando la mirada que una madre le dirige a su hijo por dejar rastros de barro por el salón—. Seamus. ¿Qué te he dicho sobre lo de arrastrar tu contenedor por mi departamento?

Me giro despacio y veo que se está dirigiendo a un chico joven, de mi edad más o menos. Un conserje, a juzgar por su mono gris y el hecho de que está arrastrando un contenedor grande lleno de bolsas de basura blancas. Tiene la cabeza afeitada, pero sumado a su tez blanca y llena de pecas, es fácil saber que es pelirrojo. No oculta su abierta admiración hacia la encargada, su expresión es anhelante.

—Disculpe, señorita Jordyn —canturrea, y una fuerte dosis del acento de Brooklyn marca sus palabras—. Ya sabe que no puedo dejar pasar la oportunidad de ver su hermoso rostro.

Me quedo mirando, paralizada, mientras el marrón de sus mejillas se vuelve más intenso.

—Estás a punto de verme el dorso de la mano, Seamus, eso es lo que sé.

Su risa a modo de respuesta es despreocupada, como si no acabara de amenazarlo con darle una bofetada.

—¿Ya se ha tomado el café, mi reina? Estoy haciendo un recorrido. Crema, sin azúcar, ¿verdad?

—Por última vez, no hace falta que me compres café…

—Lo dejaré en el microondas de la sala de descanso. —Se detiene en su trayecto hacia la puerta lateral para soltar un suspiro sonoro, le lanza una última y larga mirada a Jordyn y niega con la cabeza—. Es solo que… *joder*.

—¡Fuera! —le ordena, señalando en dirección a la calle.

Con una última carcajada, se va, y la puerta se cierra a sus espaldas sin hacer ruido. Mordiéndome el labio inferior para contener una sonrisa, espero a que deje de bramar en voz baja.

—Eso ha sido interesante.

—Ese chico está mal de la cabeza. Coquetear con una mujer que le saca diez años. —Mira al sitio en el que estaba—. Vive con sus padres, por el amor de todo lo sagrado. Si hubiera ahorrado todo el dinero que se ha gastado en comprarme café, ya se habría comprado un palacio. —Se alisa el lateral de su moño francés—. Tampoco he hecho nada para animarlo. —Pasan un par de segundos—. A ver, hubo aquella *única vez…*

—Vaya, aquella única vez —repito, y se me olvida ocultar la sonrisa—. La trama está ganando grosor.

—La trama no fue lo único que ganó grosor —murmura, tirándose del cuello de la americana. Se agita levemente como para ahuyentar los pensamientos—. Puedes exhibir el vestido en la planta, pero te tomo la palabra en lo que respecta a incluirnos en el segundo escaparate.

—Primero el señor Cook tendrá que contratarme de manera oficial.

—Vale, bien. —Inclina la cabeza—. Pues será mejor que te pongas a trabajar, chica nueva.

Respiro hondo, me dejo caer de espaldas sobre mi trasero y echo un vistazo al almacén en el que he pasado gran parte del día. Mi actividad más reciente ha sido pintar un tablero de corcho enorme de color verde oscuro y rociarlo con purpurina. Luego decidí que era hortera y pinté encima de la purpurina. Lo sequé con un abanico.

¿Cuánto tiempo llevo así? ¿Qué hora es?

Después de hablar con Jordyn, fui a la sección de moda de mujer y hablé con la encargada, con la que consulté qué vestido rojo poner en el escaparate. Una vez tomada la decisión, hizo un pedido para tener más existencias de ese vestido de cara a las clientas que se sientan atraídas por la silueta en forma de «A», el escote pronunciado y las mangas con volantes (accesible, pero atrevido).

Luego, me dirigí a la tienda de material artístico y utilicé la tarjeta de débito de la empresa que me habían asignado para comprar el material para la primera fase de mi diseño: el fondo. Voy a compensar el rojo intenso con profundos tonos verdes joya. Mi plan para mañana es buscar enredaderas de seda para graparlas a los tableros de corcho y unas peonías blancas falsas para resaltar. Casi parece un sueño estar aplicando mi visión a materiales de la vida real, pero no tengo tiempo para saborear lo surrealista que es todo.

Todavía no.

Los músculos de mis pies protestan cuando me levanto para apoyar los tablones contra la pared del almacén para que se sequen. Me masajeo la nuca mientras me meto en el espacio del escaparate, y me sorprendo cuando veo que fuera está oscuro. ¿La tienda ha cerrado? Me saco el móvil del bolsillo trasero y me sobresalto un poco al ver que son las diez y cuarto, lo que significa que Vivant está cerrado. Sí que se me ha pasado volando el tiempo.

Empiezo a girar en círculos, pensando en lugares estratégicos para colocar el foco con el que quiero resaltar el vestido cuando anochezca, y es entonces cuando la puerta que separa el almacén del escaparate se cierra de golpe. La miro un poco atontada, intentando decidir si debería preocuparme. No porque piense que hay un fantasma por ahí abriendo y cerrando puertas. No, esa puerta no se queda abierta sola. La he tenido apuntalada todo el día con una cuña de madera.

El problema es que, en un principio, mi intención no era volver al escaparate, por lo que esta vez no está apuntalada. Y mis cosas, incluida la llave para abrir la puerta, está en el almacén, en una silla plegable de metal.

—Mierda —susurro, y me dirijo a zancadas hacia la puerta y tiro de la manilla.

Cerrada.

Está cerrada.

—Vale, que no cunda el pánico. —Me paso los dedos por el pelo y los dejo ahí mientras considero las opciones que tengo. Tiene que haber alguien en la tienda. ¿Podrá oírme desde aquí algún empleado de la planta principal? Respiro hondo y empiezo a golpear la puerta con fuerza—. ¿Hola? ¡Hola! ¿Hay alguien ahí fuera? Me he quedado encerrada en el escaparate.

Silencio.

Y entonces empieza a resonar una aspiradora, ahogándome.

Se me empieza a acelerar el pulso. No puedo evitar fijarme en lo pequeño que parece el hueco del escaparate cuando no puedo salir de él. Me he quedado atrapada. Encerrada. No puedo salir.

Bajo la ropa me estalla un sudor frío y no consigo respirar más despacio.

¿Estoy teniendo un ataque de pánico? ¿Tiene algo que ver con la claustrofobia?

Es la primera vez que me pasa. Vivo en un apartamento de treinta y siete metros cuadrados, por el amor de Dios. «Pero puedes salir del apartamento. Puedes abrir la puerta en cualquier momento». No puedo abrir la puerta del trastero. Al igual que no podía salir de la cárcel.

Voy a pasarme toda la noche confinada aquí.

Vuelvo a estar en el patio, sobre hierba muerta y mirando el alambre de espino.

—Madre mía —jadeo. Me pongo en cuclillas, me rodeo las rodillas con los brazos y me balanceo—. Tranquilízate. Vamos, tranquilízate.

El cántico no ayuda en nada. Empiezo a marearme. Respirar por la nariz y contar desde diez hacia atrás no impide que me castañeteen los dientes y que se me forme una gruesa capa de hielo en la piel. Me tiembla la mano cuando vuelvo a sacarme el móvil del bolsillo, abro el correo electrónico y consigo el número principal de la tienda de un correo que me mandó el asistente de Aiden.

Nadie responde a la línea principal. Es una grabación.

Entonces, me doy cuenta de que la línea de firma del correo incluye una extensión. Así pues, vuelvo a llamar a Vivant, esta vez introduciendo la extensión. Suena. Suena cuatro veces. Estoy empezando a perder la esperanza cuando una voz familiar me llena los oídos.

—Aiden Cook, a su servicio.

—Aiden —suelto, y el alivio hace que me derrumbe sobre la cadera izquierda—. M-Me he quedado encerrada en el escaparate. Estoy encerrada aquí. —Eso es lo que intento decir, pero parece que soy incapaz de relajar los dientes, por lo que las palabras salen incoherentes.

—¿Stella? —Su tono jovial se ve sustituido por una preocupación aguda—. ¿Qué pasa?

Respiro hondo y relajo la mandíbula todo lo que puedo.

—Me he quedado encerrada en el escaparate. La puerta se ha cerrado detrás de mí y tengo la llave fuera y no puedo salir de aquí.

Su suspiro tiembla de alivio.

—Vale. De acuerdo. Voy para allá. —De fondo oigo sus pasos rápidos—. ¿Hay un tigre atrapado ahí contigo o algo así? Espero que no te importe que diga que pareces más nerviosa que Tommy Lee entrando a confesarse.

—No sé qué me pasa —respondo de forma entrecortada, y me ayudo de la pared para ponerme de pie—. Es por el espacio reducido, creo. Es solo que… no sé, a lo mejor no quiero volver a estar encerrada.

Se queda un momento en silencio.

—No había pensado en eso. Voy a caminar más rápido.

Me aprieto el móvil con fuerza contra la cara, ya que su voz alegre y optimista me proporciona el único consuelo que parece que soy capaz de encontrar en este aprieto.

—Gracias.

—No hay de qué. Voy a bajar por las escaleras para no perder la cobertura. Vamos a seguir hablando. ¿Te parece bien, Stella?

—Sí. Habla tú.

—Caray. Es la primera vez que alguien me dice eso. Si no te importa, voy a concederme unos segundos para saborear la gloria. —Pasa un segundo—. Listo. ¿Te he llegado a contar la vez que mi tía Edna metió un calcetín en un pastel sin querer? Uno sucio. Después de eso, no volvió a dejar la cesta de la ropa sucia en la despensa. La devolvió al dormitorio, donde debía estar. La había escondido en la cocina para que el tío Hank dejara de hurgar en ella en busca de su camisa favorita para ponérsela, estuviera limpia o no. En fin, de ahí viene su frase «Los trapos sucios son inevitables». Pero, para mí, la parte más loca de la historia es que se comieron el pastel de calcetines. Pienso mucho en eso.

¿Cómo es posible que esté temblando y riéndome al mismo tiempo?

Parezco un chihuahua asustado en la peluquería.

—¿Te falta mucho?

—Cruzando la planta principal. ¡Hola, Seamus! —grita Aiden, obviamente al conserje que está pasando la aspiradora, y siento alivio cuando oigo esa voz alegre en mi oído y al otro lado de la puerta—. Seguro que has intentado gritar, ¿verdad? Lleva los auriculares puestos.

Asiento con la cabeza, apoyando la mejilla en la pared fría, respirando. Respirando.

—La tía Edna debió de ser una mujer muy dulce —digo. ¿Estoy intentando incitarle a que me cuente *más* cosas sobre la tía Edna? Mi alma debe de estar abandonando mi cuerpo—. En plan, si te marcó tanto.

Se ríe, pero el sonido es tenso.

—La misma Edna te diría que es más mala que una serpiente. Pero me enseñó de una forma distinta. Me enseñó lo que funcionaría para mí, no para ella. A dos pasos, Stella.

La puerta se abre y Aiden aparece en el umbral, y su cuerpo alto ocupa cada centímetro. Y noto que no está tan tranquilo como reflejaba su voz. Tiene el nacimiento del pelo cubierto por una capa de sudor brillante y su pecho está agitado. Y no sé en qué estoy pensando. Ni si me he vuelto momentáneamente loca por haberlo *echado de menos*. Pero me lanzo hacia este hombre grande, sólido y tranquilizador que cuenta las historias más absurdas. Me lanzo hacia él y él me alza y me acuna contra su enorme pecho como si fuera un bebé.

—No pasa nada, cielo. —Como si intuyera que necesito estar anclada, me aprieta fuerte con el antebrazo izquierdo y me pasa el derecho por la nuca—. Estás bien.

Alivio. Esta vez me golpea con más fuerza todavía que cuando por fin salí de Bedford Hills, libre para marcharme. Libre para irme a casa. Un hogar que en realidad ya no existía para mí, pero aun así… Podía caminar y caminar sin que nadie me detuviera. ¿Cómo es que ahora mismo me siento incluso mejor? Tal vez porque, si estuviéramos en mitad de un tornado, él me protegería. No sé cómo, pero lo sé. Y esa seguridad hace que mis extremidades se conviertan en gelatina y me funda contra él.

—No sé qué ha pasado —digo, y tomo una bocanada de aire, hundiendo la nariz en el aroma a menta que desprende la solapa de su camisa—. Me he asustado.

Lentamente, se da la vuelta y nos saca del hueco del escaparate.

—No te encierran en un sitio durante cuatro años y te vas sin unos cuantos rasguños en el alma.

—Sé que no lo dices por experiencia. —Mi ritmo cardíaco baja de forma gradual, pero ahora estoy temblando—. ¿Por qué iban a encerrarte a ti en la cárcel? ¿Por contar demasiados chistes malos? ¿Un exceso de cumplidos en estado de embriaguez?

—Oye, una vez agarré una muestra extra de pollo tandoori en el supermercado. Desde entonces llevo ocho años cuidándome las espaldas. —Su risa vibra y retumba, lo que hace que cierre los ojos y apoye la cabeza en su hombro. Cuando sus pasos se vuelven amortiguados, abro un párpado y me doy cuenta de que estamos cruzando la planta principal en dirección a los ascensores. Seamus está de pie entre dos vitrinas de joyas con la boca abierta—. No nos has visto, Seamus —dice Aiden.

Seamus asiente, levanta el pulgar y vuelve a ponerse con la aspiradora.

Un momento después, estamos a punto de entrar en el ascensor cuando Aiden duda.

—¿Vas a estar bien aquí dentro? Acabo de caer en que el día de la entrevista subiste por las escaleras y ahora...

¿He estado evitando los espacios cerrados de manera inconsciente?

No es que estuviera en la clásica celda mientras estaba en la cárcel. Había una habitación gigante con camas separadas por tabiques. Nunca estuve en una habitación estrecha con barrotes como en las prisiones de máxima seguridad. El miedo parece provenir de no poder marcharme. De no tener una salida. De la falta de control. No obstante, ahora mismo, la idea de entrar en un ascensor con Aiden no me da miedo.

—No, estoy bien mientras esté contigo. —Al percatarme de lo que he dicho, me apresuro a retractarme—. En plan, ya sabes. Eres el *dueño* de la tienda. Seguro que tienes llaves y códigos y números de teléfono si algo va mal. ¿Sabes?

—Sí —contesta con cariño, cerca de mi oído. Sin soltarme, entra en el ascensor y pulsa un botón. No decimos nada mientras la cabina empieza a moverse. Pero su pecho sigue subiendo y bajando. Solo que ahora noto que cada vez que sube y baja, mis pechos rozan las pendientes de sus pectorales. Sí. Pectorales. Los tiene. Unos grandes.

Mierda.

También estoy volviéndome muy muy consciente de que, mientras Aiden me llevaba del escaparate al ascensor, mis piernas se han deslizado alrededor de sus caderas. ¿Cuándo? Ni idea. Pero ahí están ahora, con las puntas de mis rodillas rozando la pared del ascensor cuando él se adentra más, y su antebrazo serpentea bajo mi trasero para mantenerme sujeta. Estoy demasiado arriba como para que ninguna de nuestras partes *privadas* se toquen, pero mi descuidado cuerpo es consciente de que podría deslizarme hacia abajo, solo un poco, y sentirlo entre los muslos.

«No con tu jefe, idiota».

Intento calmar mi pulso y mi libido al mismo tiempo.

Sin embargo, Aiden echa por tierra mis progresos cuando gira la cabeza y sus labios me rozan levemente el lóbulo de la oreja.

—No dejes que la pajarita te engañe, Stella. No siempre soy amable —dice con un tono grave en la voz—. Cuando la situación lo requiere, puedo ser extremadamente duro.

Mi vagina se aprieta tanto que se me corta la respiración.

No veo más que estrellas parpadeando cuando la puerta metálica se abre y Aiden me saca del ascensor y entramos a una planta decorada con motivos de Navidad, Janucá y Kwanzaa. Todos los adornos están entremezclados, hechos sin artificio, pero colocados con cariño y, de alguna manera, sé que Aiden es quien se ha encargado de la decoración. La agitación que me produce es alarmante.

Salimos de la zona de recepción iluminada y entramos en su despacho oscuro, donde solo hay una pequeña lámpara encendida. Por encima de su hombro, veo papeles esparcidos por el suelo, su silla en mitad de la habitación, como si hubiera salido corriendo cuando lo llamé.

Trago saliva.

Aiden acomoda mi trasero en el borde de su enorme escritorio y, antes de apartarse, se queda entre mis piernas el tiempo suficiente como para que ambos tomemos una bocanada de aire entrecortada. Camina hasta la ventana, la cual llega del suelo al techo, y se queda mirando hacia el exterior durante un momento con las manos en las caderas. ¿Controlándose?

—¿Te encuentras mejor? —me pregunta, mirando por encima del hombro con una sonrisa que no oculta el deseo.

Uf. Vale, nos sentimos atraídos el uno por el otro.

No es unilateral.

Esto va a ser un problema.

Puede que lo que necesitemos ahora mismo sea definir las líneas. Porque deberían ser gruesas y fáciles de ver. Como el trazo recién hecho de un rotulador negro en una pizarra blanca.

En primer lugar, es mi jefe y el manual era claro al respecto. Los empleadores no deben tener relaciones románticas con sus empleados, entre los que me encuentro yo. Aunque esté en fase de prueba. He roto muchas reglas en el pasado y no estoy segura de querer seguir haciéndolo. Puede que en el fondo siga siendo la chica que violaba una propiedad privada con impunidad y vandalizaba las paredes de los edificios. ¿Sigue quedando algo de eso en mí? ¿O soy capaz de cambiar de forma permanente?

No lo sé. Todavía estoy probando esta nueva identidad.

En segundo lugar, Aiden es auténtico. Es… noble. Y encantador.

Ya está, lo he dicho. Es mi tercer encuentro con él, por lo que debería estar notando alguna grieta en su halo de amabilidad, pero estoy empezando a pensar que no hay ninguna. Y no (*no*) es un hombre que se acueste, salga o *cualquier cosa* con una exconvicta.

Si lo hiciera, sería otra jugada de Buen Samaritano.

¡Muéstrale a la chica gótica y desgraciada que merece que la quieran!

Gracias, pero no. No va a pasar.

Por mucho que me gustaría saber cómo besa y lo «duro» que puede llegar a ser, no voy a empezar a tomar decisiones importantes cuando solo llevo un mes fuera de la cárcel. Tampoco voy a dejar que *él* tome malas decisiones. Aiden es de los que quieren salvar a la gente. No hay más que ver cómo ha bajado las escaleras a toda prisa, me ha rescatado y me ha alzado en sus brazos como un príncipe azul.

No obstante, yo no soy una princesa. No soy el tipo de chica que acaba con Aiden Cook.

Tampoco quiero aprovecharme de su buen corazón. ¿No sería eso lo que estaría haciendo si dejo que esto se convierta en algo cuando sé que él solo estaría ahí por razones nobles?

Saca el rotulador.

—Robo a mano armada —suelto, enroscando los dedos con fuerza en el borde del escritorio—. Por eso estuve en la cárcel. Mi amiga, Nicole, planeó… no, *planeamos* robar en un restaurante donde nuestro amigo estaba echando el cierre. Iba a ser fácil. Haríamos un espectáculo para la cámara, agitaríamos nuestras pistolas falsas y saldríamos con el botín antes de que lo metiera en la caja fuerte. Pero… —Me encojo de hombros y termino de contar la historia con los labios apretados—. Resultó que las armas no eran falsas. Y el jefe de nuestro amigo volvió porque se había olvidado el móvil. Sacó una pistola de debajo de la caja registradora y disparó a Nicole. Ella se asustó y le disparó también, le dio en el costado. Sobrevivió —me apresuro a añadir, y alzo la vista por primera vez para juzgar la reacción de Aiden. Por una vez, está estoico.

—¿Qué pasó después? —pregunta en voz baja.

Estoy a punto de contarle a Aiden ciertos detalles de lo que pasó después. Pero esos hechos podrían absolverme a sus ojos. O, de alguna manera, hacer que parezca menos culpable, cuando el hecho es que yo tomé la decisión de robar. *Soy* culpable. Fin de la historia. Y hacer que parezca inocente ahora mismo frustraría el propósito de mi objetivo, que es recalcarle a Aiden lo diferentes que somos. Él nunca, jamás se llevaría el dinero que alguien se ha ganado con esfuerzo. Nunca acabaría en la parte trasera de un coche de policía o en una sala de interrogatorios. Así es como corto esta atracción de raíz antes de que florezca.

—El resto es historia —respondo, y me bajo del escritorio de un salto y retrocedo hacia la puerta—. Gracias por venir a sacarme, jefe. Buenas noches.

—Quiero el resto, Stella.

Con el pulso latiéndome en las sienes, sigo caminando.

Quiere el resto.

¿El resto de qué? ¿De mí o de la historia?

Su tono ronco hace que sea imposible saberlo. Pero no puedo darle ninguna de las dos cosas.

4
Aiden

—Va a ser un buen día —murmuro, metiéndome dos ibuprofenos en la boca y tragándomelos sin agua. Por desgracia, los días en los que toca reunión de la junta directiva mi mantra no suena tan convincente.

Leland cruza el despacho y se planta delante de mi mesa con el porte de un féretro.

—¿Estás listo, jefe?

«No».

—Claro. —Me esfuerzo por esbozar una sonrisa decente—. ¿Están esperando en la sala de conferencias?

—Sí. Según Linda de recepción, han rechazado la bandeja de *muffins* y están pidiendo sashimi.

«Aférrate a esa sonrisa».

—¿A las diez y media de la mañana?

—Sí. —Leland resopla con desaprobación—. No sé por qué las reuniones de la junta directiva no pueden seguir haciéndose a distancia. Solo vienen aquí para ejercer su poder y para cortarnos el rollo. Linda dice que ni siquiera han comentado nada sobre tu decoración. Son una panda de…

—Tranquilo, amigo. —Me echo hacia atrás para alejarme de la mesa y me levanto para darle una palmada en el hombro a Leland—. Se te va a volver a reventar un vaso sanguíneo del ojo.

La vena adyacente al ojo de mi asistente palpita de forma premonitoria.

—¿No te dan ganas de decirles que se... vayan a la mierda?

Empiezo a negar, pero sería mentira. Yo también miento fatal. Me calaría antes de lo que canta un gallo.

—Claro que sí. —Suelto un suspiro—. Pero son tan dueños de estos grandes almacenes como yo. Lo mantuvieron en pie en tiempos difíciles y todos tenemos trabajo gracias a ello.

—Mira por dónde, se te olvida el hecho de que salvaste Vivant hace cinco años. *Ellos* también se olvidan de eso. Te tratan como si te hubieran hecho un favor, en vez de al revés.

Reúno el papeleo necesario para la reunión.

—Leland, si quejarse un poco les hace sentirse mejor por no involucrarse de forma activa, déjalos. No necesito que me den una palmadita en la espalda.

Caramba. Se me está poniendo colorada la punta de la nariz.

—Pero te mereces una, jefe.

—Bueno. Acabo de recibir una, ¿no? —Rodeo el escritorio, sonriendo—. Vamos a comer pescado crudo y a fingir que es un *muffin* de arándanos.

Mientras salgo del despacho, no puedo evitar echar un vistazo a mi mesa. Al lugar exacto en el que Stella se sentó el martes por la noche después de que la trajera hasta aquí. Estamos a jueves y no la he visto ni una vez desde entonces. Me ha estado matando mantenerme alejado, pero Dios, no tengo ni idea de qué hacer con ella. En el ascensor estuve peligrosamente cerca de besar su boca perfecta. Luego, otra vez en mi despacho. Y después de tener sus muslos abrazándome la cintura durante casi cinco minutos, mi cuerpo quería mucho más que besos. No había estado tan empalmado en vaya uno a saber cuánto tiempo. Tenía el pene tan duro que tuve que mirar en la dirección contraria y pensar en la vez que me encontré a la tía Edna depilándose la línea del bikini con una cuchilla de afeitar.

Sí. Esta chica. Me está calando. Mucho.

No suelo actuar sin lógica, pero eso es justo lo que he hecho.

Prácticamente he contratado a Stella (durante un periodo de prueba) para poder verla más. Pero al contratarla también la he alejado de mí. Besarla no solo sería una violación de la política de la empresa y un abuso de poder imperdonable… sería una complicación totalmente independiente de nuestros puestos en Vivant.

No me importan las complicaciones. Haría casi cualquier cosa por complicarme con ella.

Es solo que no estoy seguro de que ella quiera complicarse conmigo.

Ha dejado muy claro que piensa que soy la persona más cursi del mundo.

Mi peor infracción es una multa por aparcar mal. Mientras ella estaba en la cárcel, sola y con frío (me van a salir urticarias solo de pensarlo), yo estaba aquí arriba, en este cómodo despacho, preocupándome por cómo exponer los productos y en hacer pedidos. Fácil. *Muy* fácil comparado con lo que ella ha afrontado. Y creo que eso es lo que intentaba decirme el martes por la noche cuando me confió por qué la condenaron. Era una forma indirecta de decir que somos diferentes.

Demasiado diferentes.

Y que no está interesada.

¿Por qué si no habría salido corriendo de aquí como si le hubiera ofrecido una tostada llena de moho?

Mientras recorro el pasillo, veo mi reflejo en una de las mamparas de cristal que separan las mesas y que quedaron a raíz de la pandemia. Sonrío, aunque temo las próximas horas con todo mi ser. Llevo una pajarita roja intensa y tirantes, y ya veo a Stella soltando una sonrisita.

Igual debería saltarme la reunión y bajar al hueco del escaparate en el que está trabajando. Solo para asegurarme de que soltaría una sonrisita. Dios, prefiero una sonrisita a no verla. La he tenido en mis brazos una sola vez y ahora lo único en lo que puedo pensar es en volver a hacerlo. Sentarme con ella sobre mi regazo, dejar que mi mano recorra la suavidad de sus medias de lana con total libertad. Ver cómo se da cuenta de que en la cama no soy como en la calle.

Ni de lejos.

«Por Dios, no pienses en eso ahora o te vas a poner en ridículo a ti mismo».

Llegamos a la entrada de la sala de conferencias y Linda, la recepcionista que lleva aquí más tiempo que yo, sale pisando fuerte, con expresión contraída y con una jarra de agua en la mano.

—No la quieren fría —dice algo histérica—. La quieren a temperatura ambiente. La última vez la querían helada.

—Quizá deberíamos hacer que un cura bendiga el agua y así quemarles todos los demonios que tienen dentro —sugiere Leland—. San Patricio está a solo unas manzanas. No tardaría nada en volver.

—Olvida el agua, Linda. Ya me encargo yo de ellos. —Me inclino y le susurro cerca del oído—: Hay una botella de burbon en el cajón inferior izquierdo de mi mesa. Dale un trago.

Se le destensan los hombros.

—Bendito seas, Aiden Cook.

—Guárdame un trago. —Me río por lo bajo mientras entro a la sala de conferencias—. Lo necesitaré —murmuro al tiempo que me detengo a la cabecera de la mesa, observando a los miembros de mi familia y su aire de impaciencia compartido.

En la parte que está más cerca de la ventana con vistas al centro de la ciudad, están mi abuela, Shirley, y su nieto (mi primo), Randall. Randall no va a levantar la vista del móvil ni una sola vez en toda la reunión y, francamente, me parece bien. Suele decir cosas que hacen que me entren ganas de que me reviente un vaso sanguíneo, al más puro estilo Leland. Delante de mi abuela y de mi primo se sienta mi padre. Bradley Cook. Me mira brevemente cuando entro y luego vuelve a observar la silueta de los edificios.

—Feliz Navidad a todos —digo mientras tomo asiento. Leland se deja caer en la silla que hay a mi lado como si estuvieran a punto de sacarle una muela sin anestesia—. Espero que no os hayáis encontrado con mucho tráfico al venir de Long Island.

—Pues claro que sí —contesta Shirley, con los dedos alrededor de las correas del bolso que tiene sobre el regazo—. Esto es Manhattan y faltan nueve días para Navidad. Los puentes y los túneles están llenos de personas que quieren ir de compras.

—Hecho por el que estamos eternamente agradecidos —afirmo enérgicamente, y extiendo los papeles delante de mí—. ¿Por dónde queréis empezar, gente?

—¿Gente? —Mi padre resopla—. ¿De dónde *demonios* sales?

Shirley estira el cuello para mirar por la puerta de la sala de conferencias, probablemente preguntándose dónde está Linda con su agua a temperatura ambiente. Con un poco de suerte, ahora mismo Linda no estará sintiendo ningún dolor. No voy a hacer que mi recepcionista corra a buscar agua cuando estoy seguro de que la limusina de mi abuela está esperando abajo abastecida con nueve sabores diferentes de agua con gas.

—Es la influencia de Edna, Bradley —responde—. La culpa es tuya por enviarlo a vivir al sur con esa chiflada durante tanto tiempo.

Se me calienta la piel bajo la ropa, pero no discuto esa afirmación. Si Edna estuviera aquí, se reiría y diría: «A palabras necias oídos sordos, y las palabras no son más que una representación del interior de quien las pronuncia, no de mí. Y de ti tampoco».

Me aclaro la garganta.

—Dejando atrás los asuntos familiares…

—Tuve que hacerlo. Sabes que tenía las manos atadas —explica Bradley con suavidad, y me señala—. Al menos recibió una educación decente mientras estuvo viviendo en Tennessee. No estoy seguro de cómo se las apañó Edna para que la contrataran como directora de arte en un internado prestigioso, pero es evidente que sabían lo que hacían. —Estoy entre el escepticismo y la sorpresa ante el hecho de que mi padre me acabe de hacer un cumplido poco frecuente, aunque indirecto, pero el escepticismo gana cuando añade—: Así que a veces suena como un paleto. Hay que aceptar tanto lo bueno como lo malo.

—Supongo —murmura mi abuela, que vuelve a mirar hacia la puerta.

—¡Sí! —grita Randall, emocionado por lo que quiera que acaba de pasar en su móvil.

Shirley le sonríe con indulgencia.

Leland está parpadeando tan rápido y con tanta fuerza que ya sé que estamos contemplando una visita al médico. Ya ha hecho un agujero en la página de su libreta con la punta del bolígrafo y solo ha escrito la fecha.

—Al grano —intervengo rápidamente cuando mi padre intenta continuar la conversación con su madre—. Nuestras cifras con respecto a las compras navideñas no han vuelto a los niveles previos a la pandemia, pero lo estamos consiguiendo y estamos recuperando gran parte del déficit centrándonos en las ventas y el *marketing online*. —Shirley resopla. Cree que comprar por Internet es vulgar. También cree que comprar en la vida real es vulgar.

No tengo ni idea de cómo hace sus compras—. Ha sido nuestra salvación en todo esto, la verdad, y según los grupos focales que hemos estado organizando, creo que la gente va a seguir usando este método para comprar, por lo que vamos a aumentar el presupuesto para captar clientes *online*.

—¿Estás seguro de que es una buena idea? —pregunta Bradley, que gira ligeramente su silla en mi dirección—. ¿La gente no querrá volver a la normalidad?

—Sí, señor. Y lo que constituye la normalidad cambia. *Ha* cambiado. Eso no quiere decir que hayamos dejado de centrarnos en las compras físicas, en persona. Como sabemos, los consumidores tienden a comprar más en persona o abrir una línea de crédito. Estamos incentivando las compras en persona a través del boletín informativo y de varios anuncios de televisión que se van a emitir en el área tri-estatal durante las fiestas. —De repente, me aprieta la pajarita—. En cuanto a la captación de los compradores ocasionales y de los turistas, hemos contratado a una nueva escaparatista, como pedisteis, y está llevando las cosas en una dirección interesante. Os enviaré más detalles cuando termine el diseño en el que está trabajando actualmente. En cuanto a…

—Gracias a Dios —me interrumpe mi abuela—. La última chica era una abominación. ¿Quién es la nueva? ¿He oído hablar de ella? Por favor, dime que le has robado esa genia a Saks.

«Aférrate a tu sonrisa».

—No. —Empiezo a hablarles de Stella, y luego vacilo. No porque piense que no está cualificada. No porque tenga miedo de que desaprueben su pasado (aunque no me cabe duda de que lo harían). Pero ya he llegado al límite de mi paciencia. Si uno de ellos tiene algo negativo que decir sobre Stella (no me cabe duda de que así es), no lo voy a gestionar bien. En absoluto. De hecho, no me había dado cuenta hasta ahora de lo protector que soy con ella. O posiblemente me di cuenta cuando me llamó, sin aliento y aterrorizada, para decirme que se había quedado encerrada en el hueco del escaparate y mi corazón se cayó los diez pisos hasta la acera. Sí, ya era protector entonces y ahora lo soy incluso más.

No pienso arrojar su nombre al foso de las víboras para que la destrocen.

No obstante, en lo más profundo de mí, tengo la necesidad de complacer a la gente. Sobre todo, cuando se trata de mi familia. No importa cuán improbable sea que se queden satisfechos con lo que haga, no puedo dejar de intentarlo. Al final algo cederá, ¿no?

—Ha sido contratada por un periodo de prueba —digo—. El viernes vamos a desvelar su primer diseño y veremos qué hacemos a partir de ahí.

Mi abuela se sienta más recta.

—Pero ¿quién es…?

—Perdona, Shirley —la interrumpo, llevándome una mano al pecho—. Tengo una conferencia telefónica en breve. ¿Te importa si lo dejamos aquí y te pongo al día sobre cómo va lo del diseño del escaparate al final de la semana? Gracias.

Sin vacilar, me dirijo a los siguientes puntos, pero mi abuela no dice ni una palabra durante el resto de la reunión y no para de mirarme con los ojos entrecerrados. Hacia el final de mi recapitulación sobre el *marketing*, me doy cuenta de que he cometido un error. Al negarme a darles el nombre de Stella, ¿he atraído su atención hacia ella sin darme cuenta?

5
Stella

Con el corazón en la boca, miro fijamente la llamada perdida que tengo en el móvil. ¿Un número de Connecticut?

Solo conozco a una persona en el estado de Connecticut y está en la prisión de mujeres. Nicole. Debe de haberse enterado de que me han soltado, si no, no me habría llamado al móvil. ¿Me ha llamado para ponerse al día? ¿Por qué no ha dejado un mensaje?

Con un pellizco familiar en el pecho, salgo del hueco del escaparate y descubro que, una vez más, he trabajado pasada la hora de cierre sin darme cuenta. Anoche hice lo mismo y acabé en los pisos superiores, recorriendo los pasillos vacíos de Vivant con el sonido de las aspiradoras zumbando en la planta de abajo. Los grandes almacenes oscuros y vacíos desprenden algo extrañamente relajante.

Esta noche elijo pasear por la sección de equipaje. Abriéndome paso entre los expositores festivos y las cajas de existencias que esperan a ser expuestas mañana por la mañana, casi puedo oír el murmullo de los clientes que

se quedan atrás, a pesar de que ahora el silencio es sepul-
cral. A lo largo del perímetro de la sala cuelgan guirnaldas
grandes y elaboradas, y el aroma a vainilla y cardamomo
característico de Vivant se percibe en el aire. Al pasar junto a una pequeña maleta de mano acolchada de color negro, me agacho, le doy la vuelta a la etiqueta del precio y
me atraganto al ver lo que cuesta. Nada de gangas para
las fiestas en *esta* tienda.

Continuando con mi lento recorrido por Vivant, levanto la mano y me masajeo la nuca. Me duele desde los pies
hasta la cabeza de estar todo el día encorvada sobre las
manos y las rodillas. Ayer, en mitad de la noche, me llegó
la inspiración y ahora estoy cubriendo el suelo de trozos
de espejo roto, el cual he destrozado con un martillo (muy
terapéutico, la verdad sea dicha), para que el suelo sea re-
flectante. Cuando cuelgue las mariposas y encienda la luz,
el efecto debería ser prismático e increíble.

Eso espero.

«Por favor, que sea increíble».

Mañana es la inauguración de mi primer escaparate.
Podría ser un fracaso enorme. Podría haber juzgado mal
la dirección que debería tomar Vivant. Aunque es demasiado tarde para cambiar nada, así que intento no llamar
la atención y centrarme en la línea de meta.

Y estoy intentando con todas mis fuerzas no pensar
en Aiden.

¿Dónde ha estado los últimos dos días? En plan, es
lógico que el director general de unos grandes almacenes
esté un poco desbordado a nueve días de Navidad. También es lógico que haya captado la indirecta que le lancé

y que ya no quiera molestarme. Como amigo, como conocido. Como cualquier cosa. Que era exactamente lo que yo quería.

Es solo que no me importaría verlo de vez en cuando. Ni siquiera sé qué tipo de pajarita llevaba ayer.

Ni hoy.

—Por Dios, escúchate —murmuro, doblando la esquina para salir de la sección de maletas y entrar en la de utensilios de cocina. Si Nicole me oyera obsesionada con un buenazo en toda regla, no pararía de ridiculizarme. Ahora mismo puedo oír su voz en mi cabeza. Siempre puedo.

«Deja de intentar ser algo que no eres, Stella».

«Somos iguales, tú y yo».

«Crees que puedes cambiar, pero no es así. La gente no cambia».

«Tus padres no te entienden».

«Dijiste que siempre me cubrirías la espalda. Demuéstralo».

Me detengo bruscamente cuando oigo un tintineo. ¿Eso estaba en mi cabeza?

Ha sonado como si alguien dejara un vaso en el suelo.

De repente, la sección de utensilios de cocina es mucho menos tranquilizadora y está muchísimo más embrujada, y el mal rollo que da se ve exacerbado por el Santa Claus de tamaño real y estilo victoriano que hay colocado junto a la caja registradora. ¿Me acaba de guiñar un ojo?

Probablemente debería dar media vuelta y correr hacia los ascensores. Recoger mis cosas y volver cuando sea de día, como los empleados más sensatos de Vivant. Y eso es justo lo que estoy a punto de hacer hasta que veo dos zapatos negros brillantes estilo *wingtip* asomándose por detrás de un expositor de hornos holandeses Le Creuset. Entre los lustrosos zapatos y la pernera del pantalón, veo una porción de calcetines rojos y verdes y, de alguna forma, sé quién está unido a esos pies.

—¿Aiden?

El tintineo suena más fuerte que la primera vez. Pasan unos segundos.

—¿Stella?

Madre mía. Es imposible fingir que esa voz profunda no me ha hecho temblar. Todavía estoy recuperando el aliento cuando Aiden se pone de pie detrás del expositor, sobresaliendo por encima de este, con una botella de licor en la mano derecha.

—Esto no es lo que parece —dice, abiertamente disgustado.

Mi boca ya está amenazando con sonreír.

—¿En serio? Porque parece que te estás emborrachando tú solo, a oscuras, en la sección de utensilios de cocina.

—Vale, es justo lo que parece.

Seguir conteniendo la risa es casi imposible, pero me pongo unos botones en los labios y los mantengo sellados. No sé por qué. Quizá porque reírme de este hombre y de su sentido del humor único es un privilegio demasiado grande cuando he pasado mucho tiempo despojada de tantos. Reírme con él parece algo que debería hacer una chica con un peinado de infarto y unos zapatos de tacón. No yo.

Nicole está otra vez en mi cabeza diciéndome que no comparto su sentido del humor. No soy como él. Soy única. Nací con una vena salvaje. Soy como ella.

Trago saliva, me acerco a mi jefe y me apoyo en la mesa que hace de expositor, tras lo que alargo la mano para pedirle la botella. Con los labios crispados, me la entrega y se coloca a mi lado, dejando nuestras caderas a unos centímetros de distancia. Cuando me llevo la botella a la boca y bebo un sorbo mediano, le echo un vistazo y veo que me está mirando las piernas cubiertas por las medias negras, pero enseguida aparta la mirada y se le marca un músculo en la mejilla.

—¿Un día duro? —pregunto, y sueno como si me faltara un poco el aliento. Al menos puedo echarle la culpa al alcohol.

—No, ha estado bien —responde con un tono cálido y tranquilizador.

Alzo una ceja.

—Vale. —Respira hondo y echa los hombros hacia atrás—. No ha sido lo que yo llamaría «ideal».

—Inténtalo otra vez —digo, dándole un ligero empujón con el hombro.

Su risa hace que me tiemble el pulso.

—Vale, tú ganas. Ha sido más desastroso que el tío Hank en Año Nuevo durante una luna llena. ¿Mejor?

—Mucho. —Le doy la botella e intento no mirar demasiado cómo rodea la boquilla con los labios y traga sin reservas. No es lo que habría esperado de él. Es mejor. La barba de un día le cubre toda la mandíbula y tiene el pelo alborotado. Y su pajarita está un poco descentrada. Hoy son cocodrilos. Vestidos con gorros de Santa Claus—. ¿Por qué ha sido malo?

Empieza a restarle importancia. Veo que tiene ese instinto y me pregunto por qué. Es como si fuera alérgico a ser algo menos que positivo en todo momento.

—Hoy había una reunión de la junta directiva —me explica—. Mi padre, mi abuela y mi primo. Se podría decir que la dinámica familiar es complicada. —Hasta que me dice esto, no me doy cuenta de lo mucho que deseo saber cosas sobre él. Estoy literalmente conteniendo la respiración y esperando a que continúe, y solo dejo escapar el aire cuando lo hace—. Pasé la mayor parte de mi infancia con la tía Edna y con el tío Hank. Con el payaso torero también, pero como ya te dije, no duró mucho. —Aiden se persigna—. Edna nunca tuvo la intención de tener hijos. Es un espíritu libre. Me quedé de piedra cuando llegué. Venía de un ambiente tenso y estéril y, de repente, estaba al cuidado de una mujer que coleccionaba carillones de viento, recibía la desnudez con los brazos abiertos y se reía en momentos inapropiados, como cuando pasábamos junto a una pequeña colisión en la autopista. Pero jamás me dio algo que no fuera lo mejor de sí misma.

Estoy tan absorta en su historia que me olvido de pensar antes de hablar.

—Si ella es la razón por la que eres tan Aiden —murmuro—, hizo un gran trabajo.

En su entrecejo aparece una ligera arruga, como si no supiera si le estoy haciendo un cumplido o no.

—¿Tan Aiden?

El rubor me sube por la nuca.

—Sí, ya sabes. Simpático. Honesto. De los que le dan una segunda oportunidad a una exconvicta y llevan pajaritas de cocodrilos. —Pasan los segundos y sigue mirándome, probablemente leyendo entre líneas cada palabra entrecortada que sale de mi boca y descubriendo que siento una diminuta atracción hacia él. Pequeñísima. Microscópica. Sin duda, no lo suficientemente grande como para hacer que cada terminación nerviosa de mi cuerpo gravite en su dirección con tanta rapidez que me siento como si hubiera perdido el equilibrio apoyada en esta mesa.

Sin duda.

Estar cerca de Aiden es como… si hubiera estado vagando en la oscuridad y de repente hubiera visto una hoguera grande y crepitante. «Por favor, que nada de eso se me note en la cara».

—¿Edna es la responsable de las pajaritas?

Parece que le cuesta retomar el hilo de sus pensamientos y tarda unos segundos en desviar su atención de mí a la tienda que tiene delante.

—Sí, así es. Cuando llegué a Tennessee tenía el ánimo por los suelos. Mi padre y su nueva esposa necesitaban un poco de espacio para familiarizarse en Nueva York… y supongo que siguieron necesitándolo. —Se aclara la garganta—. En fin, ninguno de los chicos de mi nuevo colegio quería juntarse con el «Lucky Luke». Así me llamaban, y he de admitir que suena bien. Y es mucho más creativo que Greg Gominolas de Fibra, que se sentaba detrás de mí en el autobús escolar. Tenía problemas digestivos.

Se le tensa la comisura del labio y lo observo, tan cautivada que me da vergüenza.

—Total, que Edna empezó a ponerme pajarita para ir a clase. Me dijo que nadie que lleve pajarita puede no ser feliz. Pensé que estaba loca, pero no tenía nada que perder. Así que lo probé y… la pajarita hizo que me sintiera como si fuera otra persona. Al principio fue como una especie de escudo. No se burlaban de mí, se burlaban de un chico con pajarita. Y cuando ese chico se reía con ellos en lugar de esconderse, el resultado era mucho mejor. En cierto modo, supongo que la pajarita me ayudó a tomármelo con deportividad. —Levanta la mano y se tira de los cocodrilos distraídamente—. Todo el tiempo.

¿Qué voy a hacer con este objeto pesado e incómodo que parece estar sentado sobre mi pecho y apretándome cada vez más?

—¿Alguna vez te entran ganas de arrancártela y volver a esconderte?

—Claro que sí —responde, mirándome con los ojos entrecerrados—. Hoy, en la reunión de la junta directiva, por ejemplo.

—¿Por qué?

Aiden encoge uno de sus grandes hombros.

—Cuando estoy con mi familia, a veces se me olvida sentirme agradecido de que Edna me criara. A veces, solo soy capaz de centrarme en el hecho de que me enviaron lejos durante mucho tiempo.

Estudio la superficie dura de su perfil, la forma en la que sus dedos parecen nerviosos allí donde están sosteniendo la botella.

—Hace que te sientas culpable, ¿verdad? Cualquier cosa menos feliz.

Me mira con el ceño fruncido. No lo hace con maldad. Es un gesto reflexivo que le otorga un atractivo diferente. Sexi e intenso. Un mechón de pelo pierde la batalla contra la gravedad y le cae sobre el centro de la frente, donde le han aparecido algunas arrugas. Su concentración total en la conversación hace que se me caliente la piel y que los músculos de mi barriga se retuerzan de un modo extraño. ¿Por qué? Creo que porque… es un hombre que presta atención. Es un hombre que no se pierde nada. Al parecer, después de una vida de constantes variables, me siento atraída hacia eso. Hacia alguien al que no hace falta que le digan que todo se está viniendo abajo. Porque él ya ha construido un refugio.

—Sí. Eh… —Se aclara la garganta—. De eso se trata. Soy impaciente e irritable cuando estoy con mi familia. Y eso hace que me sienta culpable.

—Se supone que tienes que ser mejor que eso.

—Claro. —Asiente—. Sí.

—Lo eres. Pero no puedes ser mejor *todo* el tiempo. Nadie puede, ¿verdad?

Me tiende la botella y la agarro, pero no bebo. En lugar de eso, retuerzo la pesada base de cristal de la botella sobre mi muslo, agradecida de tener algo que hacer con las manos. Tengo unas ganas inusuales de hablar, de compartir cosas con él. Quizá porque intuyo que necesita una distracción. O una amiga. No lo sé. Pero resulta tan fácil abrir la boca y hablar. No hay nada de él a lo que le tema, ni siquiera a que me juzgue.

—Llevo poco más de un mes en Nueva York. Necesitaba volver a acostumbrarme al procedimiento de las cosas. Usar dinero, que me devolvieran el cambio… hasta eso era raro. He hecho mucho eso de sentarme en un banco y observar a la gente mientras pasea a sus perros. Nueva York es un lugar caótico. Hay sirenas, manifestaciones, atascos y retrasos en el metro. Pero el caos hace que resalten las cosas buenas, ¿sabes? Como dos personas que se encuentran en el parque. Dos personas entre un *millón*. Simplemente conectando caminos en el corazón de edificios, avenidas y tantos otros humanos. Se conectan a propósito. Cualquiera diría que es imposible en un lugar tan inmenso. Si no hubiera todo ese alboroto frenético alrededor, encontrarse en el parque quizá no sería tan hermoso. —Dios, estoy divagando. Mi mano intenta restarle importancia a todo lo que he dicho, pero la botella salpica, así que me detengo y busco una manera de hacer que suene menos fantasiosa y ridícula—. Lo que quiero decir es que… a lo mejor el poder positivo que tiene la pajarita solo tiene que llegar hasta cierto punto. A lo mejor está bien aflojársela de vez en cuando y permitirse sentir o expresar lo malo. Eso solo hará que lo bueno sea mucho más valioso. —Suspiro—. Todo el mundo tiene cosas desagradables dentro.

Tendría que estar muerta para no sentir cómo su mirada se posa en mí. Es magnética. Y lo es aún más cuando sigue mirándome en silencio durante unos segundos que parecen alargarse.

—Gracias. Voy a pensarlo durante un rato. Probablemente un buen rato. —Pasa un segundo—. ¿En tu caso qué es lo malo, Stella? Sé que la otra noche ni siquiera raspamos la superficie.

—Bueno… —titubeo mientras le doy un pequeño sorbo al burbon, y el licor me arde durante su trayecto hasta el estómago—. Ahora estamos hablando de ti, no de mí.

Se mantiene inmutable y tengo que dejar de beber de este burbon, porque el calor de su cuerpo está empezando a tentarme. Unos sorbos más y no veré nada malo en apoyar la cabeza en su robusto hombro o en juntar nuestros muslos.

—En tu solicitud ponía que habías ido al instituto en Pensilvania —dice, lo que me saca de mis peligrosos pensamientos—. ¿Tus padres siguen viviendo allí?

La incomodidad me aprieta el cuello.

—Sí.

—¿Vas a ir a casa para pasar la Navidad con ellos?

—No —respondo con una risa forzada—. No, qué va.

No dice nada.

Los segundos pasan mientras espera a que llene el silencio.

Y, de repente, ahí estoy, haciéndolo. Saber que va a ser amable y que no va a juzgarme por este tema particularmente complicado hace que me sienta como si estuviera escalando, pero con un arnés resistente al menos.

—Mis padres no quisieron que viviera en su casa después de mi puesta en libertad. Me quedé una noche y luego mi padre me trajo aquí. —Evito mirarlo—. No los culpo. Eran unos padres bastante buenos, a pesar de que nunca nos relacionáramos mucho entre nosotros y de que no los valorara. Ahora… han tenido el tiempo justo para volver a tener una relación sólida con sus amigos y con el vecindario después de… todo. No puedo aparecer y alterar sus vidas de nuevo. Mi sola presencia lo haría. No importa si he…

—¿Cambiado? —Está haciendo eso de la concentración intensa otra vez—. ¿Has cambiado? ¿Eres diferente de lo que eras antes?

Me tomo un momento para pensar.

—En algunos aspectos, quizá. Pero es más difícil de lo que la gente cree. *Cambiar* sin más. Dejar de ser la clase de chica que les roba el coche a sus padres en mitad de la noche para darse una vuelta. O que pinta su nombre en naranja neón en la torre de agua de la ciudad. O cosas peores cuando me hice mayor. Y es como… ¿sabes las inseguridades que llevan a alguien a hacer esas cosas? No se borran solas. —Me encojo de un hombro—. Cambiar es duro.

Ladea la cabeza, incitándome a mirarlo.

—Ese problema en el que te metiste… —empieza, con cautela—. Dudo que te metieras sola.

La cara de Nicole se materializa en mi mente. Podría estar justo ahí, delante de mí, agarrando la botella de burbon. Incluso el hecho de imaginarme a mi ex mejor amiga aquí hace que me sienta como un fraude. Como si estuviera fingiendo ser algo que no soy.

«¿Estás teniendo una conversación íntima con este tipo? ¿Abriéndote? Pobre Stella».

Se me revuelven las tripas y me separo de la mesa de un empujón, ahuyentando su voz con determinación.

No quiero que Nicole esté aquí. No hay sitio para ella alrededor de la hoguera.

Límites.

Esta persona (mi jefe) me ha dado la oportunidad de cumplir un sueño que nunca pensé que podría alcanzar. Es bueno por naturaleza. No es algo que pueda decir de muchas de las personas que he conocido en mi vida. Tal vez ni siquiera puedo decirlo de nadie. Y lo único que quiero es hacer que su noche mejore un poco después de que me haya dado la oportunidad de... hacer algo. De dejar una marca.

Vale, ni siquiera necesito que Nicole me diga que eso es cursi. Pero que le den.

—Tengo una idea.

Se sienta más recto.

—Dime.

¿Qué estoy haciendo? No lo sé. Volando por el asiento de mis medias, supongo. Intentar distraerlo, quitarle de la cabeza la culpa injustificada por no estar feliz durante un rato.

—Tenemos quince minutos para encontrar el regalo de Navidad perfecto para el otro. No los vamos a comprar *de verdad*, claro. Los devolveremos después. Solo es un ejercicio. Puedes elegirlo de cualquier parte de la tienda. —Saco el móvil y miro la hora, riéndome para mis adentros por cómo Aiden se ha puesto de pie y ha empezado a frotarse las manos, completamente dispuesto a participar en esta idea espontánea—. Son las diez y cuarenta. Tenemos hasta las diez y cincuenta y cinco. Nos vemos en la sala de descanso de la primera planta. Vamos.

Sale corriendo.

Corre como un atleta, ni una señal de la idiotez.

En ese momento descubro algo que había pasado por alto.

Algo monumental.

Aiden Cook tiene un trasero redondo, firme y fuerte.

Se me desencaja la mandíbula y no tengo más remedio que dejarla colgando mientras el tiempo transcurre en mi propio desafío solo para poder ver cómo se mueven esas preciosas nalgas hasta que desaparece por la esquina. Pero no antes de que se graben en mi cerebro. Madre. Del. Amor. Hermoso.

Cuando me doy cuenta de que estoy ahí de pie, hipnotizada por su trasero, sacudo la cabeza.

«Muévete».

Giro sobre un talón y repaso mentalmente los departamentos. ¿Qué le compraría a Aiden por Navidad? En la sección de ropa de caballero hay pajaritas, pero es demasiado obvio. No sé qué número de pie tiene. Lo más seguro es que ya tenga una maleta increíble. No voy a elegir una colonia nueva para que altere la perfección. Ya me gusta demasiado como huele.

Esta tarea es mucho más íntima de lo que pensaba.

Me muerdo los labios mientras bajo en el ascensor, pero mis preocupaciones se interrumpen cuando se me ocurre algo. Oh, sí. Sé exactamente qué regalarle.

Doce minutos más tarde, corro por los pasillos de vitrinas vacíos hacia la puerta de la sala de descanso, regalo en mano, segura de que voy a llegar antes que él. Nunca he tenido una relación duradera con un hombre, pero es bien sabido que se les da fatal comprar cosas, ¿verdad? Seguro que sigue arriba rebuscando entre blusas y sudando la gota gorda.

Mi idea estalla como una burbuja cuando me detengo, sorprendida, en la puerta de la sala de descanso.

Aiden no solo está allí esperando. Tiene los pies levantados, los tobillos cruzados sobre la mesa rectangular y las manos detrás de la cabeza. Hay dos tazas humeantes de chocolate caliente a su lado, con malvaviscos balanceándose en la superficie.

Entre las tazas hay un estuche largo de terciopelo negro.

—No puede ser —susurro, y agito una mano en su dirección—. ¿Has encontrado mi regalo *y* te ha dado tiempo de sobra para preparar chocolate caliente?

Los pómulos se le oscurecen ligeramente, y tiene que ser producto de mi imaginación. No puede tener un trasero redondo *y* ser de los que se sonrojan. Eso tiene que ser ilegal.

—Podría decirse que tengo un inventario mental de todo lo que hay en la tienda.

—Eso ayuda —murmuro.

Me acerco a la mesa y el corazón se me acelera a cada paso que doy. Manteniendo la compostura en la medida de lo posible, aunque es ridículo lo emocionada que estoy por intercambiar regalos (¿cuándo fue la última vez que lo hice?), giro una silla para estar cara a cara con él y me siento, intentando cubrir con las manos todo lo que puedo del regalo. Mientras tomo asiento, baja los pies de la mesa y se acerca, observando atentamente cada uno de mis movimientos como si más tarde fuera a escribir un informe detallado sobre mis gestos.

—¿Quién empieza? —consigo decir, con tono cortante.

Aiden desliza la caja de terciopelo negro por la mesa.

—Las damas primero.

Se reclina hacia atrás, se cruza de brazos y su rodilla derecha empieza a temblar.

—Madre mía, mira lo emocionado que estás. Apuesto lo que sea a que tienes una lista de reproducción con canciones de Navidad, ¿verdad? El uno de diciembre la tienes en modo aleatorio las veinticuatro horas del día.

—Error. —Me guiña un ojo—. Empiezo a reproducirla el día después de Acción de Gracias.

De mi boca sale una carcajada antes de poder detenerla o pensar siquiera en contenerla, y su rodilla deja de rebotar con brusquedad.

En el silencio que sigue, el único sonido que se oye es el de Aiden exhalando de forma irregular.

—Esa sí que es una risa por la que merece la pena esperar, Stella. —Luego, más para sí mismo, añade—: Me preguntaba si alguna vez me dejarías oírla.

Todo en mi interior se agita, pero consigo fruncir el ceño.

—No te acostumbres.

—Acostumbrarse sería imposible. Pero ¿intentar oírla otra vez? —Ahora, su voz coincide con sus ojos. Grave—. No sé si podré evitarlo.

No está lo suficientemente cerca como para besarlo. Nada cerca. Sin embargo, a juzgar por los estragos que sus palabras causan en mi vientre, es como si estuviera hablando encima de mí, con su fuerte cuerpo presionándome hacia abajo, abajo, abajo.

—V-Voy a ir abriendo esto —consigo decir, y abro la caja con la desesperación de una niña de diez años a la que le regalan una Xbox.

«Por favor, que sea algo que me distraiga de mi jefe y del efecto que tiene en mi libido. En mi… pecho. Concretamente, dentro de la caja torácica y ligeramente a la izquierda».

Hasta que no abro la caja, no me paro a pensar en lo que puede haber dentro. Pero cuando un collar resplandece sobre el forro de terciopelo rojo, me doy cuenta de que he sido estúpida por no haberme esperado una joya. Es un *joyero*. Es solo que no es lo que esperaba. No de Aiden. Por algún motivo, parece demasiado atrevido. O… como si estuviera unido a una expectativa. ¿Pero de él? No sé cómo reaccionar. ¿Estaba totalmente equivocada en cuanto a su personalidad?

—Stella. —Levanto la vista y lo veo preocupado—. Lo odias.

—No. Es… precioso. —Busco las palabras adecuadas—. Un collar.

Aiden vuelve a sujetar la caja, saca la cuerda fina de oro y la sostiene en alto. Ahora que está fuera de la caja, veo un gancho en la parte inferior que no era visible antes.

—No es un collar. Es una especie de llavero elegante, supongo. Para colgártelo del cuello. Pensé que podrías llevar la llave del hueco del escaparate para no volver a quedarte encerrada.

—Oh. —Exhalo la palabra junto con el sentimiento de decepción. Inspiro lo contrario. Una sensación de comodidad. Alivio. Agradecimiento. No solo ha elegido mi regalo enseguida, sino que ha elegido el regalo perfecto—. Es muy considerado —digo, tropezando con las palabras—. Me encantaría que me regalaran esto, Aiden. De verdad.

Suelta un suspiro y se ríe.

—Por un momento ha sido una situación delicada.

—Fallo mío. Debería haber sabido… —Me interrumpo y sacudo la cabeza—. Vale, te toca. —Empiezo a entregarle el regalo, pero vacilo—. Parecía una buena elección hasta ahora.

—Ajá. Te han entrado los escalofríos de la persona que da el regalo. Completamente natural. —No intenta quitarme la cajita, sino que se queda sentado y espera con sus grandes manos apoyadas en sus muslos extendidos—. Sea lo que sea, no será tan malo como el regalo que me hizo la tía Edna en la Navidad del noventa y cuatro. Me sacó al patio en pijama y me enseñó cómo extraerle los órganos a un conejo.

—¿*Qué*? ¡Madre mía!

—Clavó el elemento sorpresa. Eso se lo reconozco.

Parpadeando, le entrego el regalo.

—Considérame curada de espanto, supongo.

Sopesa la caja con las cejas fruncidas.

—Oh. No soy capaz de adivinar qué es. ¿De qué departamento lo has sacado?

—Nada de pistas. Puede no sorprenderte tanto como la disección de Tambor, pero me conformo con un pequeño *shock*. —Me doy cuenta de que ahora es *mi* rodilla la que está rebotando y bajo la mano para detenerla.

Aiden sigue mis movimientos y sonríe.

—Ábrelo —digo, cruzándome de brazos.

—Sí, señora —contesta arrastrando las palabras, y saca el cuero marrón oscuro de arriba—. Prismáticos.

Espero una reacción. Y no la obtengo.

Pues claro que escoge este momento para mostrarse estoico. Su expresión no delata nada.

—Ajá. Prismáticos —afirmo, mientras sigue mirándolos con aire pensativo—. Ya sabes… —Descruzo los brazos y agito una mano entre nosotros—. Porque siempre estás mirando desde arriba.

«Guau», dice la voz de Nicole en mi cabeza. «A eso lo llamo esforzarse».

—Me encantan —dice, dándoles la vuelta entre las manos—. Gracias.

El tono de su voz desprende un aprecio genuino que hace que me sienta bien. Demasiado bien. Mejor de lo que me he sentido en mucho, mucho tiempo. La combinación de orgullo y placer es casi como una jarra de agua fría.

—Solo era un juego. En fin… —Me pongo de pie tan rápido que casi vuelco la silla—. Mañana se inaugura el escaparate, así que debería irme al metro pronto…

—Ya había pensado en lo que te regalaría por Navidad. Por eso encontré tan rápido el collar para la llave —dice en voz baja, y niega con la cabeza—. Dios, no debería haberte dicho eso.

¿Ya… ya había pensado en lo que me compraría para Navidad? El peso que antes sentía en el pecho sigue presionándome, pero ahora también está más abajo. Sobre mi ombligo. Por todas partes. Mis pulmones no están funcionando con tanta eficacia como de costumbre. Estoy de pie delante de su silla, tan cerca que nuestras rodillas se tocarían si me moviera un poco hacia delante.

—¿Por qué no tendrías que decírmelo?

La forma en la que su mirada se eleva y me recorre con rapidez, nublándose, es mi única respuesta.

—Oh. —Me humedezco los labios, lo cuales se me han secado de repente—. Por la norma. Lo… leí en el manual.

—¿Sí? —Sin romper el contacto visual, deja los prismáticos sobre la mesa—. ¿Qué decía, Stella?

Que use mi nombre en esta situación parece… tener más peso. Como un ancla arrastrándose por el fondo del océano. ¿O son mis desatendidas hormonas jugándome una mala pasada? Me voy a sentir como una idiota como esté malinterpretando la situación y esta molesta atracción sea totalmente unilateral. Como solo esté siendo amable y mis habilidades sociales estén demasiado desentrenadas como para verlo.

—Bueno. —«Dilo y ya. Sácalo»—. Decía que hay una política según la cual queda estrictamente prohibido la fraternización entre cualquier miembro de la dirección y un empleado de la Corporación Cook.

Asiente, busca en mi cara. Parece que está decidiendo si decir algo o no.

—A menos que… esas dos personas firmen unos papeles con Recursos Humanos en los que reconocen su intención de salir juntos y con los que liberan a la empresa de cualquier responsabilidad. Se llama «contrato de amor»… y, lo sé, es muy poco sutil. —La silla cruje bajo él al moverse, visiblemente inquieto. Cuando su mirada vuelve a la mía, está cargada de significado—. Pero con el contrato de amor firmado, dos personas serían libres de hacer lo que quisieran.

—¿Y qué es lo que querrían? —susurro antes de poder pensarlo mejor. Antes de que pueda recordarme a mí misma todas las razones por las que sería un error acercarme más a Aiden Cook.

Es mi jefe. Estoy intentando no volver a romper las reglas. Intentando averiguar qué y quién voy a ser en este mundo gigante. Un mundo del que he estado ausente durante mucho tiempo y que me sigue pareciendo un planeta extraño la mayor parte del tiempo. Incumplir la norma de no fraternización no me metería otra vez en la cárcel, pero pondría en peligro el trabajo de mis sueños.

Un trabajo en el que, para empezar, apenas cumplo los requisitos.

Tengo todo eso presente, pero cuando Aiden se levanta y su altura me obliga a echar la cabeza hacia atrás, soy incapaz de apartarme.

Lentamente y con suavidad, acorta la mayor parte de la distancia que nos separa, deteniéndose cuando estamos a unos quince centímetros el uno del otro. Su mirada se desliza por la pendiente de mis pómulos hasta posarse en mi boca. Se detiene ahí, caliente, y desciende hasta el hueco de mi garganta, electrizándome la piel a su paso. Luego la aparta con una maldición.

—¿Qué querrían esas dos personas? No puedo responderte a eso. —Suelta un suspiro—. Solo sé que pienso en ti hasta el punto de distraerme. La reunión de la junta directiva no ha sido la única razón por la que estaba bebiendo esta noche. Tuve que contenerme para no bajar. Sabía que acabaría así otra vez, sintiendo que me derretiría a menos que te besara.

Madre mía. ¿Cómo se supone que voy a evitar derrumbarme en un charco de saliva, por no hablar de seguir manteniendo la barrera entre nosotros cuando él va por ahí diciendo cosas tan sinceras y románticas sin rodeo alguno?

—Pero la norma… —susurro sin demasiada convicción.

—Sí. La norma. —Se le dibuja una línea en la mejilla y el pensamiento se le arremolina detrás de los ojos—. Contigo tengo que estar más atento a esa regla, Stella. Ya hay un desequilibrio de poder. Yo soy tu jefe. Tú eres mi empleada. Además, también está el hecho de que te contraté con lo que algunos llamarían un punto negro en tu currículum. Estés cualificada o no, y creo que lo estás, tengo que preocuparme de que quizá, de alguna forma, te sientas en deuda conmigo. No deberías. Pero si me aprovechara de eso, de ti sea como fuere... Me entran náuseas solo de pensarlo.

Mi reacción instintiva es asegurarle que no me siento en deuda. Pero sería mentira. No hay ni una sola tienda en Manhattan que me hubiera contratado nada más salir de la cárcel. Nadie excepto él, con su optimismo y su inclinación a fijarse en la persona, no en el currículum. Pero mi atracción (la cual temo que vaya más allá de una reacción química) no tiene nada que ver con la gratitud. Me estoy *ganando* la oportunidad que me ha dado. Me estoy dejando la piel para conseguirla y, con suerte, se notará mañana. Con suerte, no lo defraudaré.

Pero el tirón que siento en mi vientre es distinto.

Es químico. Orgánico. No es fruto del agradecimiento ni del sentido de la obligación.

No, puede que sea lo más puro que he experimentado en mi vida.

Lo que más me preocupa es la opresión que siento en el pecho cuando estamos cerca.

Tengo que dar marcha atrás ya. Buscar alguna excusa para volver a casa, cortar la magia que se está gestando a nuestro alrededor y que está haciendo que la guirnalda roja colgada sobre la cafetera lance destellos. Que las luces navideñas tengan un brillo titilante más romántico. Ni siquiera noto que mis pies estén tocando el suelo. «Sabía que acabaría así otra vez, sintiendo que me derretiría a menos que te besara».

—Tienes que decir algo, Stella. —Se ríe con suavidad y con ojos preocupados—. Se parece mucho a ese primer día de clase en el que sueñas que estás desnudo.

Se le ve tan vulnerable; está ahí de pie, tras lanzarse y sincerarse conmigo. Lo único que quiero es recompensarlo por su valentía. Quiero recompensarme a mí misma con *él*. Pero ¿para qué? No soy la indicada para este hombre despreocupado. Dios, soy un error en todos los sentidos. Cuando paso por la planta principal de Vivant para ir al baño o a la sala de descanso, las vendedoras de joyas vigilan las vitrinas. Me miran de arriba abajo. O bien saben que he estado en la cárcel o han decidido que no me merezco nada.

Apenas llevo un mes fuera de Bedford Hills y me estoy esforzando mucho por ser una buena persona. La clase de persona de la que siempre me burlaba cuando era pequeña. He enderezado mi vida. Pero todavía no me he demostrado a mí misma que puedo hacerlo. ¿Y si me estoy engañando a mí misma? ¿Y si recaigo? ¿Cuántas mujeres conocí mientras cumplía la condena que fueron liberadas y que luego acabaron dentro otra vez? No soy mejor que ellas. Soy *una* de ellas. Estuve allí por una razón.

Y ahora estoy *fuera* por una razón. Una que todavía no me ha dado tiempo a entender.

¿Por qué parece que nada de eso importa cuando me mira con tanto brillo en los ojos? Tardo un momento en hablar. En conseguir que mis pulmones tengan el aire suficiente como para responder.

—Papeleo… —digo con los labios rígidos—. Eso parece un gran paso. Lo hace más… oficial.

Aiden ya está asintiendo.

—Lo sé. Si hubiera otra forma de intentarlo, de intentar lo nuestro…

—Lo sé.

—Es algo más que asegurarme de que no estás conmigo porque sientes una gratitud errónea, Stella, aunque esa sea mi principal preocupación. —Se hace un gesto de exasperación hacia sí mismo—. Soy de los que siguen las normas, ¿sabes?

—Lo sé. Y no pasa nada. Eso está *bien*.

—De los que siguen las normas… —repite, pensativo, con el ceño fruncido. Como si se le acabara de ocurrir algo—. Stella. ¿Me harías un favor?

Lo miro dubitativa.

—¿El qué?

—Dime otra norma del manual de empleados. Aparte de la política de no fraternización.

El calor se filtra por mis poros como si de metal fundido se tratase y me envuelve.

No sé qué más normas hay. Solo he leído esa. «Madre mía».

—Perdona, ¿qué? —Las vías respiratorias se me encogen hasta adoptar el tamaño de una raíz de regaliz—. ¿Puedes repetirlo?

No me gusta la sonrisa cómplice que le transforma las facciones. No me gusta nada, aunque experimento alivio al ver que ya no está reflexivo. Perdido.

Pero, sobre todo, siento pánico.

Aiden da un paso adelante e inclino la cabeza hacia atrás para mirarlo a los ojos; su aroma intenso y masculino me altera las ondas cerebrales.

—Dime una norma del manual. Sin contar la que dice que no puedo salir contigo. Que no puedo… —Arrastra el labio inferior entre los dientes y se le enciende un sonido grave en la garganta—. Llevarte a mi casa a la cama. Sin firmar los papeles.

A la cama.

A su cama.

Sería increíble.

Grande, suntuosa y celestial. Especialmente con él en ella.

—Bueno… eh, hay una regla que dice…

—¿La que dice que los fines de semana los empleados deben entrar y salir por la entrada trasera?

—Correcto —respondo con alegría, chasqueando los dedos—. Exacto. Esa es.

Le brillan los ojos.

—Esa norma no está en el manual, cielo.

Cuando alzo la mirada hacia él, no puedo estar más impresionada. Me ha atrapado. Sabe que he considerado lo que podría haber entre nosotros, y ahora su cuerpo irradia mucha menos contención. Un cambio que me pone nerviosa, pero que al mismo tiempo hace que enrosque los dedos de los pies por la anticipación. «¿De qué?».

—Bien jugado, Cook. —Le coloco las manos en el pecho con la intención de separarnos, pero sus pectorales se tensan como si estuvieran sedientos de mi tacto y cierra los ojos, se le abren las fosas nasales, y, por más que quiera, soy incapaz de dejar de tocarlo. Estoy en la sala de descanso manoseando a mi jefe, pasándole las manos suavemente por los duros músculos y luego hacia abajo, viendo cómo disfruta de mi caricia tan abiertamente, tan ansiosamente—. Bien, me has atrapado, ¿vale? —Intento tragarme la agitación que emana de mi tono de voz. La excitación—. Sentía curiosidad.

—Por nosotros —aclara, estudiándome—. Por si podría ocurrir.

A pesar de las señales de advertencia que me llegan desde el fondo de mi mente, emite un sonido en señal de afirmación y esboza la sonrisa de su vida. Es tan hermosa y brillante, le transforma tanto los rasgos que casi me convierto en líquido ante ella.

—Puede —susurro—. Pero no siento curiosidad por el papeleo.

Su expresión no decae ni un ápice.

—Si no te importa, Stella, me quedaré por aquí hasta que la sientas.

Se inclina, me da un beso en la frente y me coloca un mechón de pelo suelto detrás de la oreja. Luego me mira por última vez y me agarra de la mano para sacarme de la sala de descanso. Me deja delante de la entrada del almacén, en el que he estado trabajando la mayor parte de la semana, y sale unos segundos después con mi bolso y mi chaqueta. Me abre esta última para que meta los brazos por los agujeros, y no puedo evitar disfrutarlo. Es la primera vez que alguien me sujeta el abrigo.

—¿Qué hay de mañana? —pregunta con su rasgueo vibratorio justo al lado de mi sien.

—No lo sé. Y tampoco sé a qué te referías con «voy a quedarme por aquí». Podría significar cualquier cosa. ¿Estás amenazando con cortejarme o algo así? No entiendo...

—Stella —interrumpe con una sonrisa en la voz—. Me refería a cómo te sientes con respecto a la inauguración del escaparate de mañana.

Mi cara tiene que estar magenta.

—Oh. Claro. —Agacho la cabeza con la excusa de subirme la cremallera de la chaqueta—. Una mezcla entre nerviosa y… más nerviosa. Mayormente. —Cuando me enderezo, su curiosidad y su atención paciente en mi cara hacen que quiera decir más—. Pero, pase lo que pase, sabré que no seguí ningún atajo ni dejé pasar ninguna idea porque fuera demasiado difícil. Sabré que me esforcé al máximo. Tengo la zona lumbar dolorida como prueba.

Emite un sonido compasivo y me rodea por detrás. Antes de que pueda adivinar lo que pretende, desliza la mano por debajo de mi chaqueta y me pasa un pulgar firme por el centro de la parte baja de la columna. Suelto un gemido desvergonzado que resuena en las paredes de la planta principal de Vivant.

—Si tan solo tuviéramos los papeles firmados. Te llevaría a casa para hacerte más de esto. —Me clava el pulgar y traza círculos sobre mis músculos doloridos. Sienta tan bien que veo doble y el cuello me cae sobre los hombros—. Yo haría mi parte. Y un baño caliente haría el resto. —Desde atrás, apoya la boca en mi oreja y posa la mano en mi cintura muy brevemente, apretando—. Dime que quieres oír lo que pasaría después, Stella. Dame permiso para decirlo.

—Permiso concedido —contesto con una rapidez vergonzosa, porque ¿quién no querría? ¿Quién no querría que este hombre tan guapo le susurrara secretos al oído?

Aiden me rodea lentamente y se detiene cuando estamos cara a cara. La mano que tiene en mi cintura se ha deslizado hacia abajo, a lo largo de la parte baja de mi espalda, y ahí es donde permanece ahora, quemándome a través de la ropa.

—Una vez resuelta la tensión de tu espalda... —Se inclina y coloca la boca sobre mi oreja—. Nos encargaríamos de hacer que las partes correctas se sientan bien y doloridas, ¿no?

—Aiden —susurro, medio reprendiéndole, medio estupefacta. De verdad que pensaba que lo tenía calado y que sabía cómo era. Es de los que siguen las normas a rajatabla y ve lo mejor de la gente. Un hombre al que le acechan algunos demonios, pero que es bueno por naturaleza. ¿Ahora añadimos una vena obscena a la mezcla?

Santo cielo.

—Intenté advertirte —dice, agarrando mi mano y sacándome de Vivant a la calle, donde el frío de Manhattan refresca mis mejillas encendidas—. No siempre soy amable.

—No te preocupes, me acuerdo —se me escapa.

Sus labios se crispan mientras hace señas para pedirme un taxi.

—Esperaba que lo hicieras.

A estas horas de la noche, los taxis abundan en la avenida, y uno se detiene al instante en la acera. Aiden le da un billete de veinte por la ventanilla del copiloto, le dice que se quede con el cambio y me abre la puerta trasera. Estoy tentada a convertir en un problema el hecho de que me pague el trayecto a casa (no me importa caminar o ir en metro), pero es tarde, estoy lista para acostarme y llegar lo más rápido posible a mi cama me parece el mejor de los planes.

—Gracias.

—No me las des. Has conseguido que deje de pensar en la reunión de la junta directiva y me has salvado de tener una horrible resaca mañana. Es lo menos que puedo hacer. —Me siento en la parte de atrás y lo miro—. Buenas noches, Stella —añade con la voz un poco ronca al tiempo que me mira de arriba abajo como si me estuviera memorizando—. Nos vemos mañana temprano para la inauguración.

—Sí. —Trago saliva—. No estoy pensando en huir de la ciudad ni nada por el estilo.

—Oye —dice con seriedad, lo que hace que alce la vista a tiempo para captar su guiño—. En caso de duda, acuérdate del Chernóbil de los pingüinos.

Por segunda vez en la noche, me río, y Aiden hace una pausa mientras cierra la puerta del taxi, como si estuviera esperando a escuchar el sonido entero, antes de empujarla finalmente para cerrarla y dejarnos separados por un cristal. Se mete las manos en los bolsillos y se queda de pie en el bordillo, con un aspecto tan anticuado y elegante bajo la luz de las farolas que apenas soy capaz de recuperar el aliento.

Y lo pierdo por completo al cabo de un kilómetro cuando en el bolsillo de la chaqueta me encuentro el joyero de terciopelo negro que contiene la cadena de oro.

6
Aiden

No duermo ni un segundo en toda la noche. Alrededor de las tres de la madrugada, me rindo y pido dos docenas de dónuts a domicilio. Mi intención es llevarme la mayoría para la inauguración del escaparate de Stella, pero me como tres antes de dejar la caja sobre la encimera.

Y luego me pregunto por qué mi sastre siempre tiene que hacer ajustes en mis pantalones. Este trasero es cortesía de los dulces y no hay forma de evitarlo, ni ese hecho ni mi espectacular trasero. Sin embargo, está bien, es robusto y llevo mi propio relleno conmigo.

Está duro como una piedra.

Elijo un cuarto dónut (una obra maestra con rayas verdes y blancas y con trocitos de chocolate en forma de renos) y paso junto a mi abeto de dos metros y medio de altura en dirección a la ventana del salón. El reflejo de las luces blancas que parpadean en mi árbol se confunde con las de la ciudad mientras miro hacia el barrio de Chelsea. Donde vive Stella. No esperaba estar tan nervioso. Debería haberle echado un vistazo al escaparate con antelación y haberle dado tiempo a hacer cambios, si es que eran necesarios. Confío en ella. Es lista. Perspicaz. Ha fichado temprano todos los días desde el martes y se ha marchado de Vivant tarde. Si el escaparate no es un éxito, no será por no haberlo intentado.

Tal vez este período de prueba ha sido una mala idea. Si la hubiera contratado sin la moratoria, no habría tanto en juego en la inauguración. Y solo iba a ser algo discreto; algunos de mis directivos, algunos empleados clave y nuestra gestora de las redes sociales estarían allí para presenciar el momento. Pero anoche, de camino a casa, recibí un mensaje de mi padre diciéndome que Shirley y él iban a estar en Vivant a las seis de la mañana para la inauguración.

Stella no necesita esa presión. Y lo último que quiero es que investiguen sus antecedentes y que conviertan su historial en un problema. Estoy preparado para mantenerme firme en cuanto a mi decisión. Estoy preparado para protegerla como pueda, pero como el escaparate no sea un exitazo, la junta directiva dificultará ambas cosas todo lo que les sea posible.

Stella ya tiene sus propios problemas familiares, no necesita que la mía la juzgue. He estado en esa situación muchas veces, me he enfrentado a la desaprobación, he sentido cómo me quemaba capas de piel. La idea de que eso le ocurra a ella, cuando ya está tan afectada por los últimos cuatro años, hace que camine de un lado a otro frente a la amplia ventana, con los restos a medio comer de mi cuarto dónut olvidados en la bandeja otomana.

Hay una gran parte de mí, una parte protectora, que le da vueltas a la idea de reprogramar la inauguración, pero no sé si eso impediría que mi familia descendiera sobre el procedimiento como buitres. Tampoco quiero que Stella piense que no confío en el producto final.

Sin ninguna solución clara a la vista, me meto en la segunda habitación, convertida en gimnasio, y me pongo a levantar pesas. Hago algunas dominadas en el marco de la puerta y unos abdominales rápidos (porque los odio) con la esperanza de acabar con el estrés que me está atenazando. No obstante, cuando ningún ejercicio parece aliviar la tensión que siento en la zona abdominal, cedo, admitiendo que solo hay una cosa que puede ayudarme.

En el mismo instante en el que me doy permiso para masturbarme, se me forma una tienda de campaña en los pantalones de chándal. Se me pone dura tan rápido que me mareo mientras me dirijo hacia el baño. Me desnudo con rapidez, abro la ducha, me meto debajo del chorro y agarro el jabón antes de mojarme del todo. Me enjabono la palma de la mano. En cuanto cierro los ojos y aprieto la frente contra el azulejo empañado de la pared de la ducha, ahí está Stella. Sin camiseta y con esas medias que tanto me gustan.

Y me está poniendo mala cara.

Se piensa que esa mirada le da un aspecto feroz, pero es lo más sexi que hay en el este del Misisipi. Hace que quiera esforzarme para que vuelva a esbozar esa sonrisa cinco por ciento torcida y cien por cien perfecta. Hace que quiera averiguar qué botones hay que pulsar para borrar el recelo de sus ojos y hacer que se le pongan vidriosos.

Maldita sea. Odio que esto parezca una violación de las normas. Estoy haciendo algo vergonzoso cuando preferiría estar saliendo con ella abiertamente. Quiero perseguirla de la manera correcta. En cambio, aquí estoy, agarrándome el miembro y sintiendo cómo se me tensan las pelotas por la mezcla impía de lujuria y vergüenza.

—Lo siento —susurro contra la boca de la Stella imaginaria—. Por lo que estoy a punto de hacerte. —Está sentada en mi escritorio (una violación de la ética en toda regla) y está jugando con sus pechos. Me mira a través de su flequillo, sus dedos toqueteándose los pezones y endureciéndoselos.

Me he pasado una caricia jabonosa por la erección y ya estoy jadeando.

¿Soy amable? Sí. Algunos dirían que en exceso. Sin embargo, ahora la amabilidad se está deslizando fuera de mí y se está yendo por el desagüe. La única vez que he sido capaz de soltarme del todo es durante el sexo. Mi mente se desconecta y mi cuerpo entra en escena. Sigo teniendo que cumplir una expectativa, pero es diferente. Dar placer no me exige ser amable. O sonreír cuando no me apetece. Y el permiso para bajar la guardia y *dejarse llevar* es estimulante.

En el pasado, las mujeres han sido incapaces de conectar con una de mis dos facetas. O bien quieren un caballero en todos los sentidos y rechazan mi agresividad en la cama, o ni siquiera pasan del café conmigo, ya que asumen que también seré demasiado amable en todos los demás aspectos. Incluyendo el dormitorio. Sin el beneficio de la proximidad, Stella podría haber entrado en esta última categoría. Gracias a Dios que eso no ha pasado. Ni de broma podría haberme olvidado de ella como hice con las otras mujeres.

—No te disculpes —murmura, y me acaricia la comisura de los labios con un ligero movimiento de la lengua—. Tú házmelo superbién, ¿de acuerdo?

—A la mierda, lo haré genial —rujo contra la baldosa, y me aprieto más con la mano, aumentando la velocidad—. Solo déjame entrar.

Mirándome a los ojos, abre bien los muslos, perfectamente bien, y me muestra su sexo húmedo y la franja de vello oscuro y recortado. Maldita sea. Se acerca al borde del escritorio, me recorre el centro del pecho con las yemas de los dedos y me rodea la corbata con la mano.

—Enséñame lo que se siente al ser tuya, Aiden.

—*Sí* —gruño, ni siquiera seguro de si podré llegar al final de la fantasía antes de estallar. Oír cómo dice que quiere ser mía es demasiado. Porque no puedo negar que cuando se trata de Stella, he estado experimentando una extraña sensación de... codicia. Quiero rodearla con los brazos y *aprendérmela*. Mejor que nadie. Desde que tengo uso de memoria, me he imaginado en una relación estable. Algún día. La idea de llegar a casa todos los días y que esté allí la misma persona, saber cómo quiere que la complazcan, qué le gusta comer, cómo ponerla de buen humor... Dios, he soñado con eso. Que dependan de mí así.

Depender de alguien que sepa lo que necesito incluso cuando yo no lo sé.

Como ha hecho Stella esta noche. Distrayéndome con ese juego.

He estado en relaciones que *deberían* haber sido ideales. En teoría, eran parejas que daban la talla. Buenas carreras profesionales, ambiciones, esperanzas similares de cara al futuro. Pero es la primera vez que siento esta lujuria tan fuerte por alguien y que, al mismo tiempo, quiera sentarme a su lado en el sofá con una bata y unas pantuflas a juego. Con Stella, es ambas cosas. Hambre *y* afecto. Lo cual es una locura. La conozco desde hace menos de una semana. Es una tontería. Sin embargo, aquí estoy, penetrándola con frenesí en mi mesa imaginaria y pensando ya en lo bien que se sentirá abrazarla después, una vez que la haya drenado de cualquier cosa parecida a la energía.

Yo seré la cuchara grande.

Ella meterá el trasero en mi regazo y discutiremos sobre patrones de porcelana.

Un sonido áspero sale de mi garganta y joder. *Joder.* El placer deja de tentarme y se adentra hasta el fondo, llevándome al borde de la agonía antes de dejarme caer, caer, caer. *Dios.* Pensar en elegir platos con Stella me ha arrojado en medio del mejor orgasmo que recuerdo en los últimos tiempos, las rodillas casi dobladas por el monumental subidón, el alivio del peso entre las piernas, esa sustancia caliente y lechosa deslizándose por la baldosa debajo de mí.

Justo antes de ese chorro final, aprieto la frente contra la baldosa y pienso en Stella anudándome la corbata delante del espejo del baño, ambos vestidos para ir a trabajar e intentando beber café sobre la marcha, tras lo que gimo fuerte con los dientes apretados, acariciándome furiosamente hasta alcanzar el final, y me desplomo hacia delante con las dos palmas sobre las baldosas, la caja torácica expandiéndose y contrayéndose a toda velocidad.

Estoy bien jodido.

Asumo que voy a ser el primero en llegar, pero cuando mi coche se detiene delante de Vivant, Stella está allí, en la penumbra, sentada en el borde del escaparate de Vivant con sus características botas, medias, vestido con tejido de jersey y chaqueta acolchada, escuchando algo con los auriculares.

De inmediato, siento una punzada de culpabilidad por lo que he hecho esta mañana. No solo he fantaseado con su cuerpo, sino que me he atrevido a elegir la vajilla sin contar con ella. Doble vergüenza. Si no me preocupara que se esté muriendo de frío, habría tardado unos minutos más en acallar la culpa, pero cuando veo cómo se sopla aire caliente en las manos, aprieto el botón para bajar la ventanilla.

—Stella. —No levanta la vista, probablemente porque tiene la música demasiado alta. Vuelvo a llamarla. Esta vez se levanta y se quita el auricular—. Ven a esperar aquí. Se está calentito y tengo dónuts.

—No hace falta que digas más. —Se cruza de brazos y medio camina dando grandes zancadas hacia el coche con la cabeza gacha contra el viento. Por mi mente danzan platos y platillos con un diseño de cestería mientras se sube a mi lado, y su precavida mirada azul se desplaza entre mi chófer y yo.

—Stella, este es Keith. Keith, Stella —digo—. Vamos a inaugurar su escaparate esta mañana.

—Ahhh, qué bien —contesta Keith por encima de la emisora de radio, captando la mirada de Stella en el retrovisor—. Va a ser difícil igualar esos pingüinos. *No* te envidio por eso. No. ¿A quién no le gusta un pingüino pequeño y patoso? A nadie. Todo el mundo los adora. ¿Y están haciendo los juguetes de Santa Claus? ¿Con pequeñas herramientas en las aletas? Olvídalo. —Da media vuelta—. Pero estoy seguro de que el tuyo va a ser increíble, Stella.

Stella extiende una mano.

—Dónuts, por favor.

—Gracias, Keith —digo secamente, y le hago un gesto cortés con la cabeza mientras subo la ventanilla de separación, dejándonos a Stella y a mí en la tranquilidad. Cuando acomodo la caja de dónuts sobre su regazo y levanto la tapa, inspira una bocanada de aire y sonríe, lo que me provoca un tirón en el pecho—. No quiero condicionarte ni nada, pero el dónut de mantequilla de cacahuete y mermelada lo hizo Dios en persona.

Repite las palabras «dónut de mantequilla de cacahuete» y «mermelada» sin hacer ruido. Hace una mueca de consideración.

—Demasiado arriesgado. Podría traerme recuerdos de segundo curso y lo último en lo que quiero pensar esta mañana es en Todd Peterson mojando sus sándwiches de mantequilla de cacahuete y mermelada en Gatorade de lima-limón. —Hace una mueca—. Demasiado tarde. Ya estoy pensando en ello.

—Y yo que pensaba que era raro por meter Doritos en el mío.

—No, eso te convierte en un visionario. —Señala uno de los más hojaldrados y espolvoreados—. ¿De qué es este?

—De chocolate y malvaviscos.

—Vendido. —Saca el dónut de la caja con dos dedos y lo gira varias veces, buscando el mejor lugar para morderlo. Cuando por fin hunde los dientes en la capa crujiente y gime, la nuez se me atasca detrás de la pajarita. Que calor hace aquí, ¿no? Levanto la mano y ajusto las rejillas del aire acondicionado, pero me acuerdo de que estamos en pleno diciembre y que el coche se está calentando, no enfriando—. ¿No te vas a comer ninguno? —me pregunta.

Toso en mi puño porque sospecho que mi voz es más rasposa que la de un puercoespín con psoriasis.

—Ya me he comido mis tres y medio habituales esta mañana.

Stella parpadea.

—Impresionante. —Duda si darle un segundo bocado—. Voy a guardarme el resto para cuando me tome el café… —Ya le estoy tendiendo mi termo metálico. Al cabo de un rato, lo acepta y lo apoya sobre su regazo—. Gracias.

—No me des las gracias todavía —suspiro—. Traigo noticias.

El dónut se detiene en el aire de camino a su boca.

—Oh, oh.

—Sí. —Me paso un par de dedos por el pelo—. La junta directiva ha decidido estar presente en la inauguración. Me enteré anoche. —El sonido que hace al tragar saliva llena la parte trasera del coche—. Eso no cambia nada, ¿de acuerdo? Voy a interferir todo lo posible.

Me atraviesa con la mirada.

—No hace falta, Aiden.

—A veces pueden ser innecesariamente crueles. Una cosa es que me dirijan esa crueldad a mí, ¿pero a ti? —El dónut se me revuelve en el estómago—. No. No pienso aceptarlo.

—Y yo no quiero un trato especial —dice con suavidad—. ¿Harías de intermediario entre cualquier otro escaparatista y las partes más duras de su trabajo?

Cierro los ojos.

—No.

Me es imposible describir lo que ocurre dentro de mí cuando estoy cerca de Stella. Es como si alguien estuviera quitando el papel pintado de mi pecho, sustituyendo el yeso, colgando nuevas obras de arte.

—Es un periodo de prueba, ¿verdad? —Desde el otro lado de la consola, me da un codazo en el costado—. Déjame afrontar esa prueba. Puedo hacerlo.

—¿Estás segura? Keith podría dejarnos en México para el lunes.

—Aiden. —Suelta una mezcla entre risa y resoplido. Me gusta la facilidad con la que pronuncia mi nombre. Incluso más que eso, me encanta cómo sus ojos deambulan por mí. Cómo descienden por mi pecho y mi estómago. Cómo se posa brevemente en la bragueta de mis pantalones de vestir. Debe de pensar que la franja negra de sus pestañas oculta su misión de chequeo, pero no es así. ¿Piensa en mí cuando se ducha? ¿Se ha tocado en la cama acordándose de lo que sentía al tener sus piernas alrededor de mi cintura?—. Me gusta tu pajarita de esta mañana. ¿Son morsas con guirnaldas alrededor del cuello?

—Exacto. —Levanto la mano y tiro de los extremos para apretármela—. La encontré en el mercado navideño de Union Square hace dos diciembres. Única en su especie. A menos que la vendedora me tomara el pelo.

Stella aprieta los labios, reprimiendo una sonrisa por la que habría pagado una entrada para verla florecer en todo su potencial.

—Algo me dice que estaba siendo sincera. No me imagino a nadie más que a ti paseando con una pajarita de morsas. —Pasan unos segundos. Unos segundos en los que solo pienso en inclinarme sobre el asiento y lamer el sabor a malvavisco y chocolate de su boca—. ¿Tienes pajaritas para cada estación? ¿O solo para Navidad?

—Solo para Navidad. El resto del año es una rotación básica de colores. Rojo, negro, azul.

—Para ti la Navidad es especial.

—Sí. Lo es. —Stella siempre intenta centrar nuestras conversaciones en mí. Me debato entre dejarla (a lo mejor todavía no se siente lo suficientemente cómoda como para revelar cosas sobre sí misma) o cambiar y que ella sea el tema de conversación, en vez de yo. Tal vez sea mi aprensión a que Shirley y Bradley tengan acceso a esta chica a la que quiero proteger y transportar a México, pero me muero por saber más sobre Stella. Ahora. Antes de la inauguración del escaparate. Antes de que alguien más tenga la oportunidad de destruir este momento con ella—. ¿Para ti es especial la Navidad?

Mira hacia arriba rápido. Luego hacia delante.

—Tengo buenos recuerdos de ella. Esa sensación tranquila de estar todos encerrados en casa todo el día, sin poder ir a ningún sitio porque no hay nada abierto. Mis padres siempre estaban trabajando, constantemente, pero Navidad… era el único día del año en el que no atendían llamadas de trabajo. O salían corriendo para ir a reuniones. Por lo general, mi madre quemaba una tarta y mi padre se sentaba en el suelo del salón a leer el libro sobre la Segunda Guerra Mundial que mi madre le hubiera comprado. —Se detiene para pensar—. Esos recuerdos son especiales.

—¿Siempre tuvisteis un árbol?

—Sí —responde lentamente, como si estuviera tratando de recordar—. Hasta la secundaria, tal vez. Dejamos de decorar tanto cuando me hice mayor. Ya casi no comíamos en la misma mesa. Supongo que no tenía mucho sentido crear un ambiente para estar juntos. Cada uno iba a lo suyo. —Su expresión se vuelve irónica—. *Yo* iba a lo mío. Tengo que asumir mi responsabilidad. La idea de separarme de mis amigos, aunque fuera solo durante un día, me convertía en una Godzilla adolescente.

—Te daba miedo perderte las cosas.

Asiente, se rasca una mancha que tiene en la media, a la altura de la rodilla derecha.

—Me habría venido bien perderme algo. Mis padres intentaron advertirme de que estaba... resbalándome. Por una pendiente traicionera. Pero no les hice caso. —Pasan unos segundos—. Es extraño. Cuando eres más joven, te crees que lo sabes todo. Luego te haces mayor y vives constantemente consciente de lo poco que sabes y entiendes en realidad.

—Una maldición milenaria —coincido, absorbiendo su visión como una esponja. Parece que siempre acabamos en momentos así, confiándonos el uno al otro, y no quiero que se acaben. Nos conocemos desde hace poco, pero nunca me he sentido tan cómodo hablando con alguien. Es como si se hubiera abierto un nuevo portal del universo y de repente... el vínculo que nunca he tenido con nadie se me ofreciera en un paquete prohibido. Pero no puedo parar de desatar las cuerdas—. Tus padres. ¿Cómo es la relación ahora?

—Incómoda. —Frunce el ceño—. Quiero tener una relación con ellos como adulta. Pero mi adultez quedó... en suspenso. Ahora estoy intentando encontrar una razón para que les guste, para que estén orgullosos de mí, antes de llegar a algo significativo. No quiero meter la pata por segunda vez.

Esa confesión hace que se me forme un nudo en el pecho. Quiero indagar, quiero interrogarla sobre todo lo relacionado con aquellos años de rebeldía, pero no puedo lanzar un dardo directamente a la diana o intuyo que se cerrará en banda. La Navidad parece ser nuestro punto de partida hacia temas más serios, así que me quedo con eso, con la esperanza de que salte conmigo.

—¿Cómo decorabas el árbol cuando eras pequeña? ¿Empezabas por arriba o por abajo? ¿Lo colocabas estratégicamente o al azar?

Una sonrisa tranquila le tuerce los labios.

—Estratégicamente. Siempre. Lo dibujaba antes con lápices de colores.

Inclino la cabeza hacia la ventana cubierta.

—Suena bastante bien. ¿Dejaste de tener ganas de planearlo cuando creciste?

—Sí, eso habría significado que me importaba algo. Un horror. —Su mirada me pasa por alto y se dirige a la ventana que da a la avenida, y por un momento parece olvidarse de sí misma—. Mis amigos se habrían reído de mí. No hay nada peor, ¿verdad? Nicole...

Cuando se interrumpe y no continúa, agacho la cabeza para entrar en su línea de visión.

—¿Quién es Nicole?

—Oh. —Se inquieta—. Es mi mejor amiga.

Lo dice con una buena dosis de vacilación.

Espero.

—Venía de una situación familiar difícil. Se mudaban de apartamentos a habitaciones de motel y viceversa. Su padre era drogadicto e incapaz de mantener un trabajo más de unas semanas. Pasaba mucho tiempo en mi casa. Comía, pasaba la noche allí. Mis padres fueron muy generosos. Estuvieron allí para ella todo lo que pudieron, teniendo en cuenta lo ocupados que estaban con el trabajo. Pero, como es lógico, se ponía a la defensiva. Pues claro que estaba resentida. Era una niña en una situación inestable, aterradora e incierta.

—Se detiene un momento—. Cuando empezó a salir de fiesta y a robar… yo iba con ella. Era su mejor amiga. Eso es lo que hacen las mejores amigas. Se cubren las espaldas. No dejan que salgan solas. Y, en algún punto, simplemente acabé absorbida. Era mi nueva familia y si hacía algo sin ella, le haría daño. Me sentiría culpable. Ni siquiera le dije que iba a hacer cursos universitarios *online* después del instituto. —Se humedece los labios—. Ahí fue cuando supe que algo iba mal en nuestra amistad. El hecho de que no le gustara que persiguiera un sueño. Pero aun así fui incapaz de romper la relación. Y entonces fue demasiado tarde. Acepté atracar el restaurante, diciéndome a mí misma que esa iba a ser la última vez que iba a ceder. Que iba a dejar que desapareciera el entumecimiento. Me *echaba de menos*.

Tengo que morderme el interior de la mejilla para no estirar el brazo y tirar de ella hacia mi regazo. Stella es una mezcla increíble de fuerza, dolor y autoconciencia. Y no puedo ni imaginarme el valor que tuvo que reunir para solicitar este trabajo. Para escribir sus errores en una hoja, presentarse, seguir adelante y perseguir lo que le gusta después de que su vida diera un giro tan drástico del lugar en el que empezó.

—¿Y ahora? ¿Todavía te echas de menos?

Una línea aparece en su frente.

—No lo sé. Llevo cuatro años en pausa. Todavía estoy intentando darle a reproducir otra vez. —Su mirada se desvía hacia Vivant—. No, *estoy*… dándole. Estoy intentando fingir que sé lo que va a pasar después. Pero en realidad voy a ciegas.

—No eres la única, Stella. La mayoría de la gente no tiene ni idea de qué esperar del siguiente día del calendario, por no hablar del año. Mira 2020. —Hago un gesto con la mano—. Vale, retiro lo dicho.

Se ríe en voz baja, se gira un poco para mirarme y cruza una pierna larga sobre la otra. Un cambio de tema físico, y se lo voy a permitir, dado que ya he conseguido mucho más de lo que esperaba.

—Tú no te metes en nada a ciegas, ¿verdad? —Sus ojos se entrecierran de forma juguetona—. Excepto tal vez... decorar tu despacho.

La sorpresa salta en mi caja torácica y se me sale por la boca.

—¿Qué?

—Decoras tu propio despacho, ¿verdad?

Vaya. Oigo cómo me late el corazón.

—¿Cómo lo sabes?

—No... sé. —Su expresión demuestra que está desconcertada—. Cuando me llevaste a tu despacho la otra noche, lo supe. Eres muy ordenado y recogido, pero creo que...

—¿Qué?

Que Dios me asista, un rubor rosado le está subiendo por el cuello. Más rosa que el glaseado de un dónut de fresa.

—Creo que a veces te gusta ser desordenado. —Se sobresalta un poco, como sorprendida por la sensualidad de su tono, y se endereza en el asiento—. En plan, me apuesto lo que sea a que no planeas *tu* estrategia para decorar el árbol de Navidad.

Es imposible que se dé cuenta de lo raro que es que alguien vea mi interior así. ¿Alcanza el corazón de todo el mundo o solo el mío? No me gusta nada la idea de que observe a otra persona con tanta profundidad. Quiero esa perspicacia solo para mí. Dios, estoy celoso de la posibilidad de que le dé ese don a alguien que puede o no existir. ¿Qué me está haciendo esta chica? ¿Es posible que pueda apreciar mi lado más desenfadado y mi lado más rudo?

—Tienes toda la razón del mundo —digo, intentando mantener el tono uniforme cuando me gustaría arrastrarla debajo de mí en este asiento y sentir el roce de esas medias en las caderas—. La Navidad debería ser un poco desordenada.

Se le crispa la mejilla todavía rosada.

—Si hablamos de desorden, no has dirigido los grandes almacenes correctos.

Señalo el establecimiento en cuestión.

—Eso es para otras personas. No para mí.

—¿No quieres que la tienda de tu familia te refleje de alguna manera?

—Tal vez ya lo hace. Ordenado y recogido en la superficie. Desordenado entre bastidores. —La ventana se empaña detrás de ella y tardo unos instantes en darme cuenta de por qué. Ambos estamos empezando a respirar más fuerte. Sé muy bien que no puedo levantarla del asiento y sentarla sobre mi regazo. Que no puedo deslizarle la mano por el interior del jersey ni dejar que note mi erección contra su trasero. Pero lo que dije anoche iba en serio. Lo de ser de los que siguen las normas. Lo de asegurarme de que Stella me desea de verdad y no por gratitud. O por obligación. O por presión porque soy su jefe. O por ser quien revisó sus antecedentes penales. Intento no ponerle un dedo encima hasta estar seguro, pero Dios, cada segundo se vuelve más difícil.

Estamos en la parte de atrás del coche, solos, fuera está medio oscuro, lleva esas malditas medias que parecen suaves y me está mirando con los párpados pesados mientras sus pechos suben y bajan, una fruta madura pidiendo ser acariciada y chupada. Cualquiera diría que no me he hecho una paja en la ducha esta mañana por toda la sangre que está dirigiéndose a mi entrepierna. Haciendo que se ponga más gruesa y se eleve.

Además, su boca sabría a malvaviscos y a chocolate.

¿Quién diría que Dios me abandonaría una semana antes de Navidad?

—Stella…

—Contrato de amor. Papeleo. Lo sé. —Se inclina hacia delante. Hacia mí. Se acerca un poco más en el asiento. Como si estuviera en trance, alarga la mano, recorre la línea de botones de mi camisa blanca y se detiene a unos centímetros de la hebilla del cinturón. Retira la mano rápidamente, pero la agarro. Sin pensarlo. Me la coloco sobre el corazón y Stella emite un sonido entre quejido y grito ahogado, probablemente porque ese maldito órgano va a mil por hora y es imposible fingir lo contrario—. Aiden… —murmura, y arrastra la mirada hasta mi boca y se inclina hacia ella. Y, por supuesto, yo también me inclino, dispuesto a satisfacerla en todo, desde los besos hasta los patrones de porcelana.

Cuando estamos a poco más de dos centímetros de distancia, nuestras narices se tocan y su aliento me baña los labios. Mi mano se mueve por sí sola, se estira y empuña la parte de su chaqueta que se le curva en el costado para tirar de ella hacia mí, y mi pene se vuelve de acero cuando ella se estremece.

—Dime que llevas puesto el llavero.

—Lo llevo —contesta, con la respiración entrecortada—. Debajo de la ropa.

El oro descansando sobre su piel. Calentando. Permaneciendo con ella todo el día. Dios, me encanta saber eso. Apacigua la posesividad extraña que despierta en mí. Una posesividad que debería ahuyentar o ignorar, pero no puedo evitarlo. Esto es lo único que he sentido por ella y no sé cómo apagarlo.

—Dime que te vas a casa y piensas en mí —exijo contra su boca.

—Me voy a casa. Y pienso en ti. —Pasa un segundo. Dos—. Pienso en aquella vez en el ascensor, cuando me dijiste que podías ser extremadamente duro. Pienso mucho en eso.

Un fuego se enciende en mi cabeza, en mis entrañas. Stella se está retorciendo en el asiento y me duele saber lo que significa. Lo que su cuerpo está comunicando. Si la tumbara en este asiento de cuero y dejara caer las caderas, presionara un poco y me moviera un poco más, ella gemiría. Mojaríamos la costura de sus medias en cuestión de segundos. Lo sé mejor de lo que sé ponerme la pajarita al cuello. Aunque nunca hayamos tenido nada físico.

—¿Eso es lo que...? —Me detengo para no preguntar lo que quiero saber. No es el momento, ni el lugar, ni la circunstancia.

—¿Qué? —Se acerca, su cadera presiona la parte exterior de mi muslo y me agarra la solapa de la chaqueta con fuerza. ¿Cuánto tiempo llevamos a punto de besarnos? Son como unos preliminares tortuosos creados por nosotros dos. Si nuestras lenguas se tocaran ahora mismo, juro por Dios que me correría—. Pregúntame.

—¿Que pueda ser duro es lo que te excita?

Gime ante la pregunta, y yo ya estoy jadeando, girándome, arrastrándola más cerca, dispuesto a bajarle las medias y lamerla hasta que olvide su propio nombre. Mi pregunta está ahí. Colgando. No puedo retirarla por muy inapropiada que sea. Da igual lo mucho que desearía que el momento fuera diferente.

—Sí. Y pensar en ti... —Cierra los ojos—. Cachondo. En la oscuridad. Por mí. Intentando mantener la compostura. Estás excitado y sudando y necesitas alivio, pero no hay nada que puedas hacer al respecto.

—No sabía que tenías una cámara apuntando a mi mesa.

Su risa entrecortada cierra el trato. Me quita los escrúpulos, la ética y la moderación por completo. Voy a posarla sobre mi regazo y a desabrocharme los pantalones. Es imposible que pueda vivir otro segundo sin que su centro húmedo me apriete y se deslice cada vez más abajo, acunándome. Noto cómo se mueve, oigo cómo gime. Si nos movemos lo bastante despacio, el coche no se balanceará. Tal vez. «Por Dios». Ni siquiera estoy seguro de que vaya a importarme que me encuentren así cuando la deseo tanto.

—Te necesito, Stella —gruño, girándonos, colocándome para ponerla a horcajadas…

Suena un claxon.

Dos, tres bocinazos.

Estoy perdido en un estupor, mis pensamientos pegajosos y perdidos en un patrón irreconocible. ¿Quién está tocando el claxon? ¿En qué año estamos? No lo sé, pero estoy a punto de subirme a una empleada al regazo en público. De acostarme con ella. Todas las formalidades tiradas a la basura como un lote de galletas quemadas. El sol ha empezado a salir mientras hemos estado… no besándonos. Solo agarrándonos la ropa, respirando fuerte y confesando fantasías. Podría pasarme la vida haciendo esto. Podría continuar durante las próximas setenta Navidades, saboreando su aliento a chocolate en mi boca y escuchando cómo dice que piensa en mí excitado y sudoroso en mi mesa. Que eso la excita.

Pero alguien está tocando el claxon y estoy en Vivant. Mi lugar de *trabajo*.

Posiblemente aprovechándome de una empleada.

Me arde el estómago.

—Stella —consigo decir, tras lo que trago saliva y la acomodo con suavidad en el lado opuesto del asiento trasero—. Lo siento. Dios. Me he dejado llevar.

—Ambos nos hemos dejado llevar, Aiden —responde, aturdida, y se enrosca mechones de pelo despeinados detrás de las orejas repetidamente—. No pasa nada.

Quiero discutir, pero me distraigo con su boca hinchada y rosada. Sus mejillas salpicadas de rojo. El movimiento de sus caderas, como si la hubiera dejado insatisfecha. Pues claro que la he dejado insatisfecha. He empezado algo que no puedo terminar. Todavía. Algo que tal vez nunca pueda terminar si no le gusto lo suficiente como para hacer que esta... situación entre nosotros sea oficial.

Con ese inquietante pensamiento en la cabeza, me doy la vuelta, miro por la ventana trasera del coche y hago una mueca cuando veo a mi padre y a Shirley saliendo de la limusina, con Randall merodeando a medio metro detrás de ellos. Asienten con la cabeza en dirección a alguien y entonces veo que los encargados de la tienda han empezado a reunirse, Jordyn, la encargada de la planta principal, entre ellos. O ninguno nos ha visto o soy extremadamente afortunado por tener tantos empleados discretos.

Me vuelvo hacia la chica que está a mi lado y que todavía está intentando recomponerse en el asiento. Ya somos dos. No sé si volveré a serenarme después de lo que acabamos de hacer. No obstante, este momento no se trata de mí. Ni siquiera de nosotros. Es el momento de Stella.

—Recuerda —dice, dirigiéndose a mí antes de salir del coche—. No tienes que protegerme de las críticas. Déjame que escuche lo que opinan. Tengo que ser capaz de manejarlo, ¿vale?

Asentir me supone un esfuerzo enorme, pero consigo un movimiento firme.

Observo a mis familiares por el rabillo del ojo y los nervios de antes vuelven a aflorar, acompañados de la creciente oleada de protección que siento por Stella. Pero, sobre todo, estoy orgulloso de ella. Por salir de su pausa. Por seguir adelante. Y espero que lo que quiera que haya al otro lado del papel baste para que siga pulsando el botón de reproducir.

7
Stella

Cuando estaba en quinto, la Asociación de Padres y Maestros de mi escuela organizó una inauguración fingida de una galería de arte. Las esculturas y pinturas creadas por los estudiantes se expusieron en el gimnasio. Los padres podrían pasear y comprar las obras. Como es lógico, la costumbre era comprar la creación de tu hijo y, mirando hacia atrás, era sobre todo una forma de que la asociación ganara mucho dinero fácil. Y recuerdo que me sentí justo como ahora. La piel vibrando, los músculos tensos, con tanto calor que tengo frío.

Hay algo muy personal, muy vulnerable en revelar el arte. El concepto de este escaparate ha salido directamente de mi cabeza. Nadie lo ha aprobado. Nadie ha dicho: «Sí, va a funcionar». Es un salto al vacío. Es creer en una idea y, como *todo el mundo* tiene ideas, es entonces cuando aparece el síndrome de la impostora. ¿Qué me hace pensar que *mi* idea va a detener el tráfico peatonal de la Quinta Avenida? ¿Qué me hace pensar que tengo dotes artísticas?

Al igual que en la exposición de arte de la Asociación de Padres y Maestros, la reacción de mis padres es la que más me importa.

Sin embargo, esta vez no están aquí. No van a aparecer con unas sonrisas grandes de entusiasmo, armados de elogios y sugiriendo que paremos a tomarnos un helado de celebración de camino a casa. Ni siquiera saben que tengo este trabajo.

A lo mejor han seguido adelante con sus vidas y no piensan en mí en absoluto.

Esa posibilidad amenaza con dejarme sin respiración, así que la alejo. Me recuerdo a mí misma que si puedo hacer bien de escaparatista, si puedo demostrarme a mí misma de lo que soy capaz, en algún momento intentaré demostrárselos a ellos también. Volveré a intentarlo con mis padres. Con el tiempo.

Más adelante, algunos de los empleados de la alta dirección están reunidos al lado del escaparate. Jordyn está ahí, junto con la señora Bunting, la directora de Recursos Humanos que conocí el primer día. Me doy cuenta de que parece conocer bien a la abuela de Aiden, que se muestra escéptica desde el primer momento. Observa cómo me acerco como un gato doméstico cuando su dueño trae un cachorro a casa. No puedo culparla. Probablemente soy más joven de lo que esperaba, me he pasado un poco con el lápiz de ojos esta mañana (un intento de mantener a Aiden a distancia que está claro que no ha funcionado) y ahora estoy saliendo de un vehículo con los cristales empañados con su nieto. Por no mencionar que aún tengo los ojos perdidos por... lo que sea que haya pasado.

¿Qué *acaba* de pasar?

Creo que Aiden y yo hemos estado a punto de saltarnos el beso y pasar directamente al plato principal. Dentro de un coche aparcado en una de las avenidas más concurridas del mundo. Nunca me había perdido así con alguien del sexo opuesto. Vale, hace cuatro años que ni siquiera respiro cerca de un miembro de la especie masculina, probablemente más, pero me acordaría de la sensación de tener el estómago levitando, de mi carne íntima apretándose, del corazón volviéndose loco junto a los tímpanos. Sin duda, me acordaría de la sensación de sentirme segura, apreciada y *querida*.

Sin poder contenerme, me giro y miro a Aiden por encima del hombro. No soy la única que está agitada. Tiene la parte delantera de la camisa blanca empapada de pequeñas motas de sudor, la pajarita un poco descentrada y ese rizo le adorna el centro de la frente. Su mirada pasa de mí a su familia y se oscurece con... no lo sé. Es difícil de saber. Preocupación, sí. Pero en ese abismo también hay una especie de protección que hace que mis rodillas adopten la consistencia de la pasta húmeda.

Cuando vuelve a centrar su atención en mí, alzo la comisura de los labios para darle a entender que estoy preparada para enfrentarme a cualquier cosa que me lance su familia. Aunque no estoy muy *segura* de ello. Lo único que sé es que últimamente ya he recibido demasiado trato especial. Del juez, del propio sistema penitenciario y ahora de Aiden.

Si el escaparate no es un éxito, he de asumir el resultado sin quejarme. Y si no tengo otra oportunidad de demostrar mi valía, bueno, la mayoría de la gente ni siquiera tiene una primera, ¿verdad?

Espero de verdad que les guste, porque ha sido la mejor semana de mi vida. He pasado los últimos cuatro días decorando un escaparate de Vivant, nada menos que para Navidad. Y ha sido un ajetreo constante. Las horas pasaban como borrones coloridos de disfrute e impulsos creativos. Y no solo eso, sino que he tenido los medios para seguir esos impulsos y ver cómo cobraban vida. No hay nada, ningún trabajo en el mundo, que quiera hacer más. No obstante, cuando me detengo a unos tres metros del cristal, forzando una sonrisa para Jordyn, esa sensación nerviosa de la exposición de arte de la Asociación de Padres y Maestros me tiene convencida de que el papel se romperá y habrá un montón de tierra sobre un plato.

¿Y si los últimos cuatro días han sido una alucinación?

Algo cálido y sólido me acaricia el dorso de los dedos, y me doy cuenta de que Aiden está a mi lado, rozándome la mano con la suya en secreto. Tiene la mandíbula apretada, pero sus ojos son tranquilizadores. Desprenden confianza en mí. Sin embargo, se vuelven cautelosos cuando su padre y su abuela ensombrecen la acera de enfrente.

—¿No vas a presentarnos, Aiden? —inquiere la abuela, con su atención aguda subiendo desde mis botas de combate de segunda mano hasta mi delineador negro.

—Shirley, Brad, os presento a Stella Schmidt. Stella, estos son mi abuela y mi padre, Shirley y Brad Cook.

Les tiendo la mano y se quedan mirándola un momento antes de que Bradley mueva los hombros y nos demos un apretón, seguido de otro de Shirley, aunque más o menos se limita a poner la mano flácida sobre la mía y me saluda con sufrimiento, como si fuera una indignidad. Empiezo a maravillarme ante el hecho de que estas dos personas estén emparentadas con Aiden, pero entonces me acuerdo de la tía Edna.

Que Dios bendiga a la tía Edna, dondequiera que esté.

—No, no me suena tu nombre, como sospechaba —dice Shirley, con su cálido aliento enturbiándose en el aire de diciembre. Se ajusta el abrigo, el cual le llega hasta los tobillos—. ¿Dónde has trabajado antes de esto?

Prácticamente siento a Aiden enroscándose como un resorte a mi lado.

Las palmas se me humedecen ante la mirada láser de la mujer. Sería una buena carcelera. Ninguna de nosotras haríamos que se enfadara. «Aquí viene Ojos de Halcón, esconded el pintaúñas». Ha pasado mucho tiempo desde la última vez que tuve que impresionar a alguien. La mayor parte de mi adolescencia hasta los veinte años se centró en que *no* me importara si impresionaba a la gente.

—Tengo formación en comercio de moda, pero es la primera vez que diseño un escaparate. —Me esfuerzo por esbozar una sonrisa, lo cual resulta sospechosamente fácil, probablemente gracias a la cantidad de veces que he sonreído con Aiden—. Estoy muy agradecida por la oportunidad.

—Ya. —Su mirada pasa de mí al coche de Aiden—. La pregunta es *cómo* de agradecida —murmura secamente unas palabras que están destinadas a que las escuche solo yo.

Al menos creo que soy la única que ha oído el comentario de Shirley hasta que me doy la vuelta y veo a Aiden pálido. Con la mandíbula apretada. Su mirada recorre mis rasgos y sé que no va a pasar por alto ese comentario. Rápidamente, niego con la cabeza para recordarle que me deje encargarme de lo que sea que vaya dirigido a mí esta mañana. Iba en serio cuando dije que no quería recibir ningún trato especial más. Aunque todo el mundo odie el escaparate, al menos me habré ganado el resultado por mí misma, sea bueno o malo.

Aiden permanece un momento más al borde de la irritación, luego traga saliva con fuerza y, con un gesto rápido, se lleva el móvil a la oreja.

—Seamus, puedes empezar a quitar el papel. —Escucha—. Gracias.

—Quiero estar al lado de la invitada de honor —anuncia Jordyn, que se acerca a mí y engancha un brazo con el mío para arrastrarme más cerca del escaparate y lejos de los familiares de Aiden—. Disculpadnos. —Todavía estoy un poco aturdida por el comentario de Shirley, pero lucho contra las náuseas y me concentro en el momento que me espera—. No le hagas caso a esa mujer —dice Jordyn en voz baja—. Podrías regalarle una piscina llena de chocolate y seguiría pareciendo que se acaba de comer una mierda.

Disimulo la risa con una tos.

—Gracias por salvarme.

—No hay de qué. —Aprieta nuestros brazos unidos y se dirige a la multitud—. Por fin vamos a ver qué ha tenido a esta chica entrando y saliendo de la tienda desde la mañana hasta la noche.

—Va a ser genial —me asegura otra de las encargadas, que apura los últimos tragos de su café y suspira con melancolía contra el vaso de papel—. Estaba malísimo. Y, aun así, necesito más.

—Nos encanta el expositor con el vestido rojo que creaste en la primera planta. La gente ha venido solo para posar con él para Instagram —comenta otra, pronunciando Instagram en tres sílabas distintas—. ¿Igual podrías hacer algo parecido en la sección de lencería? ¡Nos vendría bien un empujón!

Mis costillas se estiran para acomodar el calor que se me acumula en el pecho.

—Me encantaría. Pero técnicamente solo estoy en fase de prueba. —Incluso mientras lo digo, mi mente se llena de una lista de ideas—. Pero... supongo que tendría que atraer a los hombres. Hacerlo accesible para ellos. Son los que comprarán lencería cara en esta época del año...

La atención embelesada de mis compañeras se divide en dos cuando la primera tira de papel cae del escaparate. Cierro los labios. Lo único que se ve al otro lado del cristal es a Seamus, que le sonríe a Jordyn como si fuera la mañana de Navidad y ella, el montón de regalos bajo el árbol.

—Ya está el imbécil —murmura, y le hace un gesto con la mano al conserje lleno de admiración para que se dé prisa y termine de quitar el papel—. Nadie quiere mirarte a ti. Sigue con lo tuyo.

Seamus se ríe, un sonido que queda amortiguado por el cristal, antes de arrancar otra tira. A sus espaldas, empieza a verse parte del diseño. Los enjambres de mariposas que cuelgan de hilos de pescar invisibles del techo. La luz refractada que se proyecta en todas las paredes, cortesía de las piezas de espejo adheridas al suelo. Cae otro trozo de papel y ahí está medio vestido rojo, y luego, finalmente, todo entero. Elegí un maniquí *vintage* de alambre de metal negro con un soporte antiguo, desenterrado de las entrañas del almacén de Vivant que hay en el sótano, y ahora me alegro mentalmente de la elección, ya que, con la luz de primera hora de la mañana, ese retroceso al pasado hace que la exposición parezca que ha sido transportada aquí desde otro tiempo y lugar.

—Oh —susurra Jordyn—. Guau. Me estaba preparando por si acaso era horrible, pero te has lucido. Es precioso, Stella. Si no te contratan a tiempo completo, pienso llevar orejas de elfo hasta enero.

La encargada del departamento de lencería se da la vuelta y alza el pulgar, tras lo que se gira enseguida para no perderse cómo cae el siguiente trozo de papel. Y, entonces, todo queda al descubierto, a la vista de todos. De algún modo, sin mirar, sé que Aiden está a mi lado y flexiono los dedos para rozarlos con los suyos, más grandes. Su dedo corazón se engancha brevemente en el mío y lo sujeta antes de que soltemos las manos.

Me armo de valor y alzo la vista para mirarlo a la cara, y lo veo paralizado ante el escaparate, pero sin decir nada. Conteniendo la respiración, sigo su línea de visión hasta las letras de color cobrizo estampadas en el cristal. «OFRÉCELES UN NUEVO COMIENZO».

Un sonido extraño llega a mis oídos, y me doy cuenta de que todos me están aplaudiendo.

Madre mía.

Bajo el esternón, sufro una subida de presión que no sé cómo manejar. Una humedad caliente me presiona la parte posterior de los ojos y amenaza con salir. Parpadeo rápidamente, trago saliva y doy las gracias, con la cara enrojecida cuando mi voz deja claro que estoy intentando no llorar.

«¿Por qué? ¿Porque has diseñado un buen escaparate?».

La voz de Nicole se filtra entre la cháchara susurrada de todos y se instala en mi cabeza. Puede que esta vez hasta haya invitado a su voz porque necesitaba que me devolviera a la tierra antes de que me dejara llevar. Eso es lo que solía hacer siempre mi mejor amiga. Me recordaba lo efímero que podía ser el subidón de haber conseguido un logro mientras que nuestra amistad era para siempre. Es difícil permitirme el momento. Es difícil no atemperar este subidón de satisfacción con un recordatorio del tipo: «Sí, pero tu próximo escaparate podría ser horrible». No obstante, cuando vuelvo a mirar a Aiden y veo cómo me sonríe con un orgullo imperturbable, acallo las voces negativas, incluida la más fuerte. Por ahora. Y me dejo llevar por esta ola de felicidad. De alivio.

—No me quedo sin palabras muy a menudo, Stella —dice, y sacude la cabeza—. Pero… joder. No tengo palabras para hacerle justicia.

—Esto pide vodka —dice Jordyn al grupo en un susurro exagerado para captar su atención—. *Happy hour* después del trabajo.

—Hecho.

—Me apunto.

—*Caféééé.*

Jordyn me da una última palmada en el brazo y se une al resto de los encargados. Me quedo junto a Aiden y saboreo los próximos segundos. El ruido de los taxis corriendo por la avenida a nuestras espaldas. El viento helado contra mis mejillas. El olor a *bagels*, ajo, perfume y gasolina que parece perdurar en la atmósfera de la ciudad. Saboreo la ausencia momentánea del síndrome de la impostora y me maravillo ante la brecha enorme que deja tras de sí. Las infinitas posibilidades de lo que podría caber dentro de ese hueco desocupado.

La verdad es que, hasta que Shirley y Bradley no me tapan la vista del escaparate, se me olvida que siguen aquí. Las facciones de Shirley no están menos avinagradas que antes, pero la expresión de Bradley es completamente inexpresiva. Al menos hasta que mira a Aiden y sus ojos se abren un poco. Probablemente porque Aiden está desprendiendo unas vibraciones de «Déjala en paz» en toda regla que están intentando excitarme por todos los medios, a pesar de que le pedí que se mantuviera neutral. La vagina quiere lo que quiere.

Aun así, le enarco la ceja y suelta un larguísimo suspiro.

—Es… llamativo. Lo reconozco. Pero ¿de verdad está en consonancia con la clase y la sofisticación de Vivant,

Aiden? —pregunta Shirley, girándose ligeramente para mirar el escaparate—. Me preocupa que parezca un intento desesperado por llamar la atención.

Aiden esboza una sonrisa con dientes.

—Creo que todos estamos de acuerdo en que los escaparates *deberían* llamar la atención. Precisamente existen para eso.

Bradley se aclara la garganta.

—Siempre nos ha ido bien con el mensaje sutil de que no necesitamos la incumbencia de nadie. Que la permitimos.

En algún lugar cercano, Jordyn emite una arcada.

Aiden consigue mantener su expresión afable.

—Dudo que alguien se crea ya ese mensaje. No cuando entran en una tienda vacía. —A primera vista, Aiden parece el hombre positivo de siempre, pero tras una inspección más exhausta, su pajarita está temblando literalmente. Las críticas a mi escaparate están haciéndole pasar peor de lo que parece, pero está respetando mi deseo de dejar que las expresen abiertamente, donde pueda oírlas. No las está acallando, aunque sospecho que quiere hacerlo. Y para él no es algo inusual, ¿verdad? Reprimir sus sentimientos por un bien mayor. Todavía me acuerdo de la noche que compartimos esa botella de burbon en la sección de utensilios de cocina. Lo que me confió.

—*Soy impaciente e irritable cuando estoy con mi familia. Y eso hace que me sienta culpable.*

—*Se supone que tienes que ser mejor que eso.*

—*Claro.* —Asiente—. *Sí.*

Me siento un poco culpable por pedirle que no me proteja. Es obvio que ya está reprimiendo más opiniones e impulsos de los que le gustaría. Se me contraen los dedos ante el deseo de acercarme y alisarle los extremos de la pajarita. Calmarlo. Luego, tal vez, deslizarle esos mismos dedos por el pelo. Acercar su rostro al mío y decirle que es mejor que nadie. Que todos ellos.

Vale, sin duda, me estoy enamorando de este hombre. Bastante rápido.

Como si estuviera cayendo en picado... sin paracaídas.

Shirley habla otra vez, lo que interrumpe mis pensamientos.

—Pero ¿vamos a atraer la clase de clientela...? —Me repasa con la mirada—. ¿... que queremos? No queremos distanciar a nuestra base actual.

El estómago se me enrolla como una servilleta mojada y las medias de lana me pican más que de costumbre, pero sigo el ejemplo de Aiden y mantengo la cabeza alta. Puedo con esto.

Mientras tanto, en cualquier momento la pajarita de Aiden va a empezar a girar como la hélice de un avión.

—Creo firmemente que este escaparate va a impulsar nuestras cifras de ventas y en un par de días se verá demostrado. Mientras tanto, he visto lo suficiente como para darle un puesto permanente a Stella.

—¿Por qué no esperar a los datos? —pregunta Bradley al tiempo que se quita una pelusa de la solapa.

—Sí —añade Shirley, con los ojos entrecerrados—. ¿A qué viene tanta prisa?

—Le da tiempo a diseñar otro escaparate antes del ajetreo de la Nochebuena. No es justo pedirle que lo haga sin contrato.

Ni un solo músculo se mueve en la cara de su abuela.

—Supongo. ¿Y asumo que se ha sometido a la orientación de la señora Bunting en Recursos Humanos? —Sus ojos se clavan en mí—. ¿Y que ha leído el manual y sus diversas cláusulas?

Se me calienta la cara y el pulso se me acelera en la base del cuello.

Puede que esta mujer sepa o no lo que ha pasado entre Aiden y yo esta mañana (yo todavía no lo tengo del todo claro), pero sospecha que hay *algo* entre nosotros. Lo más probable es que el hecho de que saliéramos del mismo coche con cara de drogados sea prueba suficiente, y no le gusta. Tampoco a su padre, que tiene la expresión de desaprobación de un aldeano puritano. Si bien es cierto que, por suerte, el síndrome de la impostora sigue ausente por mi hazaña profesional, ahora lo estoy experimentando por una razón muy distinta.

¿Qué aspecto debo de tener al lado de Aiden?

Probablemente uno muy diferente a las mujeres con las que ha salido con anterioridad. Seguro que eran elegantes, de buen gusto y altas. Nunca les han hecho una foto policial. Pues claro que su familia estaría preocupada por la posibilidad de que esté pasando tiempo con A) una empleada y B) una chica triste y falsa gótica que esta mañana ha tenido que usar pintaúñas transparente para arreglar una rasgadura en las medias. Soy tan abordable y acogedora como un murciélago vampiro. Aiden es como una barrita Baby Ruth andante. Dulce, sabroso y un poco pasado de moda. Hace feliz a una persona con solo mirarla.

—Sí, he pasado por orientación con Recursos Humanos —digo, antes de que Aiden pueda responder—. Conozco el… protocolo de empleados. Ha sido un placer conocerlos. Si me disculpan…

Consigo esbozar una sonrisa mientras me alejo y me acerco a Jordyn, que mira a Seamus con el ceño fruncido a través del cristal, mientras que los demás directivos se hacen *selfies* con el escaparate. Dos mujeres pasan junto a nuestro grupo trotando, pero se detienen y caminan hacia atrás cuando ven el vestido rojo brillando bajo cientos de mariposas justo al lado de la calle.

—Madre mía, acabo de encontrar mi vestido para la fiesta de Navidad de Brian —dice una de las corredoras—. No me importará que su ex esté allí si llevo eso puesto.

—Le va a importar *a ella*.

—Bien.

Riendo, chocan los cinco.

—¿Qué tienda es esta? —Retroceden para leer la talla de décadas de antigüedad en la parte superior del edificio—. Vivant. Me pasaré a la hora de comer.

Estoy sin aliento para cuando las mujeres empiezan a correr de nuevo. Mi esperanza nunca fue más allá de recibir la aprobación de Aiden, de la junta directiva. El hecho de que acabe de presenciar el efecto de mi escaparate en plena acción es un milagro tan inesperado que me tapo la boca con la mano al tiempo que las encargadas se agolpan a mi alrededor, dándome golpecitos en los hombros y chocándome con la cadera.

—Recordad —dice Shirley mientras se sube a la limusina, interrumpiendo nuestra celebración—. Cuando estéis en público, estaréis representando a Vivant. Por favor, actuad en consecuencia.

Todo el mundo vuelve a callarse.

Aiden está en el espacio vacío entre nosotros y su familia, observándome. Dividido entre el orgullo y la inquietud. Como si ya supiera de antemano lo que decido dos segundos después. Se acabó lo de tocarnos. Se acabaron las horas a solas con él. Soy oficialmente una empleada de su tienda, es obvio que a su familia le horrorizaría que nuestra relación se convirtiera en algo serio. ¿Y a quién quiero engañar siquiera *pensando* en algo así? Llevo un atraso de cuatro años en el proceso de averiguar cuál es mi sitio en este mundo, pero sé a ciencia cierta que su sitio no está conmigo. No con su identidad tan genuinamente escogida y presentada.

Aiden Cook está fuera de mi alcance, ¿por qué no admitirlo? Es excelente. Es real e increíble y ya perdí mi oportunidad con alguien tan altruista e íntegro la noche que asalté un restaurante a punta de pistola. Le daría una oportunidad a lo nuestro, lo ha dicho. Pero ahora estoy aún más segura de que seguiría conmigo, aunque no encajáramos. Es un solucionador. Leal. Ya me ha vendado una de mis alas rotas. No puedo permitir que corra debajo de mí mientras intento volar.

Ahora mismo, necesito centrarme en la oportunidad milagrosa que se me ha dado y dejar de desear todavía más. Dejar de… desearlo a él.

Estoy sentada delante de Jordyn, en la azotea de un hotel. En un bar llamado Monarca.

La mayor parte del perímetro del local está cubierto de plexiglás, el cual está unido a una carpa, para proteger del frío de diciembre y permitir disfrutar de las vistas. El hecho de que sean más de las diez de la noche de un viernes significa que la gente tiene que quedarse de pie, y es un milagro que nos las hayamos apañado para encontrar un pequeño rincón de la zona con asientos para pedir bebidas. Técnicamente, no puedo permitirme este sitio (todavía) y eso me preocupa bastante, pero Jordyn ha pagado la primera ronda y no puedo evitar verme absorbida por la historia que está contando sobre el hombre que ha entrado esta tarde en Vivant y ha comprado siete pares de pendientes de diamantes para regalárselos a sus empleadas por Navidad.

Jordyn se inclina hacia el círculo, con su copa de martini medio llena y una rodaja de limón flotando en la superficie transparente. Normalmente, me asombraría por el hecho de que es capaz de estar muy animada mientras cuenta una historia y no derramar ni una sola gota, pero cada uno de sus movimientos son elegantes y ya no me sorprende.

—En primer lugar, parece algo sacado del programa *Un marido para cuatro esposas*, lo cual da un mal rollo increíble. Si mi jefe me regalara esos pendientes, los empeñaría antes de acabar la jornada laboral. ¿Quién querría llevar las mismas joyas que seis compañeras de trabajo?

Pero el hombre no me escuchaba, claro está. Decía que él lo sabía mejor. —Da un sorbo pequeño y se estremece mientras le baja el vodka—. ¿Tú te los quedarías, Stella?

Puede que el bar sea mucho más lujoso de lo que estoy acostumbrada (y hace mucho que no salgo por la noche), pero no me resulta un entorno totalmente extraño. Sentada con gente que medio conozco, bebiendo, dejándome llevar hacia un estado de insensibilidad en el que no le doy demasiadas vueltas a cada palabra que sale de mi boca. Sin embargo, el ambiente es completamente distinto. No estamos intentando decidir cómo vamos a hacer algo que supere lo de la noche anterior, ni qué locura podemos hacer para salirnos con la nuestra. La falta de presión social es más embriagadora que el alcohol.

¿Así es la edad adulta? Podría acostumbrarme.

—No, yo también vendería los pendientes. Pero invertiría parte del beneficio y compraría una falsificación. Los llevaría a la oficina unas cuantas veces para ganar puntos, a lo mejor.

Todos se ríen, incluida Jordyn.

—¿Habéis oído eso? Esta es demasiado sabia para su edad. Y por eso… —Alza la copa—. Nuestra tienda estaba llena de clientes nuevos hoy. No tenían tarjetas American Express negras, pero eso no importa, también aceptamos Visa.

Brindamos y gritamos con entusiasmo. Alguien empieza a hablar sobre tener la ambición de llevarse comisiones, pero el sonido se apaga de golpe cuando Seamus entra en escena. Las dependientas y encargadas miran boquiabiertas al conserje y su gorra de los

Yankees ligeramente ladeada, pero él solo tiene ojos para Jordyn. Observo atentamente cómo reacciona mi amiga y le noto una expresión de deleite en el rostro antes de que lo oculte tras un muro de irritación.

—¿Ahora me estás… siguiendo?

—No, me han invitado. —Se coloca entre Jordyn y una de las chicas de la sección de perfumería y sonríe de oreja a oreja—. ¿Le traigo otra de esas bebidas elegantes, señorita Jordyn?

—Pago mis propias bebidas —responde.

—Lo sé. —Niega con la cabeza despacio—. Es todo un delito.

Jordyn pone los ojos en blanco, pero está luchando contra una sonrisa. Como persona que convirtió el acto de pelear contra las sonrisas en un estilo de vida, estoy segura de ello.

—Si dejo que me invites a una copa, vas a leer entre líneas y no hay nada, repito, *nada* que leer. Este libro ya no tiene tinta, en lo que a ti respecta.

Se quita la gorra y se la aprieta contra el pecho.

—Solo quiero saciar su sed, mi reina.

—Madre m… —Jordyn se cubre la cara con la mano libre—. Vale. Vete. Venga. Es un Lemon Drop Martini. —Me dirige una mirada incrédula cuando Seamus se aleja, moviéndose de puntillas triunfante por la azotea abarrotada—. No puedo con ese chico.

Me aseguro de que nadie más me está prestando atención antes de hablar.

—Te gusta.

Jordyn no da crédito a lo que escucha.

—Te… —Hago una pausa para añadirle efecto—. Gusta.

—Retiro lo que he dicho de que eres sabia.

—¿Qué es lo que te retiene? Para no darle una oportunidad, quiero decir.

—Lo siento… —responde—. ¿Se te ha pasado por alto el hecho de que es un bebé comparado conmigo? Y, hola, es el típico amigo rarito que sale en todas las comedias que has visto. —Cruza las piernas con exageración—. Nunca llega a salir con la protagonista.

El acto de sonreír me recuerda a Aiden y siento una pequeña punzada en la garganta. Esta noche no va a estar aquí. Quiero decir que lo dudo mucho. El director general no sale con sus empleados. Seguro que en el manual hay algo al respecto. Igual debería ponerme a leer detenidamente algo que no sea la política de no fraternización. En fin, Aiden no va a estar aquí, y eso es bueno. Somos jefe y empleada. Eso es todo.

Miro hacia la puerta antes de poder detenerme. Busco sus grandes hombros. También su pajarita.

Maldita sea.

—Stella. —Jordyn agita la mano delante de mi cara—. Estábamos hablando de mí.

—Cierto. —Suelto una carcajada, dándome cuenta de que estoy siendo algo hipócrita—. Olvida lo que he dicho. No voy a decirte con quién tienes que salir. Si no te interesa, por algo será.

Jordyn asiente.

—Así es. Es solo que, ya sabes…, perderá el interés. Es lo que siempre hacen los hombres. —Pierde algo de la confianza en sí misma que suele tener—. Mi exnovio lo hizo. Un día antes de nuestra boda.

Se me cae el alma a los pies.

—Jordyn, lo siento.

—No lo sientas. Estoy mejor así —dice enseguida, y se encoge de hombros—. Pero si un hombre con un plan de jubilación y que quiere tener hijos ni siquiera puede comprometerse a largo plazo, estoy cien por cien segura de que Seamus tampoco. Todavía es joven. Lo que necesita es alguien que lo cuide. Y yo no estoy aquí para marcarle la casilla de ayudar a una mujer mayor, ¿sabes? —Cuando empiezo a responder a eso, lanza un manotazo al aire para dar por concluida la discusión—. No digo esto muy a menudo, pero basta de hablar de mí. ¿Le has echado el ojo a alguien?

Esa sonrisa.

El acento de Tennessee.

Cómo me abraza.

Lo fácil que es hablar con él.

—No —digo con la voz ronca, y el dolor que me produce negar un vínculo con Aiden me toma por sorpresa. Me duele como si se me estuviera desmoronando el estómago—. Nadie todavía. Quizá para el año que viene.

Emite un sonido de titubeo, escrutándome un poco demasiado de cerca. Con un movimiento exagerado, se vuelve hacia la entrada del Monarca.

—No tiene nada que ver, pero me pregunto si el señor Cook aparecerá esta vez.

Me atraganto con un sorbo de bebida.

—No tiene nada que ver. Claro.

Jordyn me da unas palmaditas en la rodilla.

—No te preocupes, soy la única que os ha visto esta mañana en el asiento trasero de su coche. Distraje a las otras encargadas diciéndoles que vi a Michael B. Jordan en la esquina de la calle.

—Gracias. —No tengo ni idea de por dónde empezar a explicarlo, pero lo curioso es que me preocupa, sobre todo, cómo afectará a la reputación de Aiden. Tiene razón. Al tratarse del que tiene el poder profesional, si se supiera, sería cien mil veces más culpable que yo—. Mira, es complicado. Es obvio que no puede pasar nada. Y... no quiero que pienses que me han contratado porque hay algo entre nosotros. Él no haría eso. *Yo* no habría...

—No hace falta que me lo digas, Stella. Tu trabajo habla por sí solo. Y no estoy juzgando, ¿vale? Sea cual sea vuestro secreto, está a salvo conmigo.

Mantiene el contacto visual hasta que asiento y, finalmente, suelto el aire que estoy conteniendo.

—¿A qué te referías con que te preguntas si aparecerá esta vez?

—No pasa nada entre el señor Cook y tú, pero quieres saber más, ¿verdad? —Echa la cabeza hacia atrás y se ríe—. Clásico.

Con una mueca, me escondo detrás de mi copa de martini.

—Me refería a que siempre lo invito a la *happy hour*, pero nunca aparece. Es... —Distraídamente, Jordyn mira hacia donde se encuentra Seamus, cerca de la barra, y se le endereza la columna cuando ve cómo una mujer se le acerca con una sonrisa coqueta, pasándole un dedo por el hombro—. ¿Me disculpas? Ahora seguimos.

Tengo que presionarme el puño contra la boca para no soltar una carcajada. Porque Jordyn se ha puesto de pie y tiene una misión, puede que hasta una inconsciente. Un momento después, le está tocando el hombro a Seamus. Este parece aliviado por la interrupción y luego pone una expresión de absoluto asombro cuando Jordyn lo aparta de la otra mujer y lo saca a la pista de baile.

Con un chute de esperanza en el pecho por el conserje enamorado, agarro mi martini de tarta de manzana a medio terminar y me pongo de pie para cruzar al otro lado de la azotea cerrada. En la carpa climatizada hay una brecha que da al aire libre, la cual atravieso, y apoyo los codos en la valla de hierro forjado que recorre el perímetro de la azotea. Se me ha olvidado ponerme la chaqueta, pero el aire frío es bienvenido en mi piel, acalorada por la multitud y, admitámoslo, por haber sido sorprendida por Jordyn. Le doy un sorbo a la bebida y observo cómo, abajo, se produce un atasco en la Calle 35 a causa del tráfico del viernes por la noche y cómo la parte superior del Empire State Building se asoma por encima de los edificios, iluminada en rojo y verde.

¿Qué estará haciendo Aiden esta noche?

Un hombre de éxito de treinta y pocos años debería estar en una cita.

¿Con qué frecuencia sale y, lo que es más importante, con quién? ¿Quién consigue sentarse delante de ese hombre y no tiene absolutamente ninguna razón para *no* ir detrás de él? ¿Cómo debe de ser eso?

Con la esperanza de aflojar el nudo que se me ha formado en la garganta, empiezo a terminarme la bebida de un sorbo, pero mi vaso se detiene cuando otra persona sale a la zona exterior. Un tipo al que no reconozco. Unos años mayor que yo. Dos *piercings* en las cejas, un tatuaje que le trepa por el cuello, vaqueros ajustados y una cazadora. Con un atractivo afilado. Me sonríe de un modo un tanto conspirativo, como si fuera un alivio que nos hayamos encontrado. Dos inadaptados sociales en un mar de jóvenes profesionales bien vestidos y ascendiendo socialmente. Dice: «Este no es nuestro lugar, ¿verdad?». Es un sentimiento que me recuerda a Nicole, y el cuero cabelludo me hormiguea con incomodidad a modo de respuesta.

Apoya un codo en el hierro forjado y señala mi vaso con la cabeza.

—¿Qué es esa cosa elegante que estás bebiendo? ¿Te traigo otra?

Hace un tiempo, este tipo me habría deslumbrado. Me habría reído mentalmente de su atrevimiento y de su aire de rebeldía. ¿Pero ahora? ¿Esta noche? Solo puedo oír esa voz profunda con acento de Tennessee en mi oído. Solo puedo olfatear el aire en busca del alegre aroma a menta picante y preguntarme qué estará haciendo. El collar que me regaló anoche está entre mis pechos, aportando un peso agradable, con la llave del hueco del escaparate unida al extremo. He disfrutado de tener este contacto constante y secreto bajo la ropa todo el día. ¿Qué habrá hecho con los prismáticos?

—Eh… ¿hola? —inquiere el hombre de carne y hueso que tengo delante.

—Lo siento, voy a p... —«Pasar». Eso es lo que voy a decir. Pero no se me da la oportunidad, ya que Aiden sale a la azotea con el aspecto de un oso que acaba de caer en una trampa de acero.

8
Aiden

Oh. Mierda.

¿Qué narices es esta sensación de ardor que me está desgarrando el esófago? Es como si me hubiera bebido medio litro de gasolina y me hubiera tragado una cerilla. Tal vez lo he hecho. Que esté respirando fuego ahora mismo no me parece descabellado. ¿Quién es ese tipo de aspecto trágico y con vaqueros ajustados que está tan cerca de Stella? Su expresión lobuna me recuerda al tío Hank en la venta de pasteles de la iglesia, y no me gusta. No puede tenerla.

Es obvio que eso no es decisión mía, pero parece que la lógica no importa cuando tengo un agujero que me atraviesa el pecho. Quiero que se vaya. Ya. ¿Así es su tipo? Podrían ser pareja perfectamente. Jóvenes, geniales. Intrusos. Nunca en mi vida me he sentido tan tonto e inútil, viniendo aquí e interrumpiendo su conversación. Soy el jefe que entra en la sala de descanso durante el almuerzo, lo que provoca que los cotilleos se detengan a mi alrededor y que todo el mundo pase de estar cómodos a comportarse con formalidad.

Con Stella no es así. El hecho de que firme su nómina no influye en su forma de actuar conmigo. Tal vez por cómo nos conocimos. O tal vez porque es Stella. Pero Dios, ¿a lo mejor le he dado demasiada importancia a eso? A ese sentimiento de ser... diferente. Para ella. Como ella es diferente para mí. No como cualquier otra persona. No tengo muchos amigos, ya que no crecí aquí. Me quedé en el sur durante la universidad y los primeros cinco años dirigí el negocio de la miel antes de volver a Nueva York para asumir el cargo de director general. La mayoría de los hombres de mi edad de esta ciudad están asentados o son adictos al trabajo, y yo entro en la última categoría.

No obstante, no me he sentido solo desde que conocí a Stella.

Es posible que para ella yo no sea más que un conocido habitual y que no tenga *ningún* derecho a salir a esta azotea y mandar a paseo a este caballero con *piercings*, pero parece que mi corazón controla mi boca. Y mi corazón no está gestionando *nada* bien la imagen de ella con otro hombre. Se ha alojado debajo de la pajarita y está latiendo a trescientos kilómetros por hora.

—Eh, colega —digo, sonriéndole, y hago un gesto con el pulgar por encima de mi hombro—. Te está buscando una mujer. Dice que es tu madre.

—Mi... —Se endereza y sus facciones pasan de hombre al acecho a chico confuso—. ¿Estás seguro? Vive en Milwaukee.

Ya estoy asintiendo.

—Distinguiría el acento de Wisconsin en medio de una tormenta de granizo. —Subo y bajo la mano hasta que abre los ojos de par en par—. ¿Mide más o menos esto?

—Guau. Sí. —Sacude la cabeza como si intentara despertarse y, con indecisión, mira a Stella y luego a la abertura que conduce de nuevo al bar—. Supongo que debería…

Bueno, *estaba* empezando a sentirme mal por mentir, pero sí que está sopesando sus opciones, ¿no? Seguir coqueteando con mi Stella o ir a buscar a su madre que ha volado desde el maldito Wisconsin en el frío abrasador una semana antes de Navidad. Tengo la conciencia tranquila.

—Uy… —Me llevo una mano a la oreja—. Oigo cómo te llama. Tommy… Tommy…

—Braxton.

—*Braxton*, eso. No se escucha bien con tanto ruido. —Le muestro la sonrisa que normalmente reservo para Leland cuando está de mal humor, lo cual ocurre a menudo—. Será mejor que vayas con ella antes de que se dé por vencida y se vaya.

Se le hunden los hombros. Todavía visiblemente confundido y escéptico, le dirige una última mirada anhelante a Stella antes de volver al bar y desaparecer entre la multitud, donde debe estar.

Vuelvo a fijarme en Stella y veo que está con la boca abierta.

—Aiden Cook —me regaña lentamente—. Más te vale que Santa Claus no esté mirando.

En mi pecho, la quemadura de gasolina caliente empieza a aliviarse, y miro al cielo.

—Santa Claus, si estás escuchando, por favor, tráele a Braxton unos vaqueros nuevos por Navidad.

—¡Aiden!

—Me preocupa su respiración. Piensa en su madre.

—Te estás pasando de la raya —susurra, y le salta una comisura de la boca. Y aquí fuera, en el frío, con el aire nocturno revolviéndole el flequillo sobre la frente, concluye mi caída libre en picado por Stella Schmidt. Desde la primera vez que la vi en la puerta de Vivant, me ha tenido enroscado como un *pretzel* angustiado. Hay algo en ella que me hace sentir como una versión más auténtica de mí mismo y no tengo explicación para ello. Solo tengo los hechos.

—¿Ese es tu tipo? —pregunto antes de saber lo que estoy haciendo. La sensación de tener gasolina no se ha calmado. Todavía los veo juntos, unidos por su inconformismo, y el revuelo que se ha formado en mi interior no está satisfecho, a pesar de que él se ha ido ya—. ¿Esa es la clase de hombre que te gusta, Stella?

Su sonrisa desaparece y entre sus cejas aparecen dos líneas pequeñas iguales.

—No… —¿Me equivoco o se está dando un discurso motivacional mentalmente?—. Mira, llevo mucho tiempo sin estar rodeada de hombres. Ya no tengo ni idea de cuál es mi tipo.

Esa respuesta no es ni por asomo satisfactoria, pero al menos no ha dado un sí rotundo. Probablemente sea lo que me merezco por hacer una pregunta tan personal. Dios, soy su jefe y le estoy preguntando qué tipo de hombre le interesa. Eso no está bien. Por desgracia, la oscuridad de la azotea combinada con el bullicio del viernes por la noche hace que me sienta a un millón de kilómetros de ser su jefe. Somos dos personas que, sin duda, han fraternizado esta mañana en el asiento trasero de mi coche y ahora estamos solos, con la tensión apoderándose del aire y de los músculos más bajos de mi abdomen. Estoy atrapado en este purgatorio de celos y... tengo la sensación de que ella podría haberme sacado fácilmente de él, pero no lo ha hecho.

¿Por qué?

La asusté al hablar del contrato de amor. Fui demasiado directo, lo hice demasiado pronto.

Ahora está poniendo límites y he de respetarlos, a pesar de que lo que quiero es echármela sobre el hombro y sacarla de aquí. Alejarla de Braxton y de cualquiera que tenga la brillante idea de acercársele cuando ya no pienso en otra cosa que no sea ella.

Hago acopio de toda mi fuerza de voluntad y retrocedo hacia la entrada, confundido por su expresión. Más desconcertado aún por el paso rápido que da hacia delante.

—Lo siento —digo—. No debería haber venido.

—Aiden, espera.

Diga lo que diga, lo hará desde la culpa, y no pienso someterla a esa presión. Ya he hecho suficiente.

—Nos vemos en el trabajo, Stella.

—*Tú* eres mi tipo —suelta.

La música que suena a mis espaldas se detiene.

O quizás es que ya no la oigo por encima del viento que me golpea los oídos.

—¿Qué?

—Madre mía —refunfuña, y se lleva una mano a la cara—. No me creo que acabe de decir eso en voz alta. No me creo que sea *verdad*. Has hecho que tenga un fetiche extraño con las pajaritas y ya no me atrae otra cosa. Es *horrible*. Lo único en lo que he pensado cuando ese tipo me ha invitado a una copa ha sido: ¿por qué? No tiene ninguna historia sobre la tía Edna. ¿Qué se supone que podría sacar de esto?

Dios, tengo que tirarme del cuello de la camisa. Me está ahogando.

Las pulsaciones me recorren todo el cuerpo, se me tensa el centro del esternón.

Lo dice en serio.

Soy su tipo.

Le gustan las historias de mi tía Edna.

—Stella…

—No, espera.

Es bueno que me interrumpa, porque estoy a punto de proponerle matrimonio. O al menos de ofrecerle un fin de semana en Vermont en una de esas acogedoras cabañitas con chimenea y bañera de hidromasaje.

—Vale, estoy esperando.

Se aleja unos pasos y luego se acerca a mí despacio, humedeciéndose los labios una y otra vez.

—Bueno, ahí va. Si dependiera de mí… —Suspira y sacude las manos como si hubieran estado dormidas—. Sugeriría que resolviéramos esta atracción entre nosotros, ¿sabes? Sin nada de papeleo.

Joder. A mi pene le gusta mucho la idea de resolver nuestra atracción. Le gusta el rubor de sus mejillas cuando habla de ello. Está excitada. Por mí. Estoy casi tan agradecido como para olvidarme del resto de lo que ha dicho. Casi.

—Sin el papeleo, Stella…

—Lo sé. Sé que acabarías comprometiendo mucho a la empresa…

—No. Bueno, sí. Pero no, esa no es la razón por la que quiero firmar los papeles, Stella. No quiero que lo que hay entre nosotros sea… deshonesto. O algo que hacemos a escondidas y entre bastidores. Quiero ser mejor que eso para ti. Te mereces algo mejor que eso.

Una risa escéptica brota de ella.

—Aiden… —Se frota la garganta—. No había terminado de explicarme. No… no estoy en condiciones de asumir un compromiso personal tan grande. Rellenar papeles con Recursos Humanos es *enorme*. Y tú estás muy por delante de mí en la vida, mientras que yo acabo de dar un buen paso en la dirección correcta hoy, ¿sabes? Todo es muy nuevo. *Tú* eres muy nuevo.

—Lo entiendo —contesto con sinceridad, en voz baja—. Lo entiendo, Stella.

—Gracias. —Alza la mano y la desliza hasta el centro de mis pectorales, donde me acaricia, y su mirada desenfocada se posa en mi boca—. Estamos en un callejón sin salida. Me gustas. Quiero acostarme contigo. Muchísimo. Pero no voy a pedirte que te comprometas renunciando al papeleo. O pidiéndote que seas deshonesto.

«Quiero acostarme contigo. Muchísimo».

Dios. Dios, la tengo dura como una piedra.

Nunca, jamás ha habido un momento en mi vida en el que la lujuria o cualquier cosa remotamente egoísta sacara lo mejor de mí. Esta noche es diferente. Es Stella. Necesito estar dentro de ella. Necesito lamerle la piel y sentir cómo me aprieta su orgasmo. Ver cómo se rompe, tiembla y suda. Necesito penetrarla. Duro. Como ella quiere. Como yo *necesito*. No obstante, una vez que sepa lo que es saborearla, inmovilizarla contra el colchón y *tomar*, voy a querer más. Más de lo que he estado cerca de querer con nadie. Más que sexo. Ya lo hago. Y habré subestimado esta relación. La habré convertido en un pequeño y sucio secreto y seré demasiado adicto como para no volver a por más. Es imposible que haga lo correcto una vez que lo hagamos mal.

—No pasa nada, Aiden —murmura, estudiándome el rostro. Aparta las manos de mi abdomen—. Lo digo en serio, no pasa nada. Eres… —Se aparta—. Eres una buena persona. Una persona amable. Respeto eso…

Con esas palabras resonando en mi cabeza, la agarro de la muñeca. «Eres una buena persona. Una persona amable». Ya me había dicho cosas así antes. El impulso de demostrarle que se equivoca siempre ha estado ahí, pero ahora se ha convertido en una exigencia física. Pesada e incontenible. Me resulta inaceptable que Stella piense que no tengo la disposición adecuada para ella. Que tal vez soy incapaz de satisfacer todas sus necesidades porque no soy lo suficientemente egoísta. Porque no soy lo suficientemente mezquino, exigente y resuelto.

Esa guardia que nunca he bajado fuera del dormitorio cae. Rápido. Y se lo permito. Dejo que la demanda de placer físico (el suyo y el mío) penetre y desdibuje la línea de lo permitido. De lo que es apropiado entre Stella y yo.

Con la sangre martilleándome en la cabeza, tiro de ella hacia la esquina oscura de la azotea que está más apartada de la vista desde el bar. Jadea cuando la presiono contra la pared de ladrillo con mi cuerpo, dejando que sienta cada centímetro del efecto que tiene sobre mí.

—Aiden —susurra con un suspiro, volviéndose dócil, y se le agitan los párpados.

Le acerco la boca a la oreja e inhalo su singular aroma.

—¿Quieres una prueba de que puedo ser algo más que amable, cielo?

Stella asiente al tiempo que deja que su cabeza se incline hacia atrás y golpee la pared.

—Sí. Cualquier cosa. Sí.

«Cualquier cosa».

Una vez que me concede permiso, estiro el brazo hacia abajo y le subo la falda de un tirón.

En cuanto la prenda queda enrollada alrededor de su cintura, mi mano se desliza hasta la parte delantera de sus medias y sus bragas. Mi dedo corazón separa los pliegues de su sexo y lo encuentra caliente y resbaladizo. Es perfecto. Ya está gimiendo cuando deslizo el dedo dentro de ella, con tanta firmeza y sin previo aviso que se pone de puntillas y me envuelve las manos con sus muslos.

—Madre mía…

—¿Un tipo amable? —Saco el dedo corazón casi del todo y lo vuelvo a meter junto con el anular—. Te voy a llenar tanto que no sabrás si abrirte más o cruzarme la cara.

La conciencia que transforma sus facciones es satisfactoria. Lo admito. La deseo más de lo que he deseado a nadie en mi vida, y ahora se está dando cuenta de que tengo lo que hay que tener para poder satisfacerla. Eso no significa que antes tuviera sus dudas, pero es imposible que sepa lo mucho que he estado prestando atención para intentar determinar sus preferencias, pintando un cuadro de lo que haría falta para que tenga un fuerte orgasmo. Me dio una pista la noche en que la llevé a mi despacho, cuando sus párpados se volvieron pesados en el momento en el que apoyé su trasero en el borde de mi mesa y permanecí entre sus muslos durante unos segundos. Arqueó la espalda y jadeó una, dos veces, como si se muriera por recibir aquella liberación rápida y obscena. Un jefe que se ensaña con su empleada a deshoras, justo encima de las cuentas de pérdidas y ganancias.

Y otra vez esta mañana en mi coche, se le aceleraba el pulso más rápido, con más insistencia cuando le rozaba los labios o la mandíbula con los dientes, y cuanto más le apretaba la ropa con los puños, más ansiosa se ponía. Nada suave y lento para Stella. Sí, sé lo que le va. Le va lo mismo que a mí.

Curvo los dedos dentro de ella y los giro, observando cómo se le dilatan las pupilas bajo la luz de la luna. Abre la boca formando una «O» insonora y, entonces, sus pechos empiezan a ascender y descender.

—Por favor, Aiden. —Me agarra de la camisa con el puño, medio tirando de mí, medio empujándome. Y con cada segundo que pasa se vuelve más resbaladiza—. Por favor, por favor, por favor.

—Dime otra vez que soy tu tipo.

—E-Eres mi tipo —dice con un jadeo.

—No ese crío con tatuajes. —Enuncio cada palabra y siento su pulso alrededor de mis dedos a modo de respuesta—. Ni nadie más. Solo yo.

—Oh. *Ohhh* Dios. S-Solo tú. Sí.

Extremadamente gratificado por ese acuerdo instantáneo, saco los dedos hasta la mitad y los vuelvo a hundir rápido, con fuerza, y veo cómo su boca forma mi nombre sin emitir sonido alguno, noto cómo sus pequeños músculos se aprietan alrededor de mí.

—Eso es. Buena chica, Stella. —Dios, necesito que se apriete así alrededor de una parte que se encuentra mucho más abajo en mi anatomía. Necesito sentir cómo me exprime.

La necesito ya.

La voy a llevar a casa. Se acabó. En el fondo de mi mente suena una advertencia que me dice que voy a arrepentirme si permito que mi deseo por Stella pisotee mi fuerza de voluntad, pero ahora mismo solo puedo pensar en quedarme a solas con ella y adentrarme tanto en su interior que los muslos seguirán temblándole la mañana de Navidad. Solo puedo pensar en deshacerme de la densidad que se está acumulando en lo más profundo de mis entrañas. En calmar *su* frenesí interior también. En bajar la guardia lo que queda de recorrido. Un recorrido que no he hecho nunca con nadie. Físicamente. Mentalmente. Todo.

Cuando parece que las voces que provienen del interior del bar se vuelven más fuertes y se acercan a la zona de la azotea al aire libre, atravieso la niebla del deseo y me recuerdo a mí mismo dónde estamos. Por mucho que me cueste dejar de tocarla ahora que tengo esa carne resbaladiza y perfecta envolviéndome los dedos, no me queda más remedio. «Maldita sea». Aprieto los dientes con reticencia mientras deslizo la mano fuera de sus bragas, las vuelvo a colocar en su sitio y le bajo la falda, tras lo que nos quedamos con las frentes apoyadas mientras controlamos la respiración. A nuestras espaldas, algunas personas salen a la azotea y se encienden unos cigarros, pero no reconozco ninguna de las voces, y nos quedamos así hasta que, por fin, mi cerebro es capaz de formar pensamientos semicoherentes.

—Bajaré yo primero. Espera cinco minutos y sígueme. Nos vemos fuera.

Los ojos de Stella se dirigen a los míos, escrutadores.

—Te estoy obligando a hacer esto y tú no eres así. No puedo…

Entro en pánico cuando niega con la cabeza y empieza a escurrirse entre la pared y yo. Sin embargo, la presiono firmemente contra el ladrillo para que sienta mi erección. La miro a los ojos, le agarro la barbilla con la mano y la levanto. Una parte de mí sabe que tiene razón. Yo no soy así. Yendo a escondidas. Ocultando lo que siento, quiero y sé que es correcto.

Y como quiero ser cien por cien honesto con Stella, le digo exactamente lo que estoy pensando. Exactamente lo que hay en mi cabeza y en mi corazón.

—Ser deshonesto no es propio de mí. Tienes razón. Pero tampoco es propio de *ti*. Creo que nunca lo ha sido. Vamos a encontrar un punto medio esta noche y a descubrir quiénes podríamos ser. Cómo podría ser. —Acerco mis labios a los suyos y la beso por primera vez. Le introduzco la lengua en su boca conmocionada y en mi garganta se forma un gemido cuando responde, su cuerpo fundiéndose contra el mío mientras nuestras lenguas se acarician como si estuvieran hambrientas por tocarse entre ellas. Está a punto de treparme como una pared de escalada y, aunque lo deseo más que respirar, me aparto, jadeante, antes de que montemos una escena—. Nos vemos abajo en cinco minutos.

9
Stella

Cuando Aiden se va, me apoyo contra la pared de ladrillo fría de la azotea durante unos minutos para intentar recuperar el aliento. Luego, llevo a cabo la despedida más rápida de la historia, que consiste en atravesar la sala en la que están todos sentados con el móvil pegado a la oreja, ponerme la chaqueta y articular: «Me ha surgido una cosa familiar vale adiós». Sin duda, tomo nota de que Jordyn y Seamus están sentados el uno al lado del otro. Jordyn parece estar aturdida y Seamus tiene cara de haber ganado la lotería por cómo alza la barbilla en señal de triunfo. Mañana me enteraré de la exclusiva. Pero, por ahora…, parece que voy a casa con mi jefe.

No. Él es más que eso.

Es Aiden.

Y… nunca me he sentido así. Nunca he sentido este revoloteo en la barriga por nadie. Ni este estremecimiento mitad caliente mitad frío en las rodillas. Cuando entro en el ascensor y pulso el botón para bajar, temo estallar en una carcajada histérica en cualquier momento y asustar al resto de la gente. Pero madre mía, mi cuerpo. ¿Qué le ha hecho a mi cuerpo? Tanto dentro como fuera, soy un manojo de temblores, hormonas y necesidad. Realmente lo *necesito*.

Sus manos. Su voz. Su boca. Su peso contra mí. Encima de mí.

Me dejé engañar por la pajarita, ¿verdad?

Cuando me dijo que podía ser extremadamente duro, no entendí del todo a qué se refería. O a lo mejor pensaba que estaba exagerando. No lo estaba. Me acaba de subir la falda en público, me ha tocado el cuerpo como si llevara estudiándolo toda la vida y me ha *gruñido*. Cosas posesivas, cosas celosas que deberían causarme rechazo, pero, madre mía, no lo hacen. El hecho de que bajo la superficie de este caballero reservado se esconda un amante hábil ha disparado su atractivo hasta la luna y me ha llevado junto a él. Estoy sin gravedad. Flotando.

Me ha encantado tener sus dedos dentro de mí. Cada maldito segundo. Me han encantado esas palabras celosas que me susurraba al oído, sobre todo porque le supone un gran dilema. Está mal, pero no puede evitarlo.

Esta noche va a desestabilizar mi mundo, ¿verdad?

«Maldita sea».

Cuando salgo del edificio, Aiden está esperando en la acera, apoyado en el lateral de su coche negro. Se le marca un músculo en la mejilla cuando me ve. Sin incorporarse ni dejar de mirarme, abre la puerta trasera y me hace un gesto con la cabeza para que entre. Es un movimiento tan suave que casi se me incineran las bragas contra el trasero.

Dios, me gusta esto. Me gusta que Aiden haya venido por mí. Que le dijera a Braxton que se largase y que ahora me vaya a llevar a casa. Piensa en mí en su tiempo libre y cambia sus planes para incluirme. Los chicos que recuerdo hacían ver que el tiempo que pasábamos juntos era un accidente. Casi como si no quisieran que me llevara la idea equivocada de que les importaba. Mientras que Aiden es... la epítome del cuidado. Y, por alguna razón, ha decidido ofrecerme la cálida seguridad de su presencia. Me está ofreciendo una relación. Algo constante.

En más de una ocasión ha sido claro con respecto a lo que quiere de esta situación, de nosotros. Mi impulso es dárselo. Ir a Recursos Humanos y marcar las casillas correctas, poner los puntos sobre las íes. Pero eso sería meterme de lleno. Sería apostar por lo nuestro. Y lo que es más importante, le estaría diciendo a *Aiden* que he apostado por nosotros cuando apenas he empezado a apostar por mí misma. Acabo de empezar a dar mis primeros pasos. El mundo es un lugar enorme sin los muros de la prisión manteniéndome confinada. Cada día estoy intentando recorrer el mismo camino con la esperanza de que se convierta en un sendero permanente. Algo constante.

Pero no ha ocurrido todavía. No del todo.

Todo sigue siendo extraño. Esta *versión* de mí es extraña.

La última vez que fui libre de tomar mis propias decisiones, la mayoría fueron malas. ¿Se supone que ahora tengo que creerme capaz de tomar las decisiones correctas por arte de magia? ¿Que puedo sumergirme en este rol de profesional? ¿De novia? Y Aiden... sé que ve mis incertidumbres. Que quiere ser mi caballero de brillante armadura. Y no puedo permitírselo. No puedo aprovecharme. Pero si tan solo pudiéramos... explorar cómo sería el estar juntos por un tiempo, algún día podría estar lo bastante sana como para ser mi propio caballero. Lo bastante curada como para firmar con mi nombre debajo de una línea de puntos para estar al lado de alguien así.

Alguien como Aiden.

El hombre que ahora mismo está deslizándose junto a mí en el asiento trasero de cuero y entrelazando sus dedos con los míos. Preguntándome mi dirección para después dársela a Keith. Veo la cara del chófer por el retrovisor, y no hay duda de que está conteniendo una sonrisa. Sin embargo, alza el brazo y pulsa un botón para levantar la ventana divisoria y, una vez más, estamos solos, con mi chaqueta barata pegada a su largo y caro abrigo de invierno. Su altura y su tamaño hacen que me sienta minúscula en comparación. Y cuando presiona su pulgar en el pulso de mi muñeca, parece que me esté tocando en todas partes.

Los dos observamos cómo cruzo las piernas con fuerza para contener la caída libre que se produce debajo de mi ombligo. Los dos soltamos un suspiro tembloroso.

—El tráfico no es malo en dirección al centro —dice al tiempo que me traza un círculo lento en la rodilla con el dedo corazón—. Llegaremos en menos de diez minutos.

Asiento con brusquedad.

Diez minutos.

Entonces podré apagar la mente. No voy a pensar en el papeleo ni en cómo es imposible que sea la persona adecuada para él. No voy a especular sobre lo que Nicole diría sobre mi inestable vida nueva. Solo voy a permitirme sentir, perderme y hacer preguntas mañana. O pasado mañana. Lo sabré cuando llegue el momento.

Con suerte.

—¿Has saludado a Jordyn o a alguien? —medio susurro, y el autocontrol que nos separa es lo bastante fino como para que una buena ráfaga de viento lo corte en tiras—. Arriba, quiero decir.

Exhala y se remueve en el asiento.

—No. Empecé a acercarme cuando llegué, pero no quería interrumpir la conversación de nadie. Ni ponerlos tensos a todos. Tienen que pasarse el día comportándose de una forma impecable. No tiene sentido forzarlos a que lo hagan también después de su jornada laboral.

—¿Qué? —Le examino el rostro para asegurarme de que habla en serio—. No eres esa clase de jefe, Aiden. Al contrario, harías que se sintieran cómodos.

Asiente, pero está claro que no me cree.

—Gracias, Stella.

—Lo digo en serio. —Esto es una locura. Siento la necesidad de que sepa que es maravilloso, lo que provoca que el corazón me *lata a cien por hora*. ¿Qué me está pasando?—. ¿De verdad piensas que a tus empleados no les gustaría conocerte más?

—No a todo el mundo le gustan las historias de mi tía Edna, Stella.

—Pues se equivocan.

—Lo digo como una especie de metáfora. De... —Con aire ausente, hace un gesto hacia sí mismo—. Esto. Yo. A veces la gente solo quiere quejarse. No sienten que pueden hacerlo si están conmigo. Por ejemplo, Leland, mi asistente. A veces ni siquiera le he dado los buenos días todavía y ya me está diciendo que deje de juzgarlo. —Estoy inmersa en mi fantasía de darle una patada en el trasero a ese Leland sin rostro cuando Aiden continúa—. La cosa es que a veces yo también quiero quejarme. Quiero rendirme y dar por terminado un mal día. Es solo que... cuando tuve muchos de esos días, aprendí a sobrellevarlo mediante la positividad. —Frunce el ceño—. Ahora no sé hacer otra cosa que no sea apoyarme en ella.

—Incluso cuando estás triste —digo en voz baja.

—Sí. —Coloco nuestras manos unidas sobre mi regazo y él observa el movimiento. Traga con fuerza detrás del cuello de la camisa—. No disfruto estando triste, así que lo ignoro. —Alza la mirada y traza mis rasgos en la penumbra mientras las luces de la calle ocultan y revelan su rostro a intervalos—. Para que conste, ahora mismo estoy más lejos de la tristeza que nunca.

Se me pone la piel de gallina y noto calor en la zona más baja del vientre.

—Bien. Intentaré mantenerte así esta noche.

—Yo primero —dice con la voz ronca.

Nuestras exhalaciones irregulares se mezclan con la calidez del asiento de atrás. Ahora mismo, hay una parte de mí, la que tiene carencia sexual, que quiere subirse sobre su regazo, pero el deseo de profundizar en lo que me está contando es aún más imperioso. De conocer mejor a Aiden. Es como si dentro de mí hubiera surgido un depósito de gasolina y hasta que no se llene de datos sobre Aiden, no podré funcionar.

—¿Cuándo estás triste?

Empieza a hablar, se detiene. Suelta una risita ronca.

—Hasta me cuesta admitirlo en voz alta. —Le doy un apretón y mueve nuestras manos hacia su duro muslo, y la yema de su pulgar forma círculos en mis nudillos—. Vivant tuvo problemas hace unos cinco años. Mi abuelo había fallecido y estaban a punto de cerrar las puertas. Yo había ganado algo de dinero en un negocio paralelo en Tennessee, mientras iba a la universidad. ¿Te he llegado a contar que el tío Hank era apicultor? Bueno, fui de puerta en puerta vendiendo esa miel en tarros hasta que tuvimos suficiente capital para envasarla adecuadamente e invertirla en ferias comerciales. Vendimos todo y de ahí…

—Espera. —Me llevo una mano al pecho—. Todavía te estoy imaginando llamando de puerta en puerta con tu pajarita. Seguro que te llovía el dinero.

Aiden me guiña un ojo.

—No te equivocas.

—Me apuesto lo que sea a que las *girl scouts* estaban fuera de sí.

—Hubo algunos incidentes con el papel higiénico. Algunas miradas amenazadoras. Pero al final trazamos territorios para que fuera justo.

Vuelvo a querer subirme a su regazo. Puede que meter la cabeza debajo de su barbilla y pegar la oreja a su garganta para oír el timbre de su voz justo donde se origina. «Cálmate, Stella».

—Vale, estás arrasando en la industria de la miel...

—Y unos años después de graduarme de la universidad, Hank y Edna pudieron pagar la hipoteca y comprarse una segunda casa de vacaciones cerca de la costa del golfo.

En medio de la historia, Aiden me desabrocha el cinturón de seguridad, me sube a su regazo y deja caer su barbilla sobre mi cabeza. Dejo que ocurra en un estado de aturdimiento. ¿Será capaz de leer mentes? No me da tiempo a seguir pensando en eso, ya que vuelve a hablar y el sonido de su voz vibra a lo largo de mi cuello y provoca que todas y cada una de mis terminaciones nerviosas vibren. Oh, madre mía. Esto es demasiado perfecto. Me estoy derritiendo como si fuese mantequilla caliente en un plato.

—Por aquel entonces, Vivant estaba a punto de declararse en bancarrota. Nunca había tenido una relación estrecha con mi padre ni con mis abuelos, aparte de las visitas anuales y llamadas telefónicas. Pero necesitaban mi ayuda. Me mudé a Nueva York con la idea de comprar acciones del negocio familiar... —Niega con la cabeza, lo que me despeina el flequillo—. No sé, a lo mejor era un joven idiota que quería ser un héroe. Ser de esos hijos a los que nunca considerarían mandar lejos. En retrospectiva, empeoré nuestras relaciones. Ahora están resentidos conmigo por llegar y cambiar el rumbo de la nave. Y no conozco otra alternativa que no sea intentar hacerlos felices.

Sin querer, ha dado en la diana de por qué dudo en firmar el papeleo. En dar el salto al otro lado del abismo. Porque esta faceta de la personalidad de Aiden, esta responsabilidad que siente de inspirar felicidad a todo el mundo me recuerda a algo en lo que pienso y de lo que me arrepiento todos los días. Mis padres intentaron hacerme feliz y, aun así, me rebelé. Soy una versión distinta del mismo villano de la historia que está contando y ni siquiera se da cuenta. ¿Y cuándo lo haga? ¿Qué pasará entonces?

Me trago esa preocupación y vuelvo a centrarme.

—A veces la gente no está en situación de querer recibir felicidad, ¿sabes? Y no es por que estés haciendo algo mal. Simplemente no *quieren* sentirla. O no la reconocen cuando se la brindan, así que agarran ese sentimiento desconocido y lo convierten en algo cómodo para ellos. No serían ellos mismos si dejaran de obsesionarse con sus propios defectos o sus errores del pasado y te dejaran entrar. No saben cómo. Y no puede ser tu trabajo enseñarles, ¿vale? Tienes que beneficiarte de tu propia felicidad. Puedes quedártela si ellos no la quieren.

Algo está chocándose con mi hombro, y tardo un segundo en darme cuenta de que es su corazón. Me muevo un poco y aprieto la palma de la mano para sentir el pulso cerca y alzo la mirada hasta que me encuentro con la suya. Y sé que estoy acabada. Increíblemente acabada, porque me está mirando como si hubiese revelado los secretos del universo en vez de haber lanzado una indirecta sobre mí misma. Y entonces me besa como si el mundo se fuese a acabar en treinta segundos. Y así es como decidiría pasarlos. Con sus dedos hundidos en mi pelo, sus labios presionados con fuerza sobre los míos y abriéndome la boca para poder entrelazar nuestras lenguas. Su gemido se quiebra y se convierte en un gruñido.

Es como si alguien hubiese tirado una cerilla a un charco de gasolina.

Un segundo estoy casi arrullada por su historia y al siguiente, mi libido baila frenéticamente con un sombrero de copa y zuecos. Me retuerzo en su regazo y noto como su entrepierna se pone más dura, y jadeo cuando sus manos dejan mi pelo para desabrocharme la chaqueta de un solo tirón y mete su mano para jugar con mis pechos. Sí, *jugar* con ellos. No los aprieta como al típico claxon de una bicicleta antigua y tampoco los gira como el pomo de una puerta. Pasa las yemas de sus dedos por mis pezones, convirtiéndolos en pequeñas montañas y los aprieta con suavidad al tiempo que me recorre la mandíbula con los dientes antes de volver a mis pezones endurecidos y los acaricia con más firmeza a través del jersey.

—Joder —susurro, con la respiración entrecortada y, al parecer, con una mano enroscada en el cuello de su camisa. No recuerdo haberla puesto ahí—. No... ¿Qué vas a hacerme?

Es una pregunta que hago en más de un sentido.

Por suerte, Aiden solo capta el más obvio.

—Dime lo que quieres, cielo. Te llevaré adentro y lo haré —responde con voz ronca, y me recorre la parte más sensible del cuello con la boca—. Todas las veces que quieras.

—Eso son demasiadas opciones. Como la carta de un restaurante. Necesito… u-un menú del día.

Que cosa más ridícula acabo de decir. Pero, aun así, asiente con la cabeza como si fuese una persona normal hablando perfectamente el idioma.

—Comencemos por el principio. —Buscando mi mirada, baña mi boca con una exhalación inestable—. ¿Vamos a hacer que el otro se corra?

Asiento. Y sigo asintiendo.

Solo sé asentir.

Sus ojos se cierran brevemente y pienso en que puede que susurre una plegaria.

—Puedo usar mis dedos —dice con la voz ronca mientras juguetea con el dobladillo de mi falda—. Mi lengua. Podemos quedarnos vestidos y frotarnos por encima de la ropa, así podré hacer que te corras en esas medias. —Su enorme pecho empieza a subir y bajar más rápido—. O puedo penetrarte bien y duro. Tú decides, Stella.

Madre mía. Vale.

Ahora estoy removiéndome en su regazo sin parar, ya que mi cuerpo está tan impaciente por recibir satisfacción que los pequeños músculos entre mis piernas están tan tensos que duelen.

Laten. Es la primera vez que me dan poder así. Me están dando el control e, irónicamente, eso me hace sentir lo bastante segura como para dejarlo ir.

—Te quiero a ti. De cualquiera de las maneras. Sí a todo. —Su mano ya se está deslizando por mi pierna, por debajo de mi falda, donde frota dos nudillos contra mi entrepierna—. Ohhhh, justo ahí. Por favor. Pero no quiero planear nada, Aiden. Quiero hacer lo que sea que se sienta bien. ¿Vale?

Mirándome a los ojos, me coloca una mano entre las piernas. A través de la lana suave de mis medias. Su palma grande se ajusta a la protuberancia de mi sexo y ejerce presión ahí con firmeza mientras un músculo estalla continuamente en su mandíbula.

—Si quieres parar, Stella, dímelo. Si sientes que estamos haciendo algo mal o que el hecho de que sea tu jefe hace que te sientas presionada...

Detengo sus palabras con la boca y lo atraigo hacia un beso largo y tranquilizador que nos deja a los dos jadeando, al tiempo que sus dedos me acarician en el *punto exacto*, empapándome, su erección gruesa y dura contra mi trasero.

—Ahora mismo no estoy pensando en el hecho de que seas mi jefe. Ni de que trabajamos juntos. Eres Aiden, nada más. —Muevo las caderas en círculos, lo que hace que su respiración se vuelva entrecortada al tiempo que las pupilas se le expanden hasta tapar el verde—. Y te necesito.

El coche se detiene delante de mi edificio.

Durante un momento largo y vertiginoso, somos incapaces de parar de besarnos, y estoy empezando a notar los muslos extraños, como si fuesen gelatina. ¿Voy a tener un orgasmo en este momento? ¿En el asiento de atrás de un coche? No. No... Quiero hacerlo dentro. Quiero que continúe esta sensación de estar fuera de control.

—Ya hemos llegado —susurro, mareada y con dificultad para respirar.

—Lo sé —gruñe mientras mueve el dedo corazón contra mi clítoris, a través de la lana húmeda—. Vamos, cielo, dame uno.

Madre mía. *Madre mía*.

Yo soy la que dijo que no quería planear nada, ¿verdad?

Estoy cumpliendo mi deseo.

Me muerdo el labio inferior, miro fijamente el techo del coche, el cual está dando vueltas, y me meto la mano por la abertura de la chaqueta para jugar con mis pezones, imitando los movimientos que ha hecho Aiden antes, al tiempo que la parte inferior de mi cuerpo se mueve cada vez más inquieta, frotando mi trasero de lado a lado sobre su excitación. La sensación se acumula, familiar, pero diferente por toda la intensidad. Por el hecho de que Aiden sea el que me lo está provocando. Y, entonces, aprieta dos dedos fuerte, fuerte, fuerte contra ese manojo de nervios, tras lo que suelto un sonido estrangulado y el placer me recorre el centro con la potencia de un río, arrancando raíces y aniquilándome.

—Dios, qué bonito. Eres tan preciosa, joder. —Su voz no suena natural, como el Aiden al que estoy acostumbrada, pero el acento de Tennessee en su voz lo hace familiar, incluso bienvenido. ¿Quizás mío? ¿Al menos por esta noche? No lo sé, pero me encuentro pasándole los brazos por el cuello mientras me recorre el clímax, hipando en el tendón de su garganta. Dejo que abra la puerta del coche, que salga a la calle y que me lleve al vestíbulo del edificio—. Tengo tu bolso en la mano, Stella. Saca las llaves.

¿Qué es una llave?

¿Qué es una mano?

No conozco el significado de esas palabras de inmediato, pero por suerte recupero el vocabulario rápidamente, hago lo que me pide a tientas y, con manos temblorosas, abro para que entremos en el edificio. Todavía estoy flotando en un río de felicidad, pero cuando pasamos junto a un cartel que dice: EH, APARTAMENTO DIEZ. POR FAVOR, DEJA DE MEAR EN LOS PASILLOS, caigo en la cuenta de que estoy trayendo a este hombre, a este rico empresario de la miel convertido en propietario de unos grandes almacenes, a mi apartamento pequeño y desordenado por el que pago un alquiler reducido, que está lleno de muebles de segunda mano y tiene un Wi-Fi poco fiable.

—Mmm… Esto… —Le doy un golpecito en el hombro cuando llegamos a la puerta de mi apartamento y, despacio, me deja en el suelo, aunque mantiene una de sus grandes manos apoyada en mi cadera. Me posa la boca en un lado del cuello y sube hacia la oreja, ante lo que gimo, apretando las llaves en el puño—. N-no sé si…

Sus manos abandonan mi cuerpo al momento y las coloca en el marco de la puerta, una a cada lado de mí.

—Vale. Joder. Está bien.

—Este apartamento… es de mi tío. La mayoría de los muebles son suyos. Estoy segura de que no es a lo que estás acostumbrado. Ni siquiera me acuerdo de si hice la cama y tenemos un vecino que no para de fumar hierba, así que mi baño huele como un dispensario…

—Stella. —Exhala de forma apresurada e inclina la cabeza hacia delante—. Pensaba que ibas a decirme que no te parecía bien porque soy tu jefe.

—No. No, yo solo… —Agito un pulgar por encima del hombro, en dirección al apartamento—. Supongo que me da un poco de vergüenza.

Aiden asiente, y la comisura de sus labios se levanta mientras se acerca para darme un beso en la frente.

—Bueno, que no te la dé —dice contra mi sien—. La tía Edna ni siquiera tuvo cañerías interiores hasta que estuve en séptimo. Tenía que cruzar el patio en mitad de la noche para usar el váter. Si tu baño de hierba está en el interior, sería como el Four Seasons.

La vergüenza se me escapa por los dedos de las manos y de los pies y me convierto en gelatina entre él y la puerta.

Tres cosas me golpean a la vez.

Una. No está soltando palabras y ya está. Las dice en serio. Aiden Cook va a encontrar la manera de que el apartamento que hay detrás de esta puerta le parezca maravilloso, porque eso es lo que hace. Ve lo bueno. El lado positivo. Y, de alguna manera, siento que nuestras diferencias económicas solo son un problema si yo permito que lo sean. Si me obsesiono con ellas.

Es imposible que él me lo permita.

Dos. Ahora me excitan las historias de la tía Edna. Que Dios salve mi desdichada alma.

Tres. Puede que me esté enamorando de este hombre. Un amor real, auténtico, del que una no puede escapar.

182

Decir esas palabras en voz alta parece un sueño lejano, de un futuro nada cercano. Tal vez uno que no se hará realidad nunca. No obstante, esta noche puedo mostrarle lo que siento.

Eso es seguro. Eso es lo que tengo por ahora.

Envolviendo una mano alrededor de la pajarita de Aiden, entro lentamente en el apartamento de espaldas, tirando de él para llevarlo conmigo.

10

Aiden

Tocar a Stella, besarla… es imposible definir lo increíble que es con palabras.

Es como estar en el lugar al que pertenezco. Con los pies en la tierra, necesitado y aceptado.

La tengo contra la pared de la entrada. Me está desatando la pajarita y yo le estoy bajando la chaqueta por los hombros, aprendiéndome la forma que tienen sus pechos a través de la tela del vestido que lleva puesto. La manera en la que arquea la espalda cuando desciendo las palmas y el gemido que sale de ella cuando le pellizco los pezones, me dice que tiene unos pechos sensibles. Lamerlos y chuparlos ayudarán a mantenerla mojada. Teniendo en cuenta el frenesí con el que nos estamos besando, va a necesitar esa humedad crucial más pronto que tarde.

Dios.

«Maldita sea». Me rodea la cadera con una pierna y me sumerjo entre sus muslos, inmovilizándola contra la pared y restregándome contra el calor de su sexo, haciéndonos gemir al unísono. Y dudo que lleguemos más lejos de esta pared que se encuentra justo al lado de la puerta. Apenas hemos sido capaces de echarle el cerrojo a su apartamento (no, el apartamento de su tío) y podría correrme ya ante la sensación de sus flexibles curvas amoldándose a mi músculo, de cómo me imploran sus ojos. Ahora, ahora, ahora. No hace falta que lo digan en voz alta para saber lo que quiere. Yo también quiero lo mismo. La *necesito*.

—Aiden —gime, y es precioso cómo sus dedos se vuelven torpes sobre los botones de mi camisa. Los desabrocha hasta la cintura y abre la prenda de par en par, y exhala como si fuera el vapor de una tetera—. No. No, estás... Hay músculos aquí debajo. Esto es como Clark Kent convirtiéndose en Superman y no me parece nada mal. —Nos sonreímos contra la boca del otro y ese momento compartido hace que piense en la vajilla y en Vermont y en las nueve millones de cosas que quiero hacer con ella.

Incluido penetrarla tan bien que se le tense la vagina cada vez que entre en una habitación.

«Pero no estás haciendo esto *solo* porque la deseas. Porque la necesitas».

«Estás aquí para demostrar algo. Para demostrar que no eres demasiado amable».

Tengo un motivo oculto, y eso no está bien, ¿no?

Ese pensamiento indeseado hace que evite establecer contacto visual con Stella y que baje la cabeza para saborear su increíble cuello. Para recorrerle el lateral de esa suave columna con la lengua y embriagarme con su aroma. Perfume intenso y femenino de almizcle, aire fresco nocturno y un toque de melocotón. Como sepa remotamente igual de bien entre los muslos, juro por Dios que no pienso salir a tomar el aire nunca.

No obstante, incluso mientras estiro el brazo para bajarle las medias y las bragas hasta las rodillas, miro el apartamento por el rabillo del ojo. Y está claro que no es suyo. Es provisional. No tiene nada artístico ni femenino. Stella acaba de aterrizar.

De hecho, parece como si sus pertenencias estuvieran perfectamente recogidas en un rincón del diminuto salón, como si temiera ocupar espacio. Un cepillo para el pelo, el cargador del móvil, un bote de crema. El corazón me late con fuerza cuando los veo amontonados en un sitio. Quiero abordarlo. Quiero hablar de absolutamente todo con ella. Pero no he venido aquí para eso, ¿verdad? Y lo que es más importante, no es por eso por lo que me ha traído. He venido para satisfacer nuestro deseo y, con suerte, crear uno permanente. De esos que necesitan ser apaciguados una y otra vez.

De esos que puede que la motiven a firmar los papeles para que esto sea correcto.

Porque ahora mismo estoy en el apartamento de una empleada. No estoy juzgando donde vive. Dios, no. Es solo que no consigo ignorar el desequilibrio de poder que hay entre nosotros cuando este me está mirando directamente a la cara.

Aun así, ahora tiene las medias y las bragas a la altura de las rodillas. Usa el pie para quitárselas del todo y las aparta de una patada, y madre mía, su sexo está al descubierto. Todavía no lo he visto y ya estoy gimiendo, y agarro el vestido para alzarlo y verla desnuda de cintura para abajo.

—Déjame ver lo dulce que es —digo con la voz ronca al tiempo que le recorro las caderas con las manos y dirijo los dedos a su carne expuesta—. Déjame sentir lo mojado que está.

—Por favor. —Asiente con la cabeza de forma desarticulada, mirándome fijamente a la cara—. Tócame.

Me inclino lo suficiente como ver por primera vez cómo mis dedos se encuentran con su sexo desnudo. Ambos observamos cómo mi dedo corazón se abre paso por su pequeña franja de vello negro y pulcro y desaparece entre sus labios mojados. Estos se cierran alrededor de mi caricia con un sonido húmedo que me tensa los huevos dolorosamente, y su suave calor me empapa todavía más los dedos, sobre todo cuando encuentro su punto débil y juego con él, deleitándome con cómo se le entrecorta la respiración contra mi boca.

—¿Me has traído aquí para llenar esto con mi pene, Stella? —Añado un segundo dedo y le acaricio el clítoris con suavidad hasta que se le empiezan a flexionar los muslos, y entonces ejerzo más presión. Más ritmo—. ¿Vas a necesitar que te lo meta despacio o de golpe? ¿Eh? ¿Qué es lo que hace falta para que te corras más que nunca?

—No lo sé —responde, y suelta un grito ahogado cuando meto el dedo corazón dentro de su apretado conducto y lo flexiono, notando cómo se estira a mi alrededor—. No… recuerdo nada antes de esto. Hace c-cuatro años que no tengo nada de sexo. No, más tiempo. Creo que más tiempo.

—No hagas eso —jadeo contra su cuello, masturbándola con más dureza, dentro, fuera, profundamente, como noto que necesita—. No me recuerdes que estoy rompiendo tu sequía. Dios, no duraré ni cinco segundos.

Su risa es entrecortada, casi eufórica.

—Muy de hombres.

—¿Ah, sí? ¿A ti no te excita saber que eres la primera desde el confinamiento? O puede que más, porque yo tampoco me acuerdo de nada antes de ti, cielo.

—Vale. Sí, puede que un poco. —Se clava los dientes en el labio inferior y su sexo se flexiona alrededor de mi nudillo—. Puede que mucho.

Esta chica… Quiero huir con ella. Fugarme. Ir a safaris. Bucear hasta el fondo del océano sosteniéndole la mano. Todo. Y ahora sus dedos están desabrochándome el cinturón, parándose cada pocos segundos para acariciarme la erección con la palma, masajeándola y jugando con ella, arañándome los abdominales con las uñas.

—Estás a punto de correrte en mis dedos otra vez, ¿verdad?

—Sí —suelta justo cuando me baja la cremallera de la bragueta.

—Adelante —jadeo contra su boca—. Tienes permitido que te guste que te metan los dedos cuando soy yo el que lo está haciendo. Empapa al hombre que te ha llevado a casa.

Con la bragueta bajada, mi pene sale al reducido espacio que nos separa, todavía dentro de mis calzoncillos blancos. Está tan duro como el hierro, que Dios me ayude. Tan rígido que estoy goteando. Nunca he necesitado tanto a nadie en mi vida y nunca volveré a necesitarlo. Es una intuición que no va a cambiar. Y solo necesito tumbar a Stella de espaldas. Ya. Necesito que sus uñas me marquen la espalda y que sus rodillas me abracen la caja torácica. Eso es lo que necesito, pero cuando me desliza sus suaves palmas por el pecho y el estómago y me agarra la erección para hacerme una paja *perfectamente apretada* a través de los calzoncillos...

Bajo la mirada hacia su pelo. Y veo mi pajarita en el suelo.

En algún momento, tiró el bolso. Su credencial de empleada se ha salido y está sobre el suelo de la entrada. En la foto, Stella esboza una sonrisa torcida. Una nerviosa. Es su primer día de trabajo. La primera oportunidad importante, el primer salto importante desde que volvió al mundo real. Y ha ocurrido en mi tienda.

Me remuerde la conciencia.

«No. Por favor».

Demasiado tarde. Soy su jefe. Soy su jefe y ahí está la prueba, mirándome fijamente.

He parado de besarla. Tengo los dedos bien metidos en ella, pero ya no los estoy moviendo. Me mira de forma inquisitiva con la respiración agitada y su sexo latiendo a mi alrededor. No pienso dejarla insatisfecha. Ni de broma. Solo tengo que sacarme el desequilibrio de poder de la cabeza. Tengo que confiar en lo que está ocurriendo aquí. En lo que hay entre Stella y yo. Es lo auténtico. Lo siento en los malditos huesos. Y la razón por la que estoy absteniéndome de las formalidades, la razón por la que he ido en contra de las reglas y la he traído a su casa esta noche es que me vea como algo más que un tipo amable. Tener una oportunidad de hacer que esto dure.

Además, la necesito. La necesito tanto que no puedo relajar las muelas. El peso entre mis piernas palpita y es insoportable. Quiero estar más cerca de ella de lo que nadie ha estado jamás. Quiero penetrarla hasta el fondo y ver como se olvida de todo y todos menos de mí.

—¿Aiden?

—Sí, cielo, lo sé —digo con la voz ronca. Recobrándome. Centrándome. Me agacho, la cargo sobre mi hombro y me dirijo al fondo del apartamento, entrando en la única habitación que hay aparte del baño. Un dormitorio pequeño del tamaño de un armario, y, otra vez, sus cosas están perfectamente organizadas en un rincón. Pero no voy a hablar de eso y a hacer que pase vergüenza. Nop. No voy a pensar en hacerle la maleta, llevármela a mi apartamento y poner sus cosas *en todas partes*, en todas las superficies y en muchos cajones. Porque todavía no hemos llegado a ese punto. Esta es mi audición para ser su novio, ¿no? Hasta este momento, solo soy el jefe demasiado amable hacia quien ni siquiera quiere sentirse atraída.

Ese último pensamiento hace que inmovilice a Stella sobre la cama individual con demasiada brusquedad, y mi cuerpo cae sobre el suyo. Con todo mi peso sobre ella, observo cómo se le agitan los párpados y escucho su gemido de excitación.

—¿Eso te pone cachonda? —Le empujo las rodillas para abrirlas lo suficientemente rápido como para que ahogue un grito. Saboreo la imagen de sus pliegues separándose. El brillo revelador que cae desde su abertura hasta el pliegue de su trasero. «Precioso»—. ¿Te gusta que te recuerde que no soy tan bueno una vez que te quito las bragas? —Mis caderas se dejan caer en el inicio de sus muslos, se mueven despacio, y valdría la pena morir por esa fricción—. ¿Quieres que te dé duro?

—*Sí*.

La tengo dura como una piedra. Stella quiere esto. Lo único que tengo que hacer es bajarme los calzoncillos y concedernos el polvo prohibido que ambos deseamos. La he excitado tanto con los dedos que lo más probable es que se corra con una sola embestida y, si no lo hace, habrá más.

—Aiden. —Tiene la respiración entrecortada y me está retorciendo los lados de mi camisa abierta con los dedos. Y me percato de que he empezado a restregarme con ella, con los dientes apretados y tirándole del lóbulo de la oreja—. Por favor, por favor, por favor.

Estiro el brazo con la intención de bajarme la cinturilla de los calzoncillos, sacar mi pene y meterme dentro de ella. Pero es como si una fuerza invisible impidiera a mi mano realizar la acción. Sé que, si quito la capa de tela que queda, eso será todo. Estaré dentro de Stella. Habré desafiado a mi conciencia. Habré traicionado su confianza, aunque no se dé cuenta ahora. Todavía.

Es bastante probable que esté dándole demasiadas vueltas, ¿verdad?

Sí. Sí, necesito un minuto.

Sin embargo, ella no tiene un minuto. Su precioso cuerpo se está retorciendo debajo de mí, está desnuda de cintura para abajo (mojada y apretada) y, antes de registrar mis movimientos, la desvisto del todo. Lanzo el vestido al suelo y me deleito con la imagen de su piel desnuda, sus tetas con pezones oscuros, las curvas de sus caderas y la caída de sus costados. «Increíble, perfecta. Stella». Y está temblando ante la necesidad de ser aliviada.

—Yo me encargo, cielo. Abre más los muslos para mí. —Estoy arrastrando las palabras, embriagado en deseo. No reconozco mi propia voz. Pero me escucha y hace lo que le pido, lo que le estoy suplicando. Abre las rodillas un par de centímetros más mientras deslizo la lengua por el centro de su torso, sobre su vientre, y separo los pliegues de su sexo con un lametón hambriento. Y *Dios mío*. Sabe increíble. A melocotón y a mujer. Por *mí*—. Joder, Stella. Si el estar apretado tuviera sabor, estoy seguro de que sería este.

Responde a mi elogio con un gemido y se le flexionan los músculos con violencia, abriendo más las piernas y clavando sus dedos en mi pelo ¿Y esto? Puedo hacerlo. Puedo penetrarla con la boca, porque se trata de su placer, no del mío. Vale, estoy recurriendo a un tecnicismo para salirme con la mía, pero ni de broma voy a ser capaz de apartar la lengua de su sexo húmedo y deseoso cuando necesita un orgasmo con tanta desesperación. Ni la palabra «arrepentimiento» describiría cómo me sentiría ante eso, ya que quedaría insatisfecha y *lo único que quiero* es satisfacerla.

Para ello, observo cómo se mueven y ondulan los planos de su cuerpo desnudo mientras le acaricio el clítoris con la punta de la lengua, le introduzco dos dedos y empiezo a lamer de verdad ese manojo de nervios. Ansioso, rápido, minucioso. Meto los dedos hasta el fondo y acelero el ritmo junto con su respiración, leyéndola, observándola. Esperando. Cuando me agarra el pelo, aprieto los labios sobre el clítoris y succiono con suavidad. En contraste, mis dedos se retuercen, buscan ese punto y lo encuentran. La prueba es que empieza a hablar de forma incoherente y me apoya los talones en los hombros.

—Aiden. Oh… madre mía, Aiden. Por favor, no pares. No, no, no…

Gruño al tiempo que succiono para que sepa que ni de broma voy a parar cuando se está estremeciendo así. Cuando se le está hundiendo el estómago, sus pezones están erectos y calientes y su sexo está empezando a ondularse alrededor de mis dedos. «Vamos, cielo. Dámelo».

Nunca he oído un sonido más puro que el que hace Stella cuando grita mi nombre.

Nunca he sentido nada mejor que sus puños retorciéndose en mi pelo. Alza los muslos alrededor de mi cabeza, sus caderas se sacuden, y noto su alivio húmedo y cálido contra mi lengua y mis labios. Desesperado por darle más, por darme más, sigo acariciando ese lugar de su interior, rozando esa rugosidad con la yema del dedo, y Stella da y da, con el cuerpo tenso hasta que se queda flácida en la cama y el sabor de su placer me marea.

Estoy tan empalmado que casi no lo soporto.

Me apoyo en el codo y memorizo la imagen de su cuerpo enrojecido, la vulnerabilidad que se está permitiendo mostrar conmigo. Desnuda y necesitada, reaccionando con tanta sinceridad. Como si confiara en mí.

«Confía en mí».

Esas palabras resuenan en mi cabeza cuando Stella se incorpora, hermosa y seductora con los ojos medio cerrados, tan preciosa que me cuesta respirar, y me agarra de la camisa abierta para tirar de mí y acercarme. Con los ojos cargados de promesas.

—Quiero darte lo que necesitas, Aiden. *Déjame dártelo*. —Mira hacia mi regazo y suelta una exhalación agitada—. Por favor.

Un movimiento. Un movimiento y estaría encima de ella. No pensaría en nada más que en su calor apretado alrededor de mi pene, no sentiría ni una pizca de este conflicto ni de la culpa por ser su jefe. Por haber empezado nuestra relación dándole la oportunidad de brillar como escaparatista. No obstante, después me odiaría por dejar esas incógnitas entre nosotros. Y, Dios, la confianza en su mirada… eso zanja el asunto. No puedo hacerlo.

—Lo siento —digo con la voz ronca, y le agarro las muñecas hasta que me suelta la camisa—. No puedo. Stella. Dios, me muero de ganas, pero no puedo.

Mi pene me odia. Cuando me bajo de la cama y cierro la cremallera sobre mi erección con una mueca, estoy bastante seguro de que añade «nuevo dueño» a su lista de deseos de Navidad. Sin embargo, esa repulsión no es nada comparado con lo mucho que me detesto a mí mismo a medida que avanzo a trompicones hacia la puerta de la habitación. Tengo que irme *ya*. No confío en que pueda mantener esta determinación durante mucho más tiempo, sobre todo si veo cómo la decepción le transforma el rostro.

—No sé, Stella. —Me trago el nudo que se me ha formado en la garganta—. Supongo que soy demasiado amable para ti, ¿eh?

Me alejo de su expresión atónita y salgo del apartamento, luego del edificio, y el aire frío prácticamente sisea cuando se choca con mi piel enfebrecida. Pero después… después sé que no he sentido más frío en mi vida, porque estoy bastante seguro de que acabo de meter la pata con la chica de la que me he enamorado.

11
Stella

Es sábado por la mañana. Mi primer día oficial como empleada de Vivant.

Hasta ahora, no estoy del todo segura de haberlo asimilado. Me dieron una oportunidad loca y única y, de alguna forma, he cumplido. He estado a la altura de las expectativas. Puede que hasta las haya superado. Lo suficiente como para que me contraten a jornada completa. ¿Ahora es el momento en el que tengo que llamar a mis padres? ¿Estarían orgullosos de lo que he conseguido en poco tiempo? ¿O debería esperar hasta que logre mantener el trabajo un poco más antes de intentar comunicarme?

Esperar. Esperaré. Solo para asegurarme de que está ocurriendo de verdad.

Una vez tomada la decisión, sigo rellenando la documentación como empleada nueva que está repartida sobre la mesa que tengo delante, en la oficina de Recursos Humanos. Cuando se termine la temporada de fiestas, no siempre trabajaré los fines de semana, pero dado que tengo que diseñar un segundo escaparate antes de Nochebuena, no hay días libres.

Recursos Humanos me mandó un correo electrónico esta mañana pidiéndome que me pasara por su oficina para actualizar mi credencial y rellenar el formulario W-9. A medida que atravieso el proceso de convertirme en escaparatista a jornada completa, sigo esperando a que Aiden aparezca bajo el marco de la puerta de la oficina, que le dé sentido a lo que pasó entre nosotros anoche, pero no llega.

¿Acaso puedo culparlo por evitarme? Dios, lo fastidié *muchísimo*.

«Supongo que soy demasiado amable para ti, ¿eh?».

El formulario que estoy rellenando empieza a difuminarse. ¿En qué estaba pensando al dejar que Aiden rompiera sus reglas? No podía haber sido más alentadora tentándolo a ignorar su conciencia y hacer lo que estaba mal. Un beso y dejé de pensar en su conflicto y mi necesidad física pasó a estar en el asiento del conductor. ¿Cómo de egoísta puedo ser?

Como si respondiera a mi pregunta interna, empieza a vibrarme el móvil en el bolsillo. Se me dispara el pulso ante la posibilidad de que sea Aiden. Tampoco es que pueda contestar ahora mismo. No despego mis ojos de la mirada de halcón que me dirige la señora Bunting. ¿Mira tan de cerca a todo el mundo o solo a mí? «Deja de fingir que no sabes la respuesta a eso».

Dedicándole una sonrisa ladeada a la mujer, me saco el móvil del bolsillo...

Y el corazón se me hunde hasta la alfombra cuando veo «Centro penitenciario de York» en la pantalla. Nicole me está llamando otra vez.

Las palmas empiezan a sudarme tan rápido que casi se me resbala el móvil de la mano y se cae al suelo. Quiero ignorar la llamada. La doctora Skinner me diría que no pasa nada. Que los límites son sanos. Si no quiero interrumpir la reconstrucción de mi vida con un recuerdo del pasado, tengo el derecho de tomar esa decisión por mí. No obstante, después de anoche, después de que Aiden se fuera de mi habitación con aspecto de estar tan en conflicto y disgustado consigo mismo (gracias a mí), me siento con la necesidad de recibir refuerzo. Con la necesidad de algo familiar. Una roca a la que agarrarme mientras floto río abajo a toda velocidad, un poco abrumada por el ritmo al que está transcurriendo mi vida tras cuatro años de estancamiento.

Eso es lo que tiene nuestra amistad. Meter la pata no es simplemente aceptable, sino que se fomenta. Es difícil no buscar validación cuando me siento horrible por lo de anoche.

Mi amistad con Nicole no era (bueno, no es) sana. Ahora lo sé. Pero fue mi constante cuando era más joven. Yo era *su* constante. Anoche decepcioné a Aiden. ¿También voy a decepcionar a Nicole? Si me está llamando otra vez, por segunda vez en una semana, tiene que haber una razón. Si bien es cierto que tengo un mal presentimiento en el estómago, no puedo rechazar la llamada cuando no tiene a quién más recurrir.

No quiero irme de Recursos Humanos antes de haber terminado, pero tampoco quiero perder la llamada, así que respondo y me dejo el móvil contra el muslo.

—¿Perdona? —le pregunto a la directora de Recursos Humanos, que alza una ceja en mi dirección—. ¿He terminado o necesita que firme algo más…?

Esboza una sonrisa con los labios apretados.

—Todo listo, señorita Schmidt. Puede irse. Por favor, recuerde que su credencial debe mantenerse a la vista en todo momento.

—Sí. De acuerdo.

Me levanto, salgo de la oficina, entro en el espacio que se parece a un almacén y que guarda mercancía, me dirijo a la puerta de atrás, la cual se utiliza mayoritariamente para que los empleados puedan fumar, y espero a estar fuera para llevarme el móvil a la oreja.

—Nicole. Hola.

—Es un detalle que respondas. ¡Y con tanto entusiasmo también! —Hay una pausa larga—. Perdóname por estar emocionada por escuchar la voz de mi mejor amiga por primera vez en años.

Una semilla de culpa se me abre paso en la garganta, a pesar de horas y horas de asesoramiento de la doctora Skinner que me sugieren que debería sentir lo contrario. Es mucho más fácil reconocer una relación tóxica cuando hay algo de distancia de por medio. Pero es diferente tener su voz y su carácter de cerca y en persona. Unidos a esa voz, hay nostalgia y recuerdos de los buenos momentos. Yo… también *debería* estar emocionada por hablar con ella, ¿no? Hace tiempo me referí a Nicole como mi hermana. Pasamos la pubertad juntas y prometimos envejecer en un apartamento junto al mar. Pasamos incontables noches de nuestra juventud escabulléndonos, acurrucadas detrás de la licorería local hablando de las aventuras que íbamos a emprender en cuanto tuviéramos dinero. Unas pocas palabras de Nicole y huelo el humo de los cigarros, los perritos calientes quemados del 7-Eleven y el aguardiente de melocotón o cualquier licor asqueroso que les robaba a mis padres y que nunca echaban de menos.

—Sí, hola, lo siento. —Me pellizco el puente de la nariz y hago una mueca ante lo poco que he tardado en empezar a disculparme—. Es solo que no me esperaba que me llamaras.

Como estábamos en la cárcel por el mismo delito, no estábamos en la lista de contactos aprobados de la otra, por lo que no podíamos llamarnos. Nos hemos escrito cartas a lo largo de los años, pero se volvieron tensas y se fueron diluyendo hacia el final de mi condena. En las cartas de Nicole siempre había un tono de resentimiento por mis acciones la noche del robo y por el hecho de que mi condena fuera más corta gracias a ello.

Nicole resopla. Se escuchan gritos al fondo. Una puerta de seguridad cerrándose. Sonidos familiares que hacen que el estómago se me revuelva como el motor de un coche oxidado.

—No pasa nada —dice—. Bueno, ¿dónde estás?

Me miro los pies con un nudo en la garganta. Dios, no quiero decírselo. No quiero que nada toque la construcción frágil de este comienzo nuevo. Apenas está en su infancia. Estoy orgullosa de los pasos que he dado, pero encontrará un motivo para menospreciarlo.

—En casa —grazno, y luego me aclaro la garganta—. Me fui a casa. Estoy en casa de mis padres.

Pasan varios segundos. Noto cómo el pulso me late contra el lateral del cuello.

—¿En serio? —Su risa es como una grabación del pasado—. Porque hablé con ellos hace unos días. Cuando no respondiste a mi llamada, lo intenté con ellos. No puedo decir que les alegrara escucharme, pero sí me dijeron que estabas en Nueva York en el piso de tu tío.

Me arde todo el cuerpo.

Como si mi corazón acelerado se hubiera expandido y hubiera ocupado cada esquina de mi interior.

—Siempre hablábamos de ir allí juntas. Conseguir un trabajo, aprovecharnos del alquiler barato y ahorrar el dinero. Usarlo como trampolín.

—Me acuerdo —digo con los labios apretados.

—¿Por qué has mentido?

—No lo sé. —El sol de invierno es cegador. Hace frío, pero estoy sudando—. Es que… mira. Estoy intentando algo nuevo. Estoy empezando de cero.

—Sin mí, parece —añade con un tono monótono.

«Sí. Di que sí». Esta es mi oportunidad de establecer los límites. He estado años practicándolo con la doctora Skinner. ¿Por qué se me atascan las palabras en la garganta? Palabras que están escritas en una libreta en el apartamento para que no se me olvidaran.

Asumo la responsabilidad de mis malas decisiones. De cada una de ellas. Aunque esas malas decisiones las tomé junto a Nicole. Las tomé con mucha presión encima. Decir que no a algo hacía que se pusiera a la defensiva.

Cada vez que la cuestionaba, cargaba contra mí. Me acusaba de pensar que era mejor que ella porque crecí con unas ventajas de clase media. Y seguía así hasta que cedía, asustada de abrir una brecha entre nosotras. Porque, en aquel momento, ella era lo único que tenía. Me había enemistado con todos los demás. O ella fue la que lo hizo por mí.

—Da igual, no pasa nada. —Se ríe—. No me incluyas en tus planes. Estoy acostumbrada a que me dejen de lado, ¿verdad? Mis padres ni siquiera han venido a mi audiencia para la condicional.

—Audiencia para la condicional —repito, con unos platillos chocando en mis oídos.

Nicole suelta un sonido de titubeo.

—Pensaba que te estaba llamando para darte una buena noticia, pero igual quieres que me quede aquí y que me pudra mientras «empiezas de cero» en Nueva York.

Me recuesto sobre el edificio, ya que mis piernas son incapaces de seguir sosteniéndome.

—¿Te han dado la condicional?

Empieza a reproducirse la grabación robótica que nos dice que solo quedan treinta segundos.

—Correcto. Supongo que han decidido ser indulgentes conmigo también. Ya iba siendo hora de que algo me saliera bien, ¿no? —Hace una pausa—. ¿Tienes coche?

Niego con la cabeza, a pesar de que no me ve.

—No.

Su suspiro me llena el oído.

—Supongo que no podrás recogerme.

Lo deja ahí, en el aire. Automáticamente, mi mente se apresura a buscar una solución. Una forma de llegar a Connecticut para estar allí cuando salga. Y así ayudarla. Yo tuve a alguien ahí, ¿no? Puede que mi padre se mostrara reservado y distante, pero apareció. Me llevó a casa, a Pensilvania, me dio suficiente dinero para empezar en Nueva York. Es una ventaja que Nicole no tiene. Sería egoísta si no hiciera nada para ayudarla. No puedo limitarme a subir la escalera de cuerda y dejarla atrapada en el sótano.

—A ver, puedo mandarte dinero. No me queda mucho y me queda una semana o así para recibir mi primer sueldo...

—¿Has conseguido trabajo? ¿De qué?

Sacudo la cabeza, a pesar de que no me ve.

No. No, no pienso hablarle de esto. No puedo. Odiará todo lo que tenga que ver con ello. Si me creo que ahora estoy lidiando con el síndrome de la impostora, su reacción ante el hecho de que tenga un trabajo tan lujoso sería el colmo. «Anota otro punto, Stella. Algunas personas nacen con todo».

Nos estamos quedando sin tiempo.

—*Quedan diez segundos* —trina la voz.

—Te mandaré dinero —murmullo justo antes de que se corte la llamada.

Las náuseas se me agolpan en el estómago mientras me quedo mirando el móvil. Tampoco es que quisiera que Nicole se quedara en la cárcel para siempre. Eso no se lo desearía a nadie. Pero he tenido la oportunidad de establecer mis intenciones de pasar página sin las obligaciones más complicadas de nuestra amistad y la he echado a perder. La oportunidad ha pasado y ahora... ahora no sé qué va a pasar. Aunque sospecho que Nicole quiere retomarlo justo donde lo dejamos. No le queda otra. No tiene ningún sitio al que ir. ¿Qué voy a hacer si viene? No puedo darle la espalda.

La puerta trasera se abre con un fuerte chirrido, lo que hace que me sobresalte. Una de las dependientas sale y se enciende un cigarro, echando el humo lejos para que no se le adhiera al uniforme negro. Sostengo la puerta y me sonríe con pocas ganas cuando paso junto a ella. No me doy cuenta de lo mucho que me ha consternado la llamada hasta que entro en la sala trasera con las mercancías de Vivant y todo lo que me rodea parece estar borroso y la conversación que están manteniendo dos repartidores me suena antinatural. Tengo que hacer una lista con materiales de arte y atrezo para el siguiente escaparate que voy a diseñar. Es mi primer día como empleada de verdad y la mañana ya se me está yendo de las manos. Tengo las piernas como gelatina. ¿Estoy temblando? «Cálmate».

Ya casi he llegado a la puerta de la sala de las mercancías cuando Aiden aparece delante de mí.

Y guau. *Guau*. Es precioso y corpulento y familiar y radiante. Como rodajas de naranja y café después de semanas de avena fría y agua tibia. Al igual que la noche que me salvó del hueco del escaparate cerrado, quiero lanzarme a sus brazos otra vez y aferrarme con fuerza. Un abrazo suyo lo arreglaría todo durante un momento.

—¿Stella? —Lleva algo en la mano (un montón pequeño de sobres), pero cuando me ve, la preocupación le transforma el rostro, se los mete en el bolsillo de la chaqueta y avanza hacia mí. Estira la mano para cubrirme la cara y estoy a punto de gemir ante el grato contacto, pero vacila. Mira a los empleados que entran y salen de la sala, algunos de ellos mirándonos abiertamente, y aparta la mano.

Si la llamada con Nicole me ha clavado un puñal en la cintura, me lo acaban de arrancar y la sangre brota de la herida.

—¿Estás bien? —pregunta en voz baja, con el entrecejo fruncido—. Pareces disgustada.

Pues claro que no estoy bien. Este hombre estuvo anoche en mi apartamento. Tuve su preciosa boca sobre la mía, y su presencia me reconfortó, me hizo sentir segura, feliz, esperanzada y apreciada. Sin embargo, no pudo ser corrompido. Debería estar avergonzada de mí misma por intentarlo. *Lo estoy.* Casi provoqué que hiciera algo de lo que se habría arrepentido. Algo que habría comprometido su integridad poco común y genuina. Hizo bien en irse. Hará bien en pasar página. Y no pienso aprovecharme más de su amabilidad. Ni apoyarme en él en cuanto a lo de mi mejor amiga y el tono premonitorio de nuestra llamada.

—No estoy disgustada. —Fuerzo una sonrisa, asombrándome por el hecho de que duele estar tan cerca de él sin tocarlo. ¿Cómo ha pasado tan rápido?—. Estoy bien.

Me escudriña en silencio.

—Sé que lo más seguro es que anoche arruinara lo que tenemos —dice de manera que solo lo escuche yo. Y, por primera vez, me percato de las sombras en forma de

«U» que tiene debajo de los ojos—. Créeme, no he parado de pensar en ello, Stella. Yendo y viniendo entre darme una patada a mí mismo y estar seguro de que hice lo correcto al querer algo mejor para ti que el secretismo y las mentiras. —Se pasa una mano por el pelo—. Igual ahora piensas que soy un imbécil santurrón. No sé. Pero puedes hablar conmigo.

Quiero. Me muero de ganas. Quiero enterrar la cara en su cuello con olor a menta y soltarlo todo. Seguro que también me da algún consejo bueno, a pesar de que está claro que nunca ha tenido un amigo al que han sacado de la cárcel ni ha experimentado el conflicto de emociones que eso conlleva. No obstante, Aiden ya ha hecho demasiado por mí. Tengo que empezar a hacer las cosas por mí misma. Hablando de límites, soy su empleada. *Solo* soy su empleada. Lo estableció anoche de la manera difícil y lo respeto por ello. Así pues, tengo que tragarme mis sentimientos por él y empezar a actuar como una profesional. Alguien a la que contrató para llevar a cabo un trabajo.

—Gracias. De verdad. Pero estoy bien. —Empiezo a moverme para pasar por su lado, aguantando la respiración para no notar el olor catastrófico de su *after shave*—. Tengo mucho trabajo que hacer.

—Stella, espera. —Dios, parece destrozado. Lo único que quiere es hacer lo correcto, pero está claro que yo soy lo incorrecto. Solo necesita un poco de tiempo y espacio vital para darse cuenta. Asumo que va a volver a asegurarme que todavía puede ser mi confidente, pero, en vez de eso, se saca uno de los sobres del bolsillo de la chaqueta y me lo ofrece—. La invitación para la fiesta de Navidad —dice con tono áspero—. Perdón por avisar con tan poca antelación. Hemos tardado bastante en encontrar un sitio. El lugar de siempre no llegó a abrir después del año pasado. Es el viernes por la noche, en Nochebuena. Es una especie de tradición cerrar la tienda antes y celebrar una temporada exitosa. —Su pecho asciende y desciende—. Si no tienes planes.

Aiden está irradiando mucha intensidad, lo que hace que me cueste mantener el contacto visual. Abro el sobre y escaneo la invitación escrita con caligrafía en busca de una localización.

El hotel High Line.

Nunca he estado ahí, pero algo me dice que es elegante.

¿Qué voy a llevar? Nada que tenga, eso seguro. No tengo nada que sea adecuado para un sitio que garantiza una invitación escrita con caligrafía. Es casi imposible que pueda ir. Pero tampoco soy capaz de mentir y decir que ya tengo planes. No a este hombre. Ya le estoy mintiendo en cuanto a lo de estar bien.

—Haré todo lo posible por ir —digo, todavía mirando la invitación—. Oh. Aquí dice que traigamos acompañante.

—Preferiría que no lo hicieras —contesta con la voz ronca, lo que hace que la dependienta fumadora que está pasando al lado nuestro, de regreso a la planta principal, nos preste una gran atención—. No tengo ningún derecho a pedírtelo. Todavía no estoy preparado para abandonar creencia de que eres mía. Sea verdad o no. —Exhala, como si se estuviera impacientando consigo mismo—. Ven sola. Por mi cordura, por favor.

Por alguna razón, quiero reír y llorar al mismo tiempo.

—Aiden…

—Debería entregarlas y volver al trabajo antes de quedar en evidencia. —Traga saliva y sus ojos me recorren el rostro—. Ten un buen día, Stella.

Se ha ido antes de que pueda responder y sé que lo mejor es marcharme. Caminar y ya está. Y, tras cuadrar los hombros, eso es lo que hago. No obstante, no puedo evitar mirar hacia atrás a medida que salgo de la sala de mercancías, y veo a Aiden mirando cómo me voy con el corazón en los ojos. En cuanto a mi corazón, se me queda atascado en la garganta el resto del día.

12
Stella

Es lunes antes de Navidad, la última semana para hacer las compras antes del gran día.

Estoy sentada con las piernas cruzadas en el hueco del escaparate, comiendo un sándwich de jamón de la tienda, y el cristal ha dejado de amortiguar el bullicio cada vez mayor de personas que llenan las aceras. Las exclamaciones cuando pasan por mi escaparate del vestido rojo hacen que sonría entre bocado y bocado, pero desaparece bastante rápido cuando me acuerdo de la mañana de la inauguración. El rostro de Aiden cuando lo vio. Cómo nos tocamos en el asiento trasero de su coche, empujando y tirando el uno del otro como si no supiéramos qué hacer con toda la gravedad que había entre nosotros.

Evitarnos ha resultado ser la única solución. Llevo sin verlo desde el sábado por la mañana, cuando me dio la invitación a la fiesta de Navidad. Aunque, cuando abro la puerta del hueco del escaparate cada mañana y entro, juro que el olor a menta flota en el aire. Aunque puede que sea una ilusión. En plan, venga ya. Tampoco es que llegue y me eche de menos antes de abrir la tienda.

¿Verdad?

«Todavía no estoy preparado para abandonar la creencia de que eres mía».

—¡Hola!

Me sobresalto un poco cuando Jordyn se mete en el hueco del escaparate con un par de tacones azul eléctrico, borrando las imágenes de un hombre anhelante con pajarita que se me habían formado en la mente. Casi.

—Vengo a ver cómo vas.

Noto que mi nueva amiga se comporta con cierto nerviosismo hoy. No obstante, a pesar de que hace poco que conozco a Jordyn, sé que no debo preguntarle directamente qué le está pasando por la cabeza. Ya llegaremos a eso en algún momento. O, más bien, revelará algo en voz baja y yo fingiré que se suponía que no tenía que escucharlo.

Me sacudo algunas migas del sándwich de la falda negra y me pongo de pie, y me vuelvo a remeter el borde de mi camiseta verde oscuro de manga larga por la cintura, que no me he puesto para ser festiva. Para nada. El verde no es más que una coincidencia.

—Va progresando —digo, y bajo la mirada al maniquí que es el punto central del escaparate—. Me alegra no tener tanta prisa para acabar este escaparate. Puedo tomarme mi tiempo con Norma.

—Perdona —contesta Jordyn—. ¿Le has puesto nombre al maniquí?

—Tiene toda una identidad. Tiene treinta años. Es una mujer soltera que está muy enfocada en su carrera profesional y que está a punto de hacerse socia del bufete en el que trabaja. Pero, a un mes de cumplir años, se da cuenta de lo poco que se ha cuidado a sí misma a lo largo de su vida. ¿Cuándo fue la última vez que se mimó? Nunca. Y no tiene intención de hacerlo ahora. Hay mucho trabajo por delante. —Estiro la mano para peinar el extremo fino del flequillo de Norma—. Aunque tiene buenas amigas. Compañeras de piso de la universidad. Y la conocen mejor de lo que se conoce ella misma. Saben que solo hace cosas por los demás. Lo único que se da a sí misma es presión. Así que le dan el regalo de redescubrir su belleza física con un kit de maquillaje para ojos de Chanel y la mascarilla 24k Gold Mask de Peter Thomas Roth.

—Por eso me dijiste que pidiera más. —Jordyn da un paso hacia atrás, y parece que mira a Norma con otros ojos—. Ya veo lo que estás haciendo. Estás convirtiendo el escaparate en su espejo. Es como un cristal bidireccional que da al baño de una mujer que se está arreglando para salir de noche.

—Todo el mundo tiene un *voyeur* interior. Será imposible pasar de largo por el escaparate cuando una mujer los está mirando directamente mientras se aplica máscara de pestañas.

Las comisuras de Jordyn se alzan en una sonrisa.

—Has mantenido tu palabra. Está claro que van a venir clientes a mi departamento. —Pasa un dedo por el cuello de la bata de seda color cereza de Norma—. También van a querer este modelito. ¿Has hablado con el departamento de moda de mujer para que tengan más a mano?

—Sí señora.

—Bien, puede que tenga que hacerme con uno para mí —murmura Jordyn, tirándose de una oreja.

Ahí está mi oportunidad.

—Vaya. ¿Hay alguien a quien quieras impresionar?

—Todavía no lo he decidido —responde de forma despreocupada al tiempo que se dirige al otro lado del escaparate para examinar los apliques con velas que hay fijados a la pared del fondo—. ¿Te puedes creer que Seamus me ha pedido que vaya con él a la fiesta de Navidad del jueves? Quiere que me presente con él. Como una pareja. Voy a parecer una acompañante que lleva a su medio sobrino al baile de fin de curso o algo así.

—Mmm… —Esto me deja perpleja de verdad—. No le llevas *tantos* años, Jordyn. Y si a él no le molesta (permíteme dudarlo), a lo mejor no tiene por qué molestarte a ti, no sé.

Se muerde el interior de la mejilla. Cruza los brazos y los descruza.

—Escucha, te juro que no tengo un tipo. No es nada de eso. Pero mi ex era tres años más joven que yo y le gustaba recordármelo. Lo sacaba a relucir cada dos por tres, insinuando un poco que podía estar de fiesta en vez de en casa conmigo. Como si yo lo estuviera obligando. Como si me estuviera haciendo un favor.

—Y ahora escuchas su voz en tu cabeza, sin importar lo mucho que quieras bloquearla.

—Sí. —Me mira con una expresión sagaz—. ¿Tienes experiencia con eso?

Asiento con la cabeza, pero mantengo los labios cerrados. Lo de Nicole es demasiado actual como para hablar de ello. Todavía no está en el pasado.

—¿Seamus se parece a tu ex en algo más?

—No. Dios. Por ejemplo, Seamus sabe bailar. —Maldice y niega con la cabeza—. Una vez nos dimos un beso pequeño en una fiesta del personal. Fue suave, lo reconozco. ¿Pero el viernes por la noche? *No* vi venir el movimiento de caderas. Me dio un adelanto de su paquete. Eso fue. Un adelanto. De su paquete. De hecho, ha conseguido que me piense lo de la presentación estelar. Joder.

Me duelen los costados por la necesidad repentina de reírme.

—Responde sin pensar. ¿Quieres ir a la fiesta con él?

—Sí. —Echa la cabeza hacia atrás y gruñe—. Odio mi vida.

—Lo siento.

Jordyn suspira y agita una mano como para ahuyentar el tema de Seamus.

—Hablando de la fiesta de Navidad, vas a venir, ¿verdad?

«Ni hablar».

Evito mirarla y me agacho para recoger la lata de refresco vacía del almuerzo y algunas servilletas arrugadas.

—Todavía no estoy segura. ¿A lo mejor?

—¿Cómo podría convertirse eso en un sí definitivo?

—Parece elegir las palabras con cuidado—. Sé que todavía

no has cobrado, y hubo un tiempo en el que estuve en tu lugar. Si necesitas que te preste algo... O podríamos hablar con el departamento de ropa para mujer a ver si te pueden hacer algún descuento...

Jordyn se interrumpe cuando un guardia de seguridad entra en el hueco del escaparate.

Le siguen dos guardias de seguridad más.

La señora Bunting de Recursos Humanos cierra la marcha, aferrándose una carpeta con mi nombre contra el pecho.

—La de la camiseta verde. Es ella, Stella Schmidt. Es la única empleada con antecedentes penales y me gustaría que la registraran, por favor.

El suelo se inclina bajo mis pies.

En cuestión de un segundo, estoy congelada. Me castañean los dientes y, en el estómago, el sándwich amenaza con salir.

—¿Que la registren por qué? —exige saber Jordyn.

—Acabo de hacer un informe del inventario. Nos faltan dos pares de pendientes muy caros. *Diamantes*. La señorita Schmidt ha estado aquí tras el cierre todas las noches durante una semana. Debe de haber encontrado una forma de acceder a las vitrinas selladas y de habérselos llevado. No hay otra explicación.

—Yo no me he llevado nada —jadeo, y me presiono el estómago agitado con la mano—. Lo juro. No he sido yo. N-No tengo acceso a las vitrinas...

Suelta un bufido.

—Estoy segura de que alguien como tú sabe apañárselas.

¿Estoy muerta de miedo? Sí. Estoy temblando tanto que me están empezando a doler los músculos. Sin embargo, otra parte de mí está extrañamente aliviada. No estoy recibiendo ningún trato especial. Estoy recibiendo eso de lo que hablaban muchas de mis compañeras de celda. Las sospechas injustas y sin fundamento, las suposiciones impuestas por la sociedad. Por fin estoy atisbando eso (si bien en una escala mucho menor) y casi me siento agradecida de que esté ocurriendo por fin. Es inevitable. Se me ha acabado la suerte. Es irónico que esta vez no haya cometido el delito, pero que así sea.

—Voy a por el señor Cook —dice Jordyn, que sale corriendo del hueco del escaparate.

La garganta se me cierra demasiado como para impedírselo. ¿Qué iba a decir de todas formas?

¿No? ¿*No* vayas a por Aiden?

Nadie más va a intervenir en mi nombre.

A no ser... que crea que me he llevado esos pendientes.

A medida que me sacan del hueco del escaparate y me conducen por la planta principal absorta en nosotros, el guardia de seguridad sujetando mi bolso contra su costado, mi muñeca derecha inmovilizada con la otra mano, apenas noto la vergüenza. Estoy demasiado ocupada imaginándome la decepción de Aiden mientras la presión caliente florece detrás de mis ojos ante esa posibilidad.

Aiden

—¿Estás segura de que no quieres que mande a alguien para que te recoja el jueves? —le pregunto a Edna a través del auricular del teléfono de mi despacho. Me estoy imaginando toda clase de escenarios horribles que acaban con mi diminuta tía siendo abducida o perdiéndose en las tierras salvajes del aeropuerto JFK—. Iré yo a por ti.

—No quiero ni oírlo —contesta, y se ríe a carcajadas—. No tienes tiempo para ir al aeropuerto en mitad del día de compras más ajetreado del año. Soy una mujer independiente… —Cubre el auricular—. Hank, como vuelvas a poner los ojos en blanco, pienso sacártelos con mi cuchillo de pintura.

Sé que no hay que pronunciar ni una sola sílaba cuando la tía Edna y el tío Hank están teniendo una de sus clásicas discusiones. Es una escena que puedo visualizar en mi cabeza perfectamente y lo más seguro es que esté ocurriendo en su porche cerrado. Cuadros, lienzos y tazas de té medio bebidos ocupan cada superficie. Lo más probable es que Hank se esté pasando la mano por el sudor de la nuca, viendo cómo Edna habla por teléfono como si fuera un deporte televisado, sin ponerse al teléfono en ningún momento.

—Como iba diciendo, soy más que capaz de ir en taxi a la fiesta. Tú mándame la dirección y no te preocupes por nada. Guarda tu inquietud para sacarme de la pista de baile.

Suelta una maldición cuando algo se cae y se desperdiga al fondo. Un tarro de cristal lleno de abalorios o de algún material de arte.

—Ya lo limpiaré después. Bueno, ¿vamos a hablar de la chica o vamos a alargarlo otros veinte minutos?

Me siento un poco más recto en la silla y le lanzo una mirada a Leland.

—¿Cómo has…? —pregunto en voz baja.

—Estás suspirando una barbaridad, Aiden Cook. Dime qué ocurre.

—Es verdad —susurra Leland desde el otro lado del despacho—. Estás suspirando un montón.

—¿Puedes oír la conversación? —contraataco, señalando el auricular.

Se queda absorto con algo que aparece en la pantalla de su ordenador.

Vuelvo a suspirar. Más alto. Dios, ¿cuántas veces lo he hecho? No me extraña que Edna se haya dado cuenta. Parezco un castillo inflable desinflándose. También me siento como si fuera uno. No se está volviendo nada fácil mantenerme alejado de Stella. Es verdad que solo han pasado tres días desde la última vez que estuvimos cara a cara, pero es como si hubiera pasado un año. Esta mañana me he despertado a las tres de la mañana en la sección de utensilios de cocina con una resaca de burbon y he tenido que hacer el paseo de la vergüenza delante de una docena de maniquís que me juzgaban para salir a la calle, donde me subí a un Uber para irme a casa y ducharme. Ahora me duele la cabeza y tengo una brecha grande en el pecho. Suspirar no alivia el vacío, así que no tengo ni idea de por qué lo hago ni para qué sirve.

A lo mejor, cuando un hombre está completamente infeliz, su cuerpo insiste en permitir que el mundo lo sepa. Como un grito de ayuda inconsciente. Es como cuando un hombre se resfría y se vuelve superdramático, pero en versión corazón roto.

Alargo la mano hacia la parte delantera de la mesa y paso un dedo por los prismáticos que Stella eligió para mí la noche que intercambiamos regalos.

—Ojalá tuviera algo bueno que decirte —respondo, e intento soltar una carcajada, pero suena como si alguien pisara una rana toro—. Te… encantaría.

Hay una pausa.

—Bueno, si me encantaría, no puede ser estúpida. Consideraría bastante estúpido que te dejara ir.

—Es complicado.

—Complicado es un triángulo amoroso con un payaso de rodeo. *Hank.* —Escucho un sonido metálico al otro lado de la línea, lo que me indica que ha cumplido su amenaza del cuchillo de pintura. O, al menos, que lo está blandiendo como un arma—. Te lo juro. Pon los ojos en blanco otra vez. Nunca quise a ese payaso como quiero a tu trasero gruñón. Pero vivíamos juntos en la misma casa y no me hablaste en *nueve meses*. Nueve. Ni un «Salud» ni un «¿Qué tal?».

Oigo un gruñido de fondo.

—Estoy loca por ti. Pero aun así voy a sacarte los ojos.

Gruñido. Esta vez con más afecto.

Edna vuelve a la conversación con un resoplido.

—No consigo convencer a Hank de que se venga a Nueva York. Piensa que hay demasiada gente en nuestro Dairy Queen local, imagínate en la Quinta Avenida.

Me imagino a Frank en mitad de Times Square con su peto y casi hace que quiera sonreír por primera vez en días.

—Le llevarás algo bonito.

—Me lo pensaré. Y ahora volvamos a la chica. ¿Por qué es complicado?

Hay mucho que no puedo decir delante de Leland y ese es el problema, ¿no? Quiero hablar de Stella con libertad, pero incluso el hecho de que esté albergando un depósito de sentimientos hacia ella va contra la política. De la empresa y de la mía. Joder, he querido romper las normas cada dos minutos desde que me fui de su apartamento. He bajado al hueco del escaparate solo para oler su aroma, para estar en el espacio que ocupa cada día y sentirme cerca de ella. En innumerables ocasiones he pensado: «Cómeselo. Hazle el amor. Cambiará de opinión. Verá que lo nuestro está bien».

No obstante, en mi interior hay una barricada que me es imposible bordear.

No voy a subestimarnos ni a empezar una relación con una mentira. No voy a ponerla sin querer en una posición en la que se sienta… obligada a quedarse conmigo (o peor, acostarse conmigo) porque es mi empleada y no quiere perder su trabajo. A estas alturas, tengo la esperanza de que confíe en que eso no ocurriría nunca, jamás, pero suponer es imprudente y no voy a hacerlo, especialmente en este caso. Especialmente con alguien que está cruzando un puente vulnerable en su vida, como Stella.

Sin embargo, todo este razonamiento no hace que no la eche de menos.

Que no la necesite una barbaridad.

Ni siquiera he encendido las luces de mi árbol de Navidad esta mañana. Simplemente me quedé ahí sentado en la oscuridad como un incompetente preguntándome si su apartamento del barrio de Chelsea tiene suficiente calefacción.

—Estás suspirando otra vez, Aiden.

Me paso una mano por la cara, y la barba me araña la palma. ¿Se me ha olvidado afeitarme?

—Te lo contaré cuando vengas, Edna…

La puerta de mi despacho se abre. Linda, la recepcionista, está hombro con hombro con Jordyn. Un momento. ¿Qué hace Jordyn aquí arriba? Es la encargada de la planta principal. Y ahora se está acercando a mi mesa a toda prisa, haciéndome gestos para que cuelgue. No sé por qué en este momento estoy seguro de que algo va mal con Stella. Simplemente lo sé.

—Lo siento, tengo que irme, Edna. Te llamaré. —Dejo el teléfono en la base y tardo unos segundos en colocarlo correctamente, ya que mi mano se vuelve inútil de repente—. ¿Qué pasa?

Jordyn se retuerce una y otra vez la pulsera que tiene en la muñeca.

—Stella…

Esa única palabra y estoy sin aliento y las cuerdas vocales se me tensan.

—¿Qué ha pasado?

—Mire, señor Cook. Es *imposible* que lo haya hecho.

Empieza a sonar mi teléfono. Dos líneas. ¿Qué narices está ocurriendo? No pienso responder. No pienso ir a ninguna parte ni hablar con nadie hasta que obtenga la historia. Tengo los músculos agarrotados a la expectativa de moverme. Averiguar qué está pasando y *moverme*.

—¿Es imposible que haya hecho qué?

—Dicen que ha robado unos pendientes —explica Jordyn, y su expresión de cólera deja claro como el agua lo que piensa de la acusación—. No he esperado a escuchar el resto. Vine a buscarlo. Pero creo que seguridad la habrá llevado a Recursos Humanos.

«Por el amor de Dios». Ya estoy poniéndome de pie, moviéndome hacia la puerta, y Leland corre para alcanzarme. El viento me ruge en los oídos. El concepto de «presionar el botón para llamar al ascensor» no tiene sentido, así que ni me molesto. Me dirijo a las escaleras.

Tiene que estar muerta de miedo.

Esto es culpa mía. Esto es culpa *mía*. Yo contraté a Stella y asumí que nadie iba a cuestionar esa decisión. Que iban a aceptar el hecho de que tiene un pasado problemático y a tratarla con el mismo respeto que a los demás. Como a cualquier otro empleado. Me limitaría a dar ejemplo y todo el mundo me imitaría. Ahora veo que fue inocente por mi parte. Ahora *seguridad* la ha llevado a la oficina administrativa. Como una delincuente.

La furia se filtra a través de la conmoción y de la negación.

Se me acumula en la garganta y me quema el esófago.

Para cuando llego a la planta del vestíbulo y atravieso la puerta de acero, el sudor frío ya me ha empapado la parte trasera de la camisa. Giro a la derecha y me precipito por la entrada de la primera oficina que hay a la izquierda. Dos guardias de seguridad y Roxanne Bunting, la directora de Recursos Humanos, se giran para mirarme. Los guardias se muestran estoicos, pero Roxanne se muestra engreída, lo que me provoca un martilleo salvaje en las sienes.

—¿Dónde está la señorita Schmidt? —pregunto con los dientes apretados. Uno de los guardias da un paso atrás, sabiamente consciente de que estoy al borde de la implosión.

—La señora Bunting nos pidió que la trajéramos a la oficina administrativa.

Paso junto a ellos con la intención de encontrar a Stella, tranquilizarla y decirle que todo este lío va a arreglarse. Sin embargo, me paro en seco cuando veo a mi abuela sentada detrás de uno de los escritorios, con una taza de té humeante junto al codo. Detrás de ella, mi padre está apoyado contra un archivador y se está girando el reloj de oro alrededor de la muñeca. Se me revuelven las tripas.

Aquí está. Este es el detalle que no ultimé, ¿verdad? Es el desastre que no vi venir.

—Hola, Aiden —dice mi abuela con despreocupación, tras lo que se inclina para soplar el té.

—Aiden —suspira mi padre con un asentimiento vago.

Mi mirada viaja hasta la puerta trasera cerrada, y todo en mi interior protesta ante el hecho de que Stella está al otro lado. Asustada. Seguro que peor que cuando se quedó encerrada en el hueco del escaparate. La acidez me estalla en el pecho con fuerza solo de pensarlo.

—¿Qué estáis haciendo aquí? —les pregunto a Shirley y a Brad.

Mi abuela parpadea, como si la pregunta fuera absurda.

—Al parecer, no podemos confiar en que mantengas nuestros asuntos en orden. La querida Roxanne ha tenido la amabilidad de llamarme y contarme que se estaban pasando por alto algunas cuestiones. Como el hecho de que se ha contratado a una delincuente a espaldas de la junta directiva.

—Soy el responsable de contratar al personal. No necesito permiso ni aprobación.

—Bueno, está claro que tenemos que cambiar el proceso de contratación. —Lanza una mirada en dirección a la puerta cerrada—. Sabía que había algo raro en ella en la inauguración. Y siempre confío en mi instinto.

—Yo también pensaba que había algo raro —interviene mi padre con el ceño fruncido.

—Sí, tú también te llevas crédito, Brad —le asegura Shirley sin girarse—. Tan astuto como siempre.

Este es el punto en el que, por regla general, me mostraría amable. Diría algo para calmar los ánimos y mantener la paz. Eso es lo que me enseñaron. Me dieron amabilidad y templanza para combatir el sentimiento de soledad. De ser dejado de lado. Y el resentimiento que eso conllevó. En esta familia soy un extraño, y les he estado dando a mis familiares lo que quieren con la esperanza de que me aceptaran. No obstante, en este momento me doy cuenta con absoluta claridad de que no quiero que me acepten. No.

Ya no *los* acepto.

No pienso calmar la ira que siento en mi interior. Esta vez no. Eso sería hacerme un flaco favor a mí mismo *y* a Stella. Ella se merece que alguien se cabree en su nombre. Y no es mi responsabilidad hacer que todo el mundo se sienta cómodo, menos cuando están equivocados.

No puedo esperar ni un segundo más para ver a Stella, así que doy los dos últimos pasos en dirección a la puerta y la abro de un empujón. Se sobresalta al verme entrar y endereza la espalda. No está llorando, menos mal, pero está temblando. Está temblando como un flan y la imagen me atraviesa como una jabalina.

—Aiden… —Cierra los ojos y sacude la cabeza—. Señor Cook…

—No digas ni una palabra más —la interrumpo de la forma menos alterada posible, dado el hecho de que la chica de la que me he enamorado ha sido básicamente arrestada bajo mi vigilancia… y ahora me está llamando «señor».

Su rostro pierde más color todavía. Estoy intentando suavizar mi tono lo suficiente como para decirle que todo va a salir bien, cuando oigo a Shirley susurrando con Roxanne y el rojo entra en mi campo de visión. Despacio, me alejo de la oficina y, de forma ausente, observo que

Leland y Jordyn están hombro con hombro en la puerta, visiblemente involucrados en el proceso. Furiosos por Stella. Y es entonces cuando empiezo a pensar con cierta claridad. Lo suficiente como para saber lo que hay que hacer.

—Jordyn, cierra las cajas registradoras de la planta principal y trae al personal de ventas aquí.

La encargada de la planta abre los ojos de par en par.

—¿A todas?

—Sí. A todas.

Jordyn se quita los tacones y sale corriendo. Se va a llevar un aumento.

—Están trabajando, Aiden —balbucea mi abuela—. La tienda está llena. No podemos cerrar la planta principal por capricho.

Se me va a romper el hueso de la mandíbula de tanto apretar los dientes.

—¿Crees que acusar a alguien de robo es un capricho?

—Por favor. —Brad resopla—. Estoy seguro de que la chica está acostumbrada.

Roxanne se ríe en voz baja ante el comentario de mi padre, lo que llama mi atención.

—Señora Bunting. ¿Cuándo llevó a cabo el informe del inventario y descubrió que faltaban los pendientes?

Se mueve inquieta al ser el nuevo centro de atención.

—Ayer, sobre las cinco y media. Antes de que terminara mi jornada.

—Y, a pesar de que estuve trabajando arriba hasta al menos las once y de que siempre estoy disponible en mi teléfono personal, decidió que lo mejor era alertar a mi abuela sobre el asunto. ¿Es eso correcto?

—Roxanne lleva trabajando aquí desde que tu padre y yo dirigimos la tienda, Aiden —dice Shirley, como si eso fuera una explicación adecuada.

—Desde que la dirigisteis a la quiebra, quieres decir —contesto.

El aire sale despedido del cuerpo de Brad, lo que hace que le dé un ataque de tos.

—Aiden, ¿qué mosca te ha picado?

—Por fin ha llegado el momento —susurra Leland—. Está perdiendo la paciencia. Ve a por las palomitas.

Ahora que, al parecer, he hecho que la habitación llegue a un punto muerto, me centro en la directora de Recursos Humanos.

—Señora Bunting, podría pasar por alto que se ha infringido el protocolo si no pareciera estar regocijándose de que una empleada haya sido falsamente acusada de haber robado mercancía. Puede que mantenga su puesto hasta Año Nuevo, pero le sugiero que encuentre otro lugar de trabajo. Usted no representa a esta empresa como se merece. O, mejor dicho, como se merece el personal.

Roxanne abre la boca de par en par.

Shirley se tambalea en la silla, visiblemente indignada. Asumo que va a quejarse ante el hecho de que la señora Bunting sea despedida, pero en vez de eso, dice:

—¿«Falsamente acusada»? ¡La chica ha estado en la cárcel!

—Lo primero de todo, ha cumplido su condena. Y ha salido con el suficiente coraje como para intentarlo de nuevo —contesto con el tono áspero, intentando mantener la compostura con todas mis fuerzas—. No se ha llevado los malditos pendientes. Me apostaría mi posición en la empresa a que no. —Escucho una inhalación suave y me giro lo suficiente como para ver la expresión de desconcierto de Stella. ¿Asumió que... la iba a declarar culpable? No. Ni de broma—. Segundo, abuela, me alegra que te hayas percatado de que la tienda está llena, porque eso tiene mucho que ver con el escaparate de Stella y con la atención que ha traído a Vivant.

—A través de Internet —farfulla mientras pone los ojos en blanco.

—Sí, a través de *Internet*. De donde procede la atención, Shirley. —Por el amor de todo lo sagrado—. Mira, u os dedicáis a juzgar a los empleados en función de su contribución a la tienda o lo estáis haciendo mal. Parece que es lo último, así que sugiero que os quedéis en casa a partir de ahora. Las reuniones de la junta directiva quedan canceladas hasta nuevo aviso. Feliz Navidad.

—No puedes cancelar...

—Oh, sí que puedo. Tengo una participación mayoritaria en la empresa. Sesenta por ciento, como recordaréis. Esas reuniones solo son para complaceros. —Leland ha sacado un mechero de la nada y lo está agitando de un lado a otro en el aire como si estuviera en un concierto de los Foo Fighters.

Mi padre resopla, y su expresión por fin pierde algo de su aburrimiento perpetuo. En vez de eso, el resentimiento le tuerce la boca.

—Llevas a cabo esas reuniones para poder recordarnos que nos habríamos declarado en bancarrota si no hubieras hecho el papel de héroe.

Siempre he sospechado cómo se sentía mi padre, pero que lo diga con claridad es como un puñetazo en el estómago. El enfado y la resignación me ayudan a recuperarme.

—Te equivocas. Hoy es la primera vez que he sacado el tema desde que asumí el cargo de director general. He estado llevando a cabo esas reuniones con la idea de que a lo mejor nos acercaba más como familia. Eso es lo que siempre he querido cuando volví. No rescaté la tienda para usarlo en vuestra contra. Puede que, en cierto modo, quisiera demostrar que esta vez merecía la pena que me quedara, pero, sobre todo, intentaba *ser* alguien para vosotros. —Algo en mi interior se deshace como un lazo, y los extremos revolotean libres y se desvanecen en la nada—. Pero ya no me interesa. Ni lo más mínimo. Ser alguien para vosotros significa ser menos para mí mismo. —Niego con la cabeza—. Menos mal que me mandaste con Edna.

Mi padre baja la mirada al suelo con brusquedad. Si acabo viendo cierto destello de arrepentimiento en sus ojos, no me produce ningún tipo de placer. Noto una presencia detrás de mí, por lo que me giro y me encuentro a Stella bajo el marco de la puerta de la oficina administrativa. Si no la conociera, diría que se encuentra en estado de *shock*. Dios, es preciosa. Pero me está mirando como si me estuviera viendo por primera vez. ¿Eso es bueno o malo?

No tengo la ocasión de preguntar, ya que Jordyn ha vuelto y está guiando a las integrantes del personal de ventas al interior de la pequeña oficina de Recursos Humanos con la eficiencia ágil de una auxiliar de vuelo. Cuando las seis están apretadas como sardinas en la habitación, hablo.

—Escuchadme. Quiero empezar diciendo que nadie va a ser penalizado por dar la cara. ¿De acuerdo? Estamos justo en mitad de la temporada alta después de una larga calma. Es fácil que se extravíe la mercancía. Pero necesito que penséis detenidamente y que repaséis los últimos dos días. ¿Alguna enseñó un par de pendientes y se le olvidó guardarlos con llave? ¿O a lo mejor algún cliente se fue sin pagar sin querer? No sería la primera vez...

—¿Eran de diamantes? —dice una voz de entre el grupo, pero no sé de quién.

—Sí —responde Jordyn al instante, escaneando las caras de cada empleada.

Una mujer joven con una trenza lateral roja da un paso adelante y se lleva una mano a los ojos antes de empezar a hablar a toda prisa y con un tono agudo.

—Lo siento mucho, señor Cook. Ayer por la tarde, se los dejé reservados extraoficialmente a un hombre. Sé que no deberíamos reservar joyas durante la época de Navidad, pero fue muy dulce y solo tenía que esperar al viernes a que cobrara, así que le... Están detrás de la caja registradora número tres. En el compartimento de las monedas. No supo elegir qué par quedarse, así que escondí ambos. Iba a decidirlo el viernes. No quería que se los llevara otra persona. Por favor, no me despida. No volveré a hacerlo.

A medida que la chica se explicaba, la tensión ha ido desapareciendo de mi pecho. No porque temiera que Stella se hubiera llevado los pendientes. No, señor. El alivio de tener una explicación, de tener una que la *excuse*, es tan exorbitante que me siento como si estuviera bajando una colina con una carretilla. Otra vez. Hice esa maniobra cuando tenía once años, lo cual solo consiguió que me rompiera un diente.

—Gracias por decirme la verdad. No se va a despedir a nadie. Y menos por ayudar a otra persona a impresionar a su novia. —Intercambio una mirada con Jordyn—. Ya podéis volver a la planta.

Hay un coro de agradecimientos y de pies arrastrándose a medida que todas salen en fila.

A mi padre, Shirley y Roxanne parece que los han regañado, pero ninguno de ellos parece estar preparado para pedirle perdón a Stella, lo que refuerza todo lo que he dicho y hecho desde que he puesto un pie en Recursos Humanos.

Jordyn le guiña un ojo a Stella con cariño y se prepara para seguir al personal que está a su cargo a la planta principal, cuando Seamus asoma la cabeza en la oficina con una escoba en la mano.

—Perdón por interrumpir. ¿Alguien ha aparcado un Mercedes blanco delante de la tienda?

Mi abuela casi vuelca el té.

—Sí. Yo. ¿Por qué? Mi chófer no está hoy. He puesto las luces de emergencia.

Seamus hace una mueca.

—Lo están retirando, señora. Lo siento. No he podido hacer nada.

No paso por alto el guiño que le lanza el conserje a Jordyn. Ni la expresión de promesa que le dedica ella a cambio antes de seguirlo fuera de la oficina.

No obstante, soy un caballero, así que elijo fingir que no he visto nada.

—Me voy arriba, jefe —canturrea Leland, todavía agitando el mechero mientras sale.

Empiezo a ofrecerles mi coche y mi chófer a mi abuela y a Brad, pero Shirley ya está al teléfono con alguien llamado Gregory, a quien le ofrece el doble de su salario diario para que venga a recogerlos y los lleve a casa. Me lanzan la misma mirada mientras se van y, sí, todavía escuece. Puede que siempre lo haga. Pero me siento más ligero ahora que he soltado las expectativas que tenían puestas en mí.

Ahora que estoy cumpliendo simplemente con las mías.

Y por fin, por fin, me giro y centro toda mi atención en Stella.

Parece que acabo de atraparla mientras tragaba saliva y que en sus ojos hay una capa de humedad. Sin pausar mi intento de volver a memorizar cada rasgo de su cara, me saco el pañuelo del bolsillo, sacudo los pliegues y se lo tiendo.

—Hola —digo.

—Hola —contesta en un susurro.

—Si no le importa, señor Cook —interrumpe Roxanne con rigidez—, trabajaré desde casa lo que queda de jornada.

—De hecho, hay algo que puede hacer antes de irse —responde Stella, lo que me toma por sorpresa—. Señora Bunting, ¿tiene un contrato de amor a mano?

Mi corazón salta disparado como una catapulta y choca contra mi cerebro.

—¿Qué estás haciendo?

—Voy a firmarlo. Vamos a firmarlo.

Por la gracia de Dios, me las apaño para no arrodillarme a sus pies y sollozar de gratitud. Aunque no puedo. No puedo aceptar lo que me está ofreciendo hasta que no sea correcto. Hasta que no sea bueno para ella.

—No por lo que acabo de hacer aquí, Stella. No porque te sientes obligada a…

—No. No, no es nada de eso. No me siento obligada. *No* me llevé los pendientes. Y lo que has dicho sobre los escaparates… Tenías razón. Puede que todavía no me haya ganado el derecho a estar aquí, pero estoy en ello. Me lo estoy *ganando*. —Se humedece los labios y da un paso para acercarse un poco más a mí. Lo suficiente como para marearme—. Quiero firmar los papeles porque… si crees tanto en mí, lo suficiente como para saber que soy mejor que mi pasado, entonces puedo creer lo mismo de nosotros. Puedo dar lo mejor de mí misma.

Madre mía. Estoy bajando por la colina con esa carretilla otra vez, pero esta vez no hay ningún campo cubierto de hierba y lleno de dientes de león en el que aterrizar. Simplemente avanzo y avanzo hasta que me precipito en una caída libre sin ningún final a la vista. Por Stella.

—Tú lo intentas por mí y yo haré el resto —consigo decir, tras lo que la rodeo con los brazos, y el maldito

232

corazón me late con tanta fuerza que lo oyen hasta en Staten Island.

—Pero primero tengo que hacerte una pregunta —dice Stella. Y, al bajar la mirada, veo que está preparándose para algo. Casi fortaleciéndose—. Aiden, esto… de querer estar conmigo no tiene nada que ver con… salvarme, ¿verdad? Puede que ni te des cuenta de lo que estás haciendo —se apresura a añadir—. Puede que de verdad pienses que te gusto. Pero a lo mejor tu naturaleza exige que cuides de alguien que lo necesita. Y eso es bonito, muy bonito, pero no creo que sea bueno para ninguno de los dos.

Tardo unos segundos en recuperarme de la conmoción. ¿Salvarla? ¿Cuánto tiempo lleva preocupada por eso?

—Stella, vas a triunfar conmigo o sin mí. Si yo no te hubiera dado el trabajo, lo habrías encontrado de otra forma, aquí o en otro sitio. Doy las gracias por haber sido el que te diera la oportunidad, porque así nos conocimos, pero no necesitas que te salven. Que te apoyen, sí. Y yo también lo necesito. Pero no que te salven. —Hago una pausa con la esperanza de que mis palabras calen—. Esto no va de que te lleve, va de que ambos caminemos juntos y decidamos adónde ir, ¿vale?

Inhala y suelta el aire despacio.

—Vale. Vamos a firmar.

Un momento después, el sonido de la impresora al expulsar los papeles hace que sonría. Miro a Stella para ver si ella también está sonriendo… y, en vez de eso, me la encuentro con la nariz enterrada en mi horrible pajarita de muñecos de nieve. Toma una bocanada profunda de aire y alza los ojos para mirarme, tras lo que se le dilatan las pupilas, se le hunden los dientes en el labio inferior y su pecho asciende y desciende con un temblor cuando suelta una exhalación sin aliento.

Y, en cuanto hayamos firmado esos papeles, se me ocurre una idea maravillosa para pasar nuestro descanso del almuerzo.

13
Stella

Bueno. Supongo que es posible no querer la ayuda de nadie *y* desear que alguien crea en mí, todo al mismo tiempo. Y no tenía ni idea. Nada. No hasta que Aiden entró en la oficina de Recursos Humanos a toda velocidad. He sido toda una idiota por asumir que pensaría que robé esos pendientes. Toda. Una. Idiota. Aiden Cook no es normal. Es un salmón nadando contra la corriente. Es la mañana del domingo apareciendo como una heroína cuando te has despertado pensando que era lunes.

Así que sí.

Voy a firmar los papeles.

Me han dado un documento en el que se detallan mis derechos y la política de acoso sexual de la empresa. A diferencia del manual de empleados, me tomo mi tiempo para absorber y entender las palabras de la página. Y, una vez que lo hago, mi mano se está moviendo, la tinta está saliendo del bolígrafo y depositándose sobre la línea de puntos y estoy consintiendo una relación por voluntad propia. Ahora mismo, firmaría un documento accediendo a ir a un *camping* nudista siempre y cuando pueda estar a solas con Aiden en algún momento del día. A ser posible, en los próximos quince minutos.

Me pasa una mano grande por el pelo, agarra un bolígrafo y firma con su nombre, lo que lo abstiene de su derecho a tomar decisiones directas en cuanto al avance de mi puesto (una tarea que se le asignará a otro director), y lo hace sin quitarme los ojos de encima ni una vez. Unos ojos que albergan promesas sensuales y la garantía de que va a cumplirlas.

¿Estar a solas con él en los próximos quince minutos?

Que sean cinco.

Una vez apartadas las formalidades, se coloca delante mí, tan alto que tengo que inclinar la cabeza, me da un beso en el centro de la frente y suelta una exhalación profunda. Acto seguido, me toma la mano y me guía fuera de Recursos Humanos hacia los ascensores. Hay otros dos despachos situados justo en el pasillo, y cada uno de los empleados se ha detenido para mirar cómo pasamos junto a ellos de la mano. El modelo heroico de la ética y su novia exconvicta.

¿Qué narices estoy haciendo?

No lo sé, la verdad, pero voy a hacerlo. Voy a nutrirme de la lección que acabo de aprender. No pienso huir de ella. Hay gente increíble, como Aiden y Jordyn, que han pasado tiempo conmigo y me han juzgado de forma positiva. Un juicio que ni siquiera han cuestionado a la hora de la verdad. Y quiero creerles. Con todas mis fuerzas. Quiero creer que soy la clase de persona a la que merece la pena defender. Sigo siendo la chica que decepcionó a sus padres. Sigo siendo la chica que parece incapaz de resistirse a la presión social ejercida por su amiga de la infancia. No obstante, tal vez esté bien probar a tener algo de confianza en mí misma. En mi carácter. Para ver de lo que soy capaz. Solo un poco.

Cuando entro en el ascensor junto a Aiden, con nuestras manos unidas con más fuerza, es imposible ignorar el hecho de que no está haciendo nada a medias. No está fingiendo. Su personalidad de «todo o nada» es otra razón enorme por la que dudaba en cuanto a lo de meterme en una relación.

Yo no… estoy en ese punto todavía.

Una parte de mí sigue mentalmente entre rejas. Me desperté de un coma después de cuatro años y descubrí que el mundo había avanzado a pasos de gigante sin mí. Cuando salí de Bedford Hills, mis cursos *online*, mi coche de segunda mano y mi futuro habían desaparecido junto con mi bolsa de maquillaje, mi ropa, mi móvil y mis conocidos. Todo quedó en el pasado. Estar en Nueva York, decorando escaparates para Vivant, sigue pareciéndome un sueño elaborado. No estoy acostumbrada a eso. Aun así, aquí estoy, dando otro salto descabellado a lo desconocido. Y, en realidad, todo se reduce a que…

Temo que solo esté *fingiendo* ser otra persona. Una persona nueva.

Temo que, si retirara una capa de piel, encontraría a la chica que vandalizaba coches, faltaba a clase y trataba a sus padres sin respeto, todo para que pudiera encajar. Todo para que pudiera alcanzar una identidad de chica mala. ¿Cómo es posible que haya cambiado tanto? ¿De esa chica con problemas a esta… mujer que es competente en su trabajo y le está dando la mano este hombre *sumamente* bueno?

No lo sé. A lo mejor no lo he hecho.

Sin embargo, voy a explorarlo y a albergar la esperanza de que, en algún momento, el universo me mandará una señal de que estoy viviendo correctamente. De que he cambiado. De que puedo mantener ese cambio para siempre.

Por ahora, voy a permitirme disfrutar este momento con Aiden. Quizá si me lanzo de lleno, empezará a parecer real.

La mayoría de los empleados de la oficina central de Aiden están reunidos en la sala de descanso almorzando. Les asiente con la cabeza cuando pasamos junto a ellos, y estos se quedan con las mandíbulas desencajadas. Cuando entramos en su despacho, Leland está en el escritorio que hay enfrente del de Aiden, escribiendo alegremente y con *Blue Christmas* de Elvis sonando a todo volumen.

—Enseguida vuelvo, jefe. Estoy escribiendo un *fan fiction* sobre ti. Eso ha sido… —Leland se queda callado e imita el sonido de una explosión—. Creo que voy a apuntarme al gimnasio. Estoy tan *motivado* ahora mismo. O sea, sé que este impulso va a desaparecer y me arrepentiré de haberme comprometido, pero voy a cabalgar este corcel de la ambición hasta que me lance…

—Leland —dice Aiden, con el dedo presionándome el centro de la palma de la mano y trazando un círculo lentamente, lo que provoca que me quede sin aire en los pulmones—. Tu madre te está buscando.

—¿Mi *madre*? —El asistente de Aiden levanta la cabeza con rapidez y sus ojos aparecen por encima del Mac. Cuando nos ve bajo la puerta agarrados de la mano, se le disparan las cejas hasta la línea del pelo—. Ohhh. Mi *madre*. Claro. Hemos quedado para comer. Qué detalle por su parte que venga desde Connecticut a última hora. —Se levanta, toma las llaves, se asegura de llevarlo todo en la cartera y pasa junto a nosotros con una sonrisa radiante—. La versión oficial es que estáis discutiendo la dirección que van a tomar los diseños del escaparate de primavera.

—Gracias —le contesta Aiden cuando su asistente se retira.

La puerta se cierra, dejándonos solos en el despacho.

—La gente se enterará de lo que vamos a hacer aquí —murmuro, y empieza a sonar *Carol of the Bells*. Aiden se gira para mirarme y me acorrala contra la puerta, gesto que me provoca una oleada de calor en el vientre—. ¿Qué, eh...? ¿Qué es lo que vamos a hacer aquí exactamente?

Un escalofrío le recorre el cuerpo.

—Eso depende de ti, cielo. Simplemente te necesitaba toda para mí.

Me roza el hombro con la mano para apagar un interruptor que hay en la pared. Se escucha un zumbido mecánico y, de pronto, la habitación empieza a oscurecerse. Una cortina, delgada y de color negro, baja por la ventana, dejando entrar un poco de luz, pero tampoco mucha. En cuestión de segundos, el despacho pasa de ser un entorno profesional a algo completamente diferente. Pero cuando Aiden junta su boca con la mía susurrando mi nombre, podríamos estar dentro de un tren en hora punta por lo que a mi respecta. Solo quiero besarlo. Los dedos de mis pies están enroscados dentro de mis botas, y la anticipación me está mareando.

«Dios, es enorme». ¿Le había prestado la suficiente atención antes? ¿Cómo sus hombros bloquean el mundo? Lo natural que se siente el juntar nuestras frentes, consentir a mis manos explorar y acariciar sus pectorales… «Tocar a este hombre es como parte de mi naturaleza, pero también se siente como algo completamente nuevo. Emocionante. Correcto».

—Stella —dice, levantándome la barbilla—. ¿Seguro que estás bien después de lo que ha pasado?

Empiezo a mentir, a decir que sí, pero las palabras no salen. No con él.

—Me dejó conmocionada. Pero ahora… no lo sé, me siento conmocionada en el buen sentido. Aunque quizás eso no tenga ni pies ni cabeza. Solo sé que ya no estoy asustada, pero sigo teniendo adrenalina en las venas. No he bajado de la nube. —Me pongo de puntillas para unir nuestras bocas—. No me dejes bajar.

El beso que nos damos es el asalto perfecto. No se parece en nada a los demás, ya que ahora no nos estamos conteniendo. No hay motivos para atenuar el calor, excepto tal vez por el hecho de estar en su despacho en pleno día. No obstante, el sitio en el que nos encontramos es en lo último que pienso cuando nuestros labios se abren al unísono. La condensación de nuestra respiración entrecortada hace que el beso sea resbaladizo. Excitante. Sexual.

Estamos a oscuras y no hay nada impidiéndonos hacer esto. Nada que impida que la lengua de Aiden se abra paso entre mis labios para acariciar la mía. Tampoco que sus manos me sostengan el rostro y que sus dedos me recorran la curva de la mandíbula. Con un gemido, me inclina la cabeza hacia atrás para besarme con más profundidad, tomando el acceso que le concedo con un hambre cada vez más y más desenfrenada.

—Joder, deberíamos haber ido a mi apartamento —dice con la voz ronca mientras me pone de puntillas y me estampa contra la puerta, arrastrando su boca caliente y abierta por la curva de mi cuello—. Pero me moría por estar a solas contigo.

—Yo también necesitaba estar a solas contigo —susurro—. Te he echado de menos.

—¿Ah, sí? —Se detiene para decirlo, y el beso se queda en pausa el tiempo suficiente como para examinarme el rostro, y no escondo nada. Por ahora, soy un libro abierto, y las frases no dichas que lee en mis ojos provocan que Aiden jadee con fuerza antes de que nuestras bocas vuelvan a unirse con más intención.

Más urgencia.

Nuestras caderas se mueven juntas, mi vientre se arrastra lateralmente sobre su enorme erección e, inmediatamente, me aprisiona con más fuerza contra la puerta. Hay una breve pausa en la que ninguno de los dos nos movemos, haciendo equilibrio sobre un alambre de espino o, tal vez, sobre el punto de no retorno. Y, entonces, desliza los pies hacia atrás para colocar su sexo más abajo, sobre mi cuerpo vestido, apretándolo contra mi montículo y la eleva, lo que provoca que mis botas se despeguen del suelo durante unos segundos antes de volver a pisarlo. Los dos soltamos una exhalación temblorosa, y sus manos ascienden por mis caderas, las rodea y las aprieta con *fuerza* mientras repite el movimiento de antes.

—Madre mía —gimo, y le rodeo la cadera con la pierna derecha, observando cómo su boca me recorre el valle entre los pechos y los besa a través de la camiseta mientras sus caderas se mueven sin descanso entre mis piernas—. No he estado tan excitada en mi vida.

—¿Así estoy yo? ¿Excitado? —Alza la cabeza y la inclina hacia delante para morderme la oreja, su dureza latiéndome contra el interior del muslo—. Stella, has hecho que se me ponga tan dura que voy a desmayarme como no me corra.

Escuchar cómo su boca, normalmente inmaculada, pronuncia *esas palabras* me pone los pezones duros como perlas. Su pelo es un caos, su boca brilla y está hinchada y tiene la pajarita torcida. Un hombre hermoso y anhelante. Un hombre desesperado. Me encanta cómo cambia cuando intimamos. Es como ver cómo se pone el sol y llena el cielo de un color naranja fuego.

Y sus manos son mágicas. *Mágicas*. Me están acariciando el trasero, despacio, con reverencia, como si hubiera descubierto un tesoro enterrado tras años de búsqueda. Su tacto sube y baja por él, calentándome la carne a través de la falda, y nuestras bocas se encuentran en un estado de locura. No saboreamos, no vamos despacio. Nuestras bocas están abiertas y lo tomamos todo. Tengo la parte superior del cuerpo pegada a la puerta. Soy una víctima voluntaria. Quiero frotarme contra su dura erección, pero a pesar de la tormenta de lujuria que se está formando en mi interior, me queda un mínimo de conciencia.

Este hombre me importa.

Ya lo empujé una vez para que hiciera algo impropio y no pienso volver a hacerlo.

Si vamos a frenarlo, es el momento. Unos segundos más empujándome la boca con la suya con una sensualidad tan perfecta y me olvidaré de cómo me llamo.

—Aid… —Me desliza la lengua por el cuello y me quedo sin aliento—. Aiden.

Con los ojos brillantes, me aprisiona contra la puerta.

—Sí, Stella.

Guau. Su voz suena más grave que nunca.

—Podemos parar —susurro.

Se me queda mirando la boca como un hombre hambriento.

—¿Eso es lo que quieres?

Si digo que sí, estaría mintiendo. Así pues, me quedo callada. Respirando.

—Ajá —dice, arrastrando la palabra con tono… ¿arrogante?—. Eso pensaba.

Sí, guau. Ahora mismo parece haberse vuelto un poco arrogante y, *madre mía*, le sienta increíble… y a mí me funciona también. Sin dejar de mirarnos, me agarra el dobladillo de la camiseta, la saca de la falda y me la pasa por encima de la cabeza, ante lo que suelto un grito ahogado. Ahora estoy en sujetador y falda, inmovilizada entre mi jefe y la puerta. ¿De verdad hubo un tiempo en el que pensé que este hombre era un idiota? Porque, ahora mismo, la pajarita es lo único que me recuerda la primera opinión que tuve con respecto a Aiden Cook. El caballero de Tennessee se ha ido y ha sido reemplazada por un absoluto moja bragas.

—Escúchame —dice contra mi oreja, recorriéndome la sensible piel con los labios hasta que los ojos se me ponen vidriosos—. He agotado mi paciencia en lo que se refiere a ti, Stella. Estoy *hambriento*. Y para esto no hay más papeleo. He cumplido con esa obligación. El único requisito que me interesa ahora es el que tienes entre las piernas. —Se gira y me conduce a través del despacho hasta acomodarme el trasero sobre el borde de su mesa, y tira de mis caderas hasta el límite del mueble—. Necesito llenarlo. Siempre y cuando tú quieras lo mismo, se acabó lo de parar.

—Lo quiero, lo quiero —gimoteo con la voz entrecortada—. Te quiero a ti.

Cero puntos por sutileza.

No obstante, al menos puedo decir que le ofrecí una última escapatoria antes de corromper las paredes de su despacho.

Mis dedos se centran en la hebilla de su cinturón para desabrocharla a toda prisa, dejando que la plata pesada quede colgando, y no pierdo el tiempo para desabotonarle los pantalones y bajarle la cremallera. Madre mía. *Madre mía*. Es enorme. Grueso, sólido y largo. Y está duro como una piedra. Paso la palma de mi mano por el algodón desgastado de sus calzoncillos mientras observo cómo sus ojos se tornan confusos y se derriten al mismo tiempo.

Cuando le bajo la cintura de la ropa interior y le toco la piel desnuda, su cuerpo se acerca más, como si estuviera obligado a ello, su boca se abalanza contra la mía y nuestras manos se mueven juntas con movimientos vigorosos, subiendo y bajando por el tronco rígido de su excitación.

—Sigue así mientras te quito las bragas —dice con la voz ronca. Me muerde el labio inferior y su garganta emite un gruñido bajo mientras me sube la falda y me baja mis bragas básicas negras por los muslos. Ocurre muy rápido. Estoy tan hipnotizada por cómo se le flexionan los brazos y por su pecho ancho y agitado que dejo de mover las manos, y Aiden empieza a moverse en mi puño. Y si antes estaba embelesada, no tiene punto de comparación con ahora, porque sus caderas están haciendo unos movimientos tan fluidos que el pulso se me dispara por todas partes.

Sobre todo, ahí. Justo ahí, entre las piernas, donde estoy tan mojada. Tan mojada y sin saber cómo o cuándo ha ocurrido, solo que lo ha causado este hombre y que no hay nada como él. Nada como la manera en la que nos tocamos el uno al otro.

Convergemos como si estuviera coreografiado, sus caderas haciendo presión entre mis piernas abiertas, su boca en mi cuello, y su puño grande y masculino enrollándose una y otra vez en mi pelo.

—¿Vas a gritar? —pregunta con la voz rasgada.

Sacudo la cabeza enseguida.

—No.

—Buena chica —gruñe, e inclina la boca sobre la mía—. Méteme dentro. Méteme hasta el fondo.

¿Estoy loca por notar cómo esas palabras resuenan por todas partes? A medida que guío su miembro rígido hasta mi entrada y me introduzco la punta, ambos conteniendo la respiración mientras se hunde más y más, yo jadeando ante la sensación de plenitud y de estiramiento, siento sus palabras en el centro del pecho. «Métela entera». Esto va más allá de la invasión física; se está dando a conocer en todas partes. En mis huesos. En el órgano que da saltos en mi caja torácica. Cuando ya no la puede meter más, noto un nudo en la garganta, suelto una exhalación apresurada y lo acerco más a mí. Es involuntario. Quererlo, necesitarlo más y más y más cerca.

—Aiden.

—*Stella* —gime, y me rodea con los brazos y me hunde la cara en su hombro, nuestras respiraciones aceleradas, fuertes para nuestros oídos, pero ahogadas por la música navideña para cualquiera que esté al otro lado de la puerta. Y en ese único uso que hace de mi nombre, en la forma que tiene de abrazarme como si no tuviera precio, sé que él también lo está experimentando. La sensación de estar uniendo algo más que nuestros cuerpos. Es como si en mi interior hubiera algo esperando, ansioso por ser liberado, buscando la llave correspondiente en él.

Y me la está dando. Me sujeta con fuerza y me la *da*.

Poderosas, sus caderas retroceden y empujan hacia delante, y apenas consigo ahogar el grito contra su hombro, mis dedos a punto de arrancarle la camisa del cuerpo.

Aiden se ríe en mi oreja, y suena dolorido.

—¿Qué ha pasado con lo de no gritar?

—No me esperaba que fuera tan increíble —consigo responder. Increíble es quedarse corto. Está tocándome cada rincón olvidado, apretando con firmeza y fuerza, su cuerpo envolviéndome, anclándome, haciéndome sentir segura, necesitada, deseada—. N-Nunca lo ha sido.

Me mira con los ojos cargados de una emoción que no puedo describir.

—En mi vida tampoco ha habido nada que se sintiera tan increíble como tú. Nada. —No me da tiempo a procesar el peso y la intensidad de nuestras palabras antes de que me levante de la mesa, manteniéndose dentro de mi cuerpo mientras recorre la habitación hacia otra puerta. Me doy cuenta de que es una sala de archivos cuando me mete dentro.

Un segundo más tarde, cierra la puerta tras nosotros de una patada y mi trasero golpea la superficie de un archivador bajo. Y luego se echa sobre mí. Con fuerza. Duro de narices. Me abre las piernas de par en par con la parte inferior de su cuerpo y con una mano desesperada, sus caderas se mueven hacia atrás y hacia delante y mis gritos quedan amortiguados por su hombro, pero en el armario no tenemos que esforzarnos tanto por no hacer ruido, lo cual es bueno, porque el archivador está chocándose contra la pared, Aiden no para de entonar mi nombre contra mi cuello y yo estoy jadeando palabras como «más fuerte», «más rápido», «más profundo».

—Lo sé, cielo. Sé que me quieres duro y sucio. —Me besa hasta que la cabeza me da vueltas y luego aprieta nuestras frentes con fuerza al tiempo que acelera el ritmo, rozando lo salvaje—. Y ahora lo sabes *tú*. Puedo comerte entera con dulzura y penetrarte duro. Ya no parezco tan amable, ¿verdad?

—¡No! —Madre del amor hermoso, le estoy arrancando la camisa. Observo cómo mis manos lo hacen sin poder controlarlas. Quiero *verlo*. Quiero que cada centímetro suyo quede grabado en mi memoria. Me molesta el hecho de que no lo haya visto sin ropa, de que no haya deslizado mi desnudez sobre él y que no me haya deleitado con ello. Con todo, con todo. Ahora. No puedo parar de tocar y gemir y estoy deseando que se termine esta tortura, pero al mismo tiempo tampoco quiero que se acabe nunca—. *Aiden, por favor*.

—Es un buen orgasmo. Eso es lo que viene. Eso es lo que te está enloqueciendo. Lo sé... A mí también me duele. Me duele y estoy muy cachondo a la misma maldita vez. ¿Sabes lo apretada que estás? —Con un gruñido, golpea y me penetra, profundo—. *Dios*, está apretadísimo, joder.

Tiene razón en cuanto a lo que se está acumulando en mi interior. No se parece a nada que haya conocido antes. No hay reservas entre él y yo. No en este momento. Nos estamos dando todo el uno al otro, egoístas y generosos a partes iguales, y lo estamos dando físicamente, emocionalmente, y la agitación es preciosa. Alrededor de su dureza en movimiento, la carne entre mis piernas se agarrota en olas amenazantes. Y, cuando por fin logro abrirle varios botones de la camisa, sus duros pectorales se flexionan bajo la luz tenue y su gemido largo y gutural me golpea los oídos, me atraviesa una oleada de sensaciones tan violentamente perfectas que apenas logro comprenderlas, mi sexo palpita una última vez y se acelera a su alrededor, golpeándome con un turbulento estallido de alivio.

—Joder. *Joder*. Estaba deseando sentir cómo estallabas. Se aprieta incluso más de lo que pensaba. —Aiden me alza del archivador en medio del orgasmo, envolviéndome en un abrazo de oso, y mueve las caderas hacia arriba, hacia arriba, *hacia arriba* tan dentro de mí que es imposible describir el sonido que hago contra su cuello caliente y sudado. Un segundo clímax sigue al primero, lo que provoca que esos músculos pequeños e íntimos estén doloridos al instante, pero eso no impide que monte su dureza, ascendiendo las caderas y echándolas hacia atrás e invitándole a que siga hacia la tormenta... y lo hace.

Me coloca una mano en el trasero, agarrándome, y me atrae bruscamente hacia su regazo y se rompe, retrocediendo a trompicones en la pequeña sala de archivos hasta que su espalda choca contra la pared. Su calor me llena mientras gime mi nombre y empuja la parte inferior de su cuerpo hacia arriba una y otra vez, su miembro palpitando dentro de mí, sacudiéndose con cada gramo que libera.

—Dios, Stella, Dios. ¿Cómo puede ser tan bueno? ¿Cómo puedes ser tan buena para mí, cielo? Muévete. Muévete un poco más. *Ahhh, joder.* Eso es, justo ahí. Toma así lo que queda.

Nos derrumbamos al mismo tiempo.

Mi cuerpo pierde toda la tensión, se hunde en los brazos de Aiden, y este se desliza por la pared y, en el suelo, me abraza en su regazo. Tardamos un rato en controlar la respiración. Y si se encuentra en la misma situación que yo, también está intentando controlar su corazón. Aunque no estoy segura de que eso sea una opción. Parece un caballo indómito que se ha escapado de su jaula.

—Stella… —Me acaricia toda la longitud del pelo con la palma y deja escapar un suspiro de incredulidad—. Dios, sabía que iba a ser así. Pero no sabía que iba a ser *así*.

Asiento contra su pecho. Sé a lo que se refiere.

Estamos perdidos.

Me da un beso en la sien.

—Ven a casa esta noche después del trabajo. Quédate.

Por algún motivo, sé que ir a casa de Aiden, estar entre sus cosas y experimentar sus rutinas con él va a arruinarme todavía más que lo que acabamos de hacer. A pesar de las dudas que me asaltan la mente, todas ellas sobre mí misma y mi capacidad para ser esta nueva persona… no puedo hacer otra cosa que asentir. No puedo hacer otra cosa que entregarle cada parte de mi corazón que tengo disponible.

—Sí. Me quedaré.

14
Aiden

Conduzco a Stella hasta el interior de mi apartamento de la mano.

—No abras los ojos.

—Te prometo que no los voy a abrir. —Se ríe y aprieta los párpados con más fuerza—. No irás a revelarme una colección gigante de Beanie Baby o algo así, ¿no?

—Eso lo tengo reservado para la tercera cita —contesto mientras cruzo la habitación, y pulso el interruptor que hay en el suelo para encender las luces del árbol de Navidad, así como la guirnalda con bombillas que recorre el perímetro de la ventana del salón. Probablemente vaya a perder todo el progreso que he hecho para convencerla de que no soy otra cosa sino un ñoño enorme, pero que así sea. Quiero que se acuerde de la primera vez que entró en mi apartamento. Pienso hacerlo.

Solo ver su silueta bajo la luz del pasillo, con su chaqueta acolchada y sus botas, el flequillo salpicado de la nieve que ha empezado a caer fuera hace que me retuerza más que un *churro* en la feria del condado. Llevo viviendo aquí cinco años y, a lo largo de ese periodo de tiempo, otras mujeres han cruzado la puerta. Esas otras... tenían mi respeto, pero mi corazón no estuvo involucrado en ningún momento. Ni un solo rincón. No como ahora.

Nunca he encendido el árbol de Navidad ni la guirnalda a juego por nadie, eso seguro. Nunca he deseado ver su pelo esparcido por mi almohada tanto que duele. Y aquí estoy, haciendo ya una lista de cosas que *solo* he experimentado con Stella para sentirme mejor por cada encuentro que he tenido con otra mujer. Así de mal me siento. Soy culpable por todo lo que he hecho antes de conocernos.

El resplandor navideño blanco y suave la ilumina a medida que vuelvo a acercarme a ella, lo que provoca que el corazón me retumbe en el pecho. Cuando me detengo delante de ella y le abro la cremallera de la chaqueta, mantiene los ojos cerrados. Lentamente, le quito el nailon de los hombros y observo cómo el color le baña las mejillas y se le acelera la respiración ligeramente. Como si la estuviera desvistiendo por completo, desnudándola, en lugar de solo quitándole la chaqueta. No obstante, yo también me he sentido así todo el día. Mi lujuria está que salta a la mínima desde este mediodía, cuando fuimos los únicos arruinándonos en la sala de archivos.

Ahí va otra cosa para mi creciente lista de primeras veces con Stella. Nunca me había corrido tan fuerte para que mi vida pasara por delante de mis ojos. Para nada. No hasta ella. Todavía puedo sentir cómo su sexo se apretaba tan caliente a mi alrededor, cómo se aferraba, la fricción suave del interior de sus muslos sobre mis caderas, cómo suplicaba más, más, más con todo su cuerpo. Si soy sincero, he acabado mirando a la nada con una semierección durante unas nueve veces desde este mediodía.

Virgen Santa, el sexo.

Soy un hombre cambiado. Dios, soy un hombre agradecido.

En más de un sentido. Tener a Stella aquí, en mi casa, es más que suficiente. Me pasé el fin de semana pensando que era algo que no iba a ocurrir nunca. No podía dormir y consumí una cantidad insana de burbon. Eso me enseñará a no dudar cuando se trata de ella. Es extraordinaria. Tiene un centenar de engranajes pequeños girando en su cabeza en este mismo segundo; veo cómo funcionan. Milagrosamente, ha decidido que soy lo bastante bueno como para reclamarme oficialmente, sobre el papel, y ahora solo tengo que asegurarme de que no se arrepienta nunca.

«Será fácil».

Esa mentira es tan difícil de tragar que tengo que tirarme de la parte delantera de la pajarita para que baje.

Puede que estar con Stella sea fácil, pero en mi subconsciente hay un tirón perpetuo que me dice que no está involucrada del todo. Todavía. Está mirando escaparates, mientras que yo ya he comprado toda la maldita tienda.

«Paciencia».

Se me expande la caja torácica cuando tomo una bocanada de aire profunda.

—Puedes abrir los ojos.

Mientras observo cómo sus gruesas pestañas se agitan y abre los ojos, me fijo distraídamente en que lleva menos maquillaje que la primera vez que nos vimos. Menos delineador negro debajo de los ojos. ¿Cuándo ha hecho el cambio? Probablemente debería haber... lo *habría* comentado si no estuviera demasiado centrado en sus ojos azules como para fijarme en cómo se los ha maquillado. Me gusta de cualquier forma... pero Dios, me *encanta* así. Inhalando por las desordenadas luces navideñas mientras el placer, la nostalgia y la alegría le recorren las facciones. Joder. Algo he hecho bien en mi vida si tengo la oportunidad de ver esto de cerca.

—Vaya. —Toma una rápida bocanada de aire—. Tu apartamento. Es incluso mejor de lo que me había imaginado. Es... un piso de soltero clásico. Como Don Draper si tuviera alma.

Me río a carcajadas ante la descripción y Stella se relaja lo suficiente como para dejar el bolso, quitarse las botas, cerrar la puerta del apartamento tras ella y echar el cerrojo.

—Considérame atacado —digo, agarro de la mano y tiro de ella hacia el interior del apartamento. Que Dios me ayude, ver cómo los dedos de sus pies, enfundados en esas medias, se le hunden en la alfombra del salón hace que me apriete la bragueta del pantalón. Mi voz suena mucho más grave cuando vuelvo a hablar—. Tiendo a decantarme por lo anticuado.

—Ya veo. —Me mira—. Aunque yo soy todo lo contrario a «anticuado». ¿Te desviaste y te perdiste? —Su tono es ligero, pero sus ojos son vulnerables—. Es propio de un hombre desviarse del camino y negarse a pedir indicaciones.

—Sé bien dónde estoy, Stella. —Mantengo su atención todo lo que puedo antes de que se aleje en dirección al árbol de Navidad. No solo estoy seguro de que voy en la dirección correcta, sino que he tirado el mapa por completo. ¿Cómo reaccionaría si se lo dijera? Lo más seguro es que saliera corriendo por la puerta, y ni siquiera podría culparla. Firmamos los papeles con Recursos Humanos para salir juntos, no para casarnos. «Para el carro, Aiden»—. Cuando estés lista para hablar del lugar que ocupas en el mapa, aquí estoy.

Su pecho asciende y desciende un poco más rápido, pero me dedica una sonrisa vacilante con la intención de hacer pasar los nervios por excitación.

—Si tu intención era seducirme hablando de cartografía, lo has conseguido. —Se echa el pelo hacia atrás y vuelve a centrarse en el árbol. Como siempre, la Navidad parece ser su (nuestro) espacio seguro—. Tu árbol es precioso, pero tampoco demasiado. Tiene personalidad, justo como tu despacho.

Se me estira la comisura de los labios. Por ahora estoy más que dispuesto a dejarla que se salga con la suya y que cambie de tema. Si quisiera hacer ejercicios aeróbicos en el tejado, encontraría una forma de hacer que ocurriera.

—¿Ves algún margen de mejora?

Dobla los labios hacia dentro y se los humedece. Lo que me deja muerto en el sitio.

—Cuando era pequeña, hacíamos una guirnalda de palomitas y la colgábamos alrededor del árbol. Mi madre tenía un montón de adornos viejos de muñecas victorianas, reliquias transmitidas de generación en generación. La guirnalda de palomitas era nuestro toque moderno. —Su mirada se desplaza por el salón y mira por encima de mi hombro en dirección al espacio que hace de cocina—. Está claro que mi jefe anticuado tiene palomitas y un costurero.

¿Jefe?

Vale. Eso es demasiado.

Me está alejando. Está intentando establecer un límite.

Y no pasa nada. Está en su derecho. Pero vamos a negociar dónde se sitúa ese límite.

Acorto la distancia entre Stella y yo, observando cómo le sube el color por el cuello y las mejillas. Cuando deslizo los dedos por la parte posterior de su pelo y lo agarro, sus párpados caen como dos pesas y se le empieza a acelerar el pulso en la base del cuello. Es mágico. Tiene que sentirlo.

—Es *novio*, Stella. No *jefe*. —Uno nuestros labios y tropieza conmigo, dándome pleno acceso a su boca, aunque me niegue lo mismo con sus pensamientos y sus miedos. Lo conseguiré. Llegaremos a ese punto.

Su lengua se mueve contra la mía, invitándome a entrar en su boca, y acepto. Al igual que antes en mi despacho, siento que necesita estar… protegida. Rodeada. Así que la rodeo con ambos brazos, la estrecho y la beso hasta que gime. Hasta que me pasa los brazos alrededor del cuello y frota sus tetas contra mi pecho.

—Novio —digo con la voz ronca cuando nos separamos para tomar aire—. ¿Te parece bien?

—Sigues siendo mi jefe —contesta en voz baja.

Aprovechando que la tengo agarrada del pelo, le alzo la cabeza para quedarnos cara a cara y la observo detenidamente.

—En una escala del uno al diez, ¿cuánto te molesta eso?

Los engranajes están girando. Está pensándolo. Procesando y volviendo a procesar. Bien. Lo último que quiero es dejar algo sin discutir y que luego aparezca y nos fastidie.

—No me molesta —susurra, como si lo acabara de descubrir y le sorprendiera—. No... lo hace. No me has dejado otro remedio más que creer plenamente en tus acciones y en tu juicio. —Frunce el ceño a la altura de mi barbilla—. Eres astuto. ¿Cómo lo has hecho?

—Pura fuerza de voluntad. Y el peor dolor de huevos conocido por la humanidad. —Estoy intentando que todo lo que está ocurriendo en mi interior no se me refleje en el rostro, pero estoy bastante seguro de que estoy perdiendo la batalla—. El dolor que sentí cuando me fui de tu apartamento mereció la pena, Stella. Acabas de decir que crees en mí.

—Mmm. —Sigue frunciendo el ceño—. Al parecer, tú también crees en mí. —Durante unos segundos en los que se muerde el labio, me mira con ojos curiosos—. ¿Cómo supiste que no me llevé los pendientes? ¿Me buscaste en Google? Sí, ¿verdad?

Su pregunta me desconcierta. No es que no me haya planteado buscarla en Google para descubrir más sobre la noche del robo que la mandó a la cárcel. *He* pensado en hacerlo. Mucho. Sospecho que los pequeños detalles de lo que ocurrió importan bastante.

—No. No lo he hecho. Me contarás lo que ocurrió cuando estés lista.

—Ya te conté lo que ocurrió.

—No todo.

Dios, su corazón es como una taladradora contra mi pecho. Quiero tumbarla y poner todo mi peso sobre ella solo para que se sienta más segura. Sin embargo, me satisfago llevándola hasta el sofá, girándonos y sentándonos, y la coloco de lado sobre mi regazo.

Cuando mete la cabeza debajo de mi barbilla, juraría que me he muerto y he ido al cielo.

—Tenías razón. Tengo palomitas y un costurero. Vamos a hacer una guirlanda digna del árbol del Centro Rockefeller en cuanto te deshagas de eso que tanto te pesa.

—No me pesa nada —refunfuña, oliendo mi pajarita. Acurrucándose.

—No, solo tienes un pedrusco de veinte kilos —consigo decir a través de la presión que noto en la garganta.

—Guau. ¿Ahora quién está atacando a quién? —Stella suspira y espero, intentando que no se note que estoy conteniendo la respiración—. Pensaba que a lo mejor me habrías buscado en Google y que habrías descubierto, ya sabes… que no me fui la noche del robo. Cuando el dueño del restaurante recibió el disparo, llamé al 911 y esperé con él, cubriéndole la herida con mi sudadera. No me fui con Nicole. No fui capaz. —La voz se le vuelve un poco temblorosa, pero se la aclara—. Y pensaba que igual habías leído sobre ello en Internet y asumiste que era imposible que hubiera robado unos pendientes. Ni un restaurante con un arma *de verdad*, sin tener ni idea de que no era falsa. Porque eres una persona que quiere creer que *todo el mundo* es redimible y bueno en el fondo.

Tardo un minuto en hablar. Ni siquiera estoy seguro de lo que está sucediendo en mi interior, pero sé que quiero retroceder en el tiempo y darle todo mi apoyo por aquella noche.

—No voy a negarlo. Es verdad que pienso que, en el fondo, todo el mundo tiene un lado bueno dentro, incluso mi abuela y mi padre, pero también soy lógico. Soy lo suficientemente realista como para saber que es posible que algunas personas no localicen esa parte buena o no hagan nada bueno con ella. Tú no eres una de ellas. No hace falta que me lo diga un motor de búsqueda.

—¿Al menos has escrito mi nombre en la barra de búsqueda de Google sin pulsar el *enter*?

—Sesenta y tres veces por lo menos.

Su risa es ligera. Más ligera de lo que la he oído en todo este tiempo, y hace que el corazón me trepe por la garganta. Cuando el sonido musical se desvanece, se queda callada durante unos segundos. Luego, habla.

—Nicole va a salir de la cárcel antes de lo esperado. Me enteré el fin de semana. Me topé contigo justo cuando terminé de hablar con ella por teléfono…

—Por eso estabas alterada —digo con una exhalación, aliviado de que todas las piezas del puzle estén encajando en su sitio—. No tienes una buena relación con ella.

Pasa un segundo.

—No estoy segura de que alguna vez hayamos tenido una buena relación. Llevamos siendo mejores amigas durante mucho tiempo. Pero es una relación que… no sé, se acabó torciendo en algún punto y no pude… no *puedo* desenredarla. —Su mano cerrada se posa casi vacilante en mi pecho y se relaja despacio—. Jamás le echaría la culpa a Nicole de nada de lo que he hecho. Yo soy la responsable de mis actos. Aunque no puedo fingir que no aceptaba sus ideas para contentarla. Ella lo tuvo mucho más difícil que yo cuando era joven. ¿Por qué no iba a hacer esas cosas que nos unían, que nos convertían en un equipo, para que sintiera una… conexión? Yo tenía una. Tenía una *muy buena*. Pero el tiempo pasó. Las travesuras que hacíamos aumentaron. Y un día me di cuenta de que ya *no* tenía conexión familiar. Nos habíamos distanciado. Me había acercado más y más a Nicole. Para entonces, estaba demasiado metida como para salir. Llevaba tanto tiempo accediendo a hacer esos planes que me hacían sentir incómoda que me acomodé. Hasta la noche del atraco. Lo vi todo con claridad. No quería estar ahí. Quería irme a casa. Pero el hogar que recordaba ya no existía. Lo había echado a perder. Había perdido el respeto de mis padres y me había perdido a mí misma. —Alza la mirada hacia mí—. Todavía sigo intentando ubicarla otra vez. Pero hoy… ha sido un gran avance. Lo que hizo Jordyn. Lo que hiciste tú, defenderme delante de tu familia así…

—Bueno. —Dios, siento la garganta tan áspera que apenas puedo hablar—. Una mujer sabia me dijo una vez que mi trabajo no consiste en enseñarle a la gente a ser feliz.

Me acaricia el hombro con la mejilla.

—¿Quién?

—*Tú*, Stella. —Me río y le alzo la barbilla con el dedo—. Me lo dijiste tú. Llevo años haciendo lo imposible para intentar hacerlos felices. Tenías razón. No quieren serlo. No ahora mismo. No habría dejado ir esa responsabilidad si no me hubieras hecho pensar en ello. ¿Vale? Eres tan responsable como yo de lo que ha pasado hoy.

—Menuda exageración —susurra mientras procesa visiblemente mis palabras. Mientras se las toma en serio a pesar de que es obvio que se muestra reacia a hacerlo—. Pero si insistes.

Más que la vida misma, quiero inmovilizarla contra el sofá, subirle la falda y hacerle el amor delante del árbol de Navidad, pero es como si el corazón se me hubiera salido del cuerpo después de la forma en la que se ha abierto. Después de la confianza que ha requerido por su parte. Y si me introduzco en ella cuando me estoy sintiendo así, temo que intente forzar nuestros tenues límites más todavía y asustarla. Me cuesta un enorme esfuerzo contener la sed de Stella. De *más*. Más conexión física y emocional (todo, todo lo que tenga), pero me obligo a tener paciencia.

—En lo que insisto… —Me aclaro la voz para deshacerme del gruñido que la tiñe—. Es en hacer una guirnalda de palomitas y comernos tantas que al final tengamos que hacer la bolsa entera.

En su precioso rostro florece una sonrisa.

—Las haces en la vitrocerámica, ¿verdad? Como un caballero antiguo.

—¿Existe otra forma de hacerlas? —Me pongo de pie sin avisarle, alzándola en mis brazos, y de su boca se escapa un chillido—. Venga. Vamos a darle un toque Stella a mi árbol de Navidad.

Stella

Me despierto en una montaña formada por ropa de cama. Con la luz de primera hora de la mañana.

Con sábanas suaves que huelen a menta.

Aiden. Estoy en el apartamento de Aiden.

Me siento en la cama y miro a la derecha. La marca de su cabeza está en la almohada, pero no está dormido junto a mí. Lo recuerdo, de forma un poco inconsciente, ahí. Rodeándome con los brazos en la oscuridad. Ronca. ¿Por qué me estoy llevando los nudillos a la boca y sonriendo ante ese pequeño fragmento de información?

Luego, la noche aparece ante mí como una avalancha y me llevo ambas manos a la cara.

Me quedé dormida. Echa un ovillo a los pies de su inigualable árbol de Navidad, con la cabeza sobre su cálido regazo, escuchando historias de la tía Edna, rodeada de metros y metros de palomitas enganchadas a una cuerda. Estuvimos hablando durante horas. Nuestras cosas favoritas. Lo que nos gusta y lo que no. Su empresa de miel. Crecer en Tennessee versus Pensilvania. Cómo hacía bocetos de diseños para escaparates en Bedford Hills para pasar el tiempo. Sus películas de espías favoritas. Incluso especulamos sobre en qué estado se encontraba el romance de Jordyn y Seamus, del que Aiden ha estado fingiendo no darse cuenta; y yo que pensaba que no podía gustarme más de lo que ya lo hace. Nunca había estado tan relajada en mi vida como lo estuve anoche. No que yo recuerde. Y simplemente… me quedé frita.

Pero no antes de preguntarle a Aiden sobre su Navidad perfecta.

—*¿Cómo sería tu Navidad perfecta?*

Se toma un tiempo para pensarlo, y aprovecho la oportunidad para analizar la marcada línea de su mandíbula desde abajo, y cada vez me siento más somnolienta a medida que sus dedos se enredan en mi pelo, acariciándolo desde la raíz hasta las puntas, que muy probablemente estén abiertas.

—*¿Prometes no reírte?*

—*Te lo prometo* —susurro, medio dormida.

A punto de abandonar la batalla y dejar que el olvido me reclame.

—*Batas a juego* —dice, negando con la cabeza—. *Pienso en tener una familia alrededor del árbol con batas a juego.*

—*Es bonito.* —Bostezo—. *Me gusta.*

Lo siguiente que recuerdo es despertarme hace un minuto. ¿Me trajo él aquí?

¿Me desvistió?

Ya estoy negando con la cabeza. Aiden no haría eso.

Ni siquiera tengo que tocarme las medias para saber que las sigo llevando.

Salgo de debajo del montón de sábanas, me pongo de pie, estiro los dedos hacia el techo y frunzo el ceño cuando noto la espalda y los hombros totalmente diferentes. Relajados. Sin los nudos que no me había dado cuenta que tenía. ¿Me he estado despertando dolorida cada mañana por dormir en el colchón viejo de mi apartamento? Es como si anoche hubiera dormido en una nube. Noto cierta sensibilidad entre las piernas, pero ese dolor lleva ahí desde la aventura sexual en su despacho de ayer al mediodía. El recuerdo de aquello (y puede que la sensación que se está desvaneciendo del cuerpo duro de Aiden contra el mío durante la noche) hace que sienta un cosquilleo en el vientre.

Camino hacia la ventana y dedico unos segundos a admirar el resplandor naranja y gris que se alza desde detrás de los edificios del centro de la ciudad. Despertarme así está tan fuera de lo que considero ordinario que bien podría estar volando por la selva tropical con una tirolina. De debajo de mi piel emanan púas que intentan disipar el calor y la seguridad que me envuelven. Tengo la sensación de que estoy en el lugar equivocado. Mi sitio no es este rascacielos lujoso con un hombre que es evidente que tiene mucho dinero. «Siempre creíste que eras mejor». Irónicamente, es esa burla, esa mofa sacada del pasado lo que hace que esté decidida… a quedarme.

Lo que hace que esté decidida a no peinarme el pelo con los dedos, salir corriendo por la puerta con un breve adiós y volver a mi apartamento oscuro, el cual, si soy sincera, siempre me ha parecido una celda entre la cárcel y la vida real.

Voy a permitirme tener esta mañana junto a él.

Ya me encargaré del día de mañana cuando llegue.

Respiro hondo y me despojo de la ropa. Vestido, ropa interior y medias. Me los cambio por una de las camisetas de Aiden, una blanca de algodón con un pequeño abejorro en el bolsillo sobre un texto que dice: BANCO DE MIEL DE AIDEN Y HANK. Respiro, y el aire pasa por el nudo que se me ha formado en el estómago, antes de hacer una parada en el cuarto de baño para hacer pipí, lavarme las manos y cepillarme los dientes. Después de darle un poco de sentido a mi pelo, sigo el aroma del café en dirección a la cocina.

Donde me encuentro a Aiden sin camiseta rompiendo unos huevos en un bol y con el pelo mojado por la ducha.

¿Quién iba a decirme que hacía falta flexionar tantos músculos para llevar a cabo esa actividad doméstica?

Su espalda es ancha por los hombros. Corpulenta, junto con la parte superior de los brazos. Suave. Tiene un puñado de pecas dispersas por la columna que me hace la boca todavía más agua que el café. Desde mi punto de vista, la barra americana le tapa de cintura para abajo, así que doy varios pasos a la derecha hasta que, madre mía, aparece su trasero en unos pantalones de pijama muy finos, y el calor se apodera de mi cuerpo a toda velocidad.

—Madrea mía —susurro.

En efecto, Aiden tiene un trasero redondo, y ese hecho es mucho más obvio sin la ventaja de tener unos pantalones y una chaqueta que lo oculte. Hasta que no lo conocí, nunca llegué a entender del todo la fascinación que sentía el ser humano por los traseros, pero ahora lo entiendo. Me declaro creyente. Al menos de este conjunto particular de nalgas tensas y musculosas. Debería participar en algún concurso de traseros.

Una punzada de celos me atrapa desprevenida.

Genial, ahora estoy celosa del jurado imaginario de un concurso de traseros.

Mi vida ha dado un serio giro.

Y, cuando entro en la cocina y Aiden me saluda con ese corazón gigante que tiene reflejado en los ojos, decido que no odio el giro que ha dado. Ni lo más mínimo.

Me estoy debatiendo entre si darle un beso de buenos días o no (¿es demasiado pronto para eso?), cuando toma una bocanada de aire y se le cae un huevo al suelo. *Plas*. Yema y clara por todas partes.

—Mierda. Lo siento. —Da vueltas en círculos hasta que acaba encontrando el rollo de servilletas—. Es... Te has hecho algo en el pelo. Tienes el flequillo recogido.

Mi estúpido corazón está sacudiéndose como si fuese un coche con bloques de hormigón a modo de ruedas.

—Ah, mmm... sí. Por la mañana es un desastre, así que suelo echármelo hacia atrás.

Parece que se ha olvidado del huevo roto que hay en el suelo.

—Parece que tienes los ojos más grandes. Estás... Dios. Joder. —Se acerca a mí como aturdido, pisando el huevo, aunque parece no darse cuenta—. Madre mía, cielo. También llevas puesta mi camiseta.

Un hormigueo me recorre todo el cuerpo cuando sigue acercándose cada vez más y más hasta que nuestras bocas se juntan. La menta y el desodorante picante me envuelven, sus labios carnosos se mueven sobre los míos, sus manos grandes se posan en mis caderas para pegarme a él e inclino la cabeza hacia atrás para mantener el beso, un beso que enseguida se vuelve desesperado. Ansioso. Nos separamos para tomar una bocanada de aire temblorosa y volvemos a zambullirnos el uno en el otro con un gemido, las lenguas entrelazadas, sus dedos agarrándome del dobladillo de la camiseta, quitándomela y tirándola lejos.

Sus manos recorren cada centímetro de mi cuerpo desnudo, memorizando cada ola y cada valle, cada lugar que me hace gemir. Y, cuando me da un fuerte apretón en el trasero y me pone de puntillas, me doy cuenta de que mis manos también tienen carta blanca y que debería aprovecharme.

Con la cabeza dándome vueltas por la expectación, le deslizo las palmas de las manos por los costados, le recorro la espalda firmemente musculada y bajo. Sí. *Bajo*. Hundo los diez dedos por debajo de la cintura del pantalón del pijama y le agarro ese glorioso trasero desnudo y..., madre mía, es aún mejor de lo que imaginaba. A simple vista, sus nalgas parecen duras como rocas, pero no es así. Para nada. Hay cierta elasticidad. Algo de carne extra que hace que me guste todavía más.

Gimo contra su boca y le aprieto con fuerza.

Sin embargo, abro los ojos de golpe cuando Aiden suelta una carcajada en el beso.

—¿Lo estás disfrutando, Stella?

—Sí —respondo con sinceridad, y desciendo el dedo corazón por la hendidura de sus cachetes. Al volver a subirlo, aprieto un poco y los ojos de Aiden se oscurecen y su nuez sube y baja. Entre nosotros, su sexo se vuelve notablemente más grande. Más erecto—. ¿Se... supone que tengo que estar disfrutando de esto? —susurro.

—Lo creas o no —dice con la voz ronca—, yo me estaba preguntando lo mismo.

No tengo claro qué es lo que estamos haciendo exactamente, solo sé que ninguno de los dos ha estado aquí antes y que compartir lo desconocido hace que en mi estómago caiga un ancla de lujuria. Con Aiden me siento segura de mí misma, sin mi vergüenza habitual. Y arrodillarme delante de él me parece bien de diez maneras distintas. Desabrocharle el cordón bajo el ombligo y bajarle la prenda hasta la mitad del muslo, revelando su excitación bajo la luz de la mañana. Sentir cómo sus dedos se me hunden en el pelo y me sujetan. Nunca he hecho esto. No sé lo que estoy haciendo. Pero, por algún motivo, la luz que se proyecta sobre Aiden me vuelve más valiente, porque no oculta nada. Hay pelos rizados, rugosidad y humedad perlándole la punta. Es humano. Ambos somos humanos a la luz del día. Dos personas que quieren satisfacerse mutuamente, y voy a descubrir cómo hacerlo por él porque, ahora mismo, es lo único que quiero.

—Stella —empieza a decir con la voz ronca. Un segundo está guiándome la boca hacia su erección y, al siguiente, me mantiene alejada aprovechando su agarre en mi pelo—. No. No puedes hacerlo. Estoy, no… ah… nos aliviamos anoche. Y no pasa nada, cielo. Pero ahora estoy muy sensible. ¿Lo entiendes? Casi me corro cuando has entrado en la cocina con el flequillo recogido.

Si no conociera a Aiden, si no estuviera segura de que no es de los que recurren a juegos mentales, pensaría que está usando la psicología inversa. Porque que diga que su erección está más sensible hace que la idea de chupársela sea nueve veces más atractiva.

—Solo un poco —susurro, y me echo hacia delante sobre las rodillas. Le acaricio el abdomen con la frente y le rodeo el miembro largo y pesado con ambas manos, deleitándome con cómo inhala en un siseo.

—Que Dios se apiade de mí —dice entre dientes—. Eres preciosa, joder.

Me da un vuelco el corazón y se me acelera más que antes. En mi subconsciente, escucho el susurro de una verdad importante, pero no quiero reconocer que estoy enamorada de él cuando estoy a punto de prestarle servicio de rodillas (al menos, no la primera vez), así que lo ahuyento para analizarlo más tarde. Esto tiene que ver con el placer. El suyo. El nuestro.

No quiero perderme ni una sola reacción, por lo que miro a Aiden desde abajo al tiempo que me lo acerco a la boca. Cierro los labios con fuerza alrededor de su tronco palpitante y los muevo hacia arriba y hacia abajo. Deslizarse se vuelve más fácil cuando está mojado, así que soy capaz de meterme un par de centímetros más la siguiente vez que muevo la cabeza. Después, empiezo a succionar y mis manos comienzan a acariciar la parte de él que soy incapaz de alcanzar sin ahogarme.

Aiden agarra el borde de la encimera con la mano y suelta una maldición.

—Stella. Stella, *por favor*.

¿Me está pidiendo que pare o que siga? No creo ni que él lo sepa. Pero me está gustando demasiado como para detenerme tan pronto. Tengo asiento en primera fila para observar cómo se tensan los músculos de su abdomen. Y, cuando levanto la mirada, veo que se está mordiendo el labio inferior, que tiene los ojos cerrados, y sus gemidos ahogados hacen eco por toda la cocina. Esa combinación me excita tanto que mi boca se vuelve más hambrienta, ansiosa por ver todas sus reacciones.

—Me he sentido muy culpable por pensar en esto. Durante semanas —masculla—. Sobre todo, esto. Penetrarte la boca. Me odiaba por pensar en ti de rodillas. Lamiéndola. Gustándote. Dios.

Sus palabras provocan un fervor. No puedo parar de pensar en cómo sus ojos se volvieron vidriosos cuando coloqué los dedos *ahí atrás*. Quiero eso otra vez. *Otra vez*. Antes de poder cuestionármelo, dejo la mano izquierda para sujetar la erección y subo la derecha entre sus piernas abiertas. Le toco el trasero desde abajo y se lo acaricio con la palma, sintiendo cómo se le flexionan las nalgas cada vez que me lo meto hasta el fondo de la garganta.

—Ohhh, joder. Stella. Voy a correrme. No me hagas esto. —A pesar de que me suplica que pare, está empezando a mover las caderas. Dios, es la contradicción más sexi. Este hombre, el maestro de hacer lo correcto y con una moral firme, es preso de su lujuria. No puede parar de meterme su dureza en la boca, una y otra vez, al tiempo que sus gemidos se vuelven más fuertes. Y le gusta cuando le aprieto el trasero, le gusta que le toque la grieta que hay en medio. Lo sé porque empuja con más desesperación—. Va en serio. —Ahora me está gruñendo. Está perdiendo la fuerza de voluntad y el control, y eso no hace otra cosa que excitarme más, y que quiera ver cómo ocurre—. Esa boquita está a punto de matarme.

Gimo alrededor de su erección, mi garganta se abre ante el sonido para metérmelo más y solo quiero tocarlo, tocarlo por todas partes, sentirlo entero. Y, con ese objetivo en mente, introduzco los dedos entre los cachetes, buscando la abertura arrugada, y lo acaricio ahí. Mi sexo se aprieta cuando emite un sonido de sorpresa y empieza a jadear.

—Stella… voy… —El borde de la encimera chirría entre sus dedos—. Dios. No pares.

Un estremecimiento le recorre los poderosos muslos y, entre mis piernas, se produce el pulso correspondiente. Como si pudiera tener un orgasmo así. Viendo cómo se desmorona a causa de mi boca, de cómo lo toco. Pesa tanto y está tan rígido dentro mi boca que sé, por instinto, que no miente. No va a poder aguantar mucho más. Y me parece más que bien. Ansío que llegue el momento en el que pierda la batalla. Por mí. La anticipación me hace más audaz, más valiente, y empujo el dedo corazón contra su entrada trasera hasta que me permite entrar. Acto seguido, me lo llevo tan cerca de la parte posterior de la garganta como soy capaz.

El rugido estrangulado de Aiden es como una bomba que estalla en el apartamento y espero, con los músculos tensos ante la expectativa de sentir su calor líquido en la boca. Lo deseo. Deseo con todas mis fuerzas tener esa intimidad con él. Sin embargo, no llega y, de repente, estoy siendo alzada de un tirón. Estoy sin aliento, jadeando por el fuerte tirón de lujuria de mi vientre al ser zarandeada, al tiempo que Aiden me sujeta con fuerza y me gira hacia la encimera. Estoy inclinada boca abajo, con la mejilla apoyada sobre el frío mármol. Con dificultad para respirar, me agarra el trasero y lo acaricia con rudeza antes de bajar los dedos hasta mi sexo húmedo.

Sin preámbulos, me introduce dos dedos.

—Si te gusta que me corra en esa boca tan sensual, Stella, podemos arreglarlo. Créeme. Las veces que quieras. —El acento de Tennessee le tiñe la voz más de lo normal—. ¿Pero tu primer día como mi novia? —Miro hacia atrás por encima de mi hombro y lo veo negando con la cabeza, con los ojos resplandecientes por la necesidad—. No. Te vas a ir de aquí con el recuerdo de mi pene entre tus piernas. Vas a pasarte el día echándolo de menos. Queriendo subirte a él en cuanto sea de noche. —Sus dedos abandonan mi carne, los arrastra con fuerza por el valle de mi trasero, se detienen en mi entrada trasera y, aprovechando la humedad que ha reunido, introduce el meñique—. ¿A ti también te gusta, cielo? —Suelto un gemido incoherente a modo de respuesta—. Sí, te gusta. Ambos somos un poco pervertidos, ¿verdad?

Detrás de mí, oigo cómo se desgarra el envoltorio de un condón. El sonido del látex cuando se lo pone.

Pues claro que me está protegiendo. Obviamente.

—Solo soy una pervertida para ti —digo, sin aliento, al tiempo que clavo los dedos en la encimera de mármol.

No me da tiempo a preguntarme si esa confesión ha sido demasiado reveladora, porque Aiden vuelve a levantarme y me gira para estar cara a cara. Me atrapa la boca con un gruñido grave, mete el brazo debajo de mi rodilla izquierda para colocársela a la altura de la cadera y se introduce entre mis piernas con fuerza. Mi grito es irreconocible, victorioso. No sé cómo sentirme de otra forma con toda esta presión estirándome, buscando, *merodeando* dentro de mí.

—Dios. Joder, sí, cómo me pone —gruñe. Empujando, empujando.

Mi culo está aplastado contra el borde frío de la encimera mientras Aiden me penetra con fuerza y nuestras bocas jadeantes intentan besarse, lamerse, establecer cualquier clase de contacto, pero lo que está ocurriendo debajo nos consume demasiado. Estamos demasiado al borde para ello. Una mujer húmeda y dispuesta. Un hombre duro y excitado. Mi cara acaba enterrada en su cuello, sus manos me levantan hasta que ambos pies se despegan del suelo y me penetra con fiereza, golpeándome repetidamente contra la encimera.

Su boca encuentra mi oreja y la lame.

—¿Te gusta que te den duro, Stella?

—Sí. *Sí.*

—¿Pensabas que sería capaz de penetrarte de cualquier otra forma después de que me dejaras darte en la garganta? —inquiere con la voz ronca contra mi cuello—. Me lo haces tan bien de rodillas…

Sus palabras sin filtro y el conocimiento de que este hombre es una moneda con dos caras muy diferentes e igual de atractivas están haciendo que me tense, y mi clímax se abre paso y retuerce unos músculos que hasta ayer no había usado nunca. Aunque ya conocen a Aiden. Se ahogan alrededor de su longitud y le sacan un jadeo con mi nombre, y sus caderas aceleran hasta alcanzar un ritmo salvaje. Me alza la pierna derecha también con el brazo, casi doblándome por la mitad en nuestra búsqueda para penetrarme más profundamente. Y sí, somos los dos. No está haciéndomelo y ya está, sino que yo estoy muy implicada, abriendo los muslos para su placer y arañándole los hombros, el pelo.

Es el sonido que hacen nuestros cuerpos al chocarse, cómo me hunde los dedos en las rodillas y ese lugar, ese increíble y escurridizo lugar dentro de mí que *golpea, golpea, golpea,* lo que hace que me agarrote y que todo mi cuerpo tiemble ante el ataque violento de placer.

—¡Aiden!

—Te tengo. No te preocupes, Stella. —Me la mete hasta el fondo, su aliento titubea en mi oído y su estómago se ahueca contra el mío—. Mierda, me corro yo también. Mira lo que provocas apretándome así. *¡Joder!*

Incluso en pleno orgasmo, una tormenta de presión y liberación que tiene lugar debajo de mi ombligo, no puedo evitar quedarme boquiabierta ante la fuerza de Aiden cuando termina. Ser el centro de eso es completamente maravilloso. Un subidón sin igual. Me pega a la encimera y grita mi nombre contra mi hombro al tiempo que su enorme cuerpo se sacude contra el mío, transfiriendo su sudor a mi piel, y su agarre magulla allí donde mantiene mis piernas alzadas y abiertas para su placer. Soy el centro de la lujuria y su consumidora al mismo tiempo. Soy ambas cosas. Soy... parte de un nosotros.

Me doy cuenta de ello después de semejante alboroto físico y me aferro a Aiden. Con los brazos y las piernas envueltos con fuerza a su alrededor, es una incógnita si puede respirar.

—Vale. Vamos a hacerlo. Vale.

No soy consciente de que he pronunciado esas palabras en voz alta hasta que Aiden me abraza con fuerza y me acuna contra su pecho todavía agitado para dirigirnos a su habitación. Unos segundos más tarde, está tumbado junto a mí en el revoltijo de sábanas suaves, rodeándome con unos brazos que parecen de acero.

Estar cara a cara con Aiden cuando mis sentimientos son como hojas atrapadas en una ráfaga de viento es casi demasiado, demasiado íntimo, pero me agarra de la barbilla y no me deja apartar la mirada.

—Sí, Stella. Vamos a hacerlo. A *nuestra* manera. —Me da un beso en la frente—. No hay ningún guion. Nosotros decidimos cómo es nuestra manera. ¿Vale? Ayúdame a averiguar cuál es.

Comunicación.

Puedo... hacerlo, ¿verdad? Anoche le hablé de Nicole. Compartí cosas de las que me avergüenzo y, aun así, esta mañana se ha levantado para hacerme huevos. Han acabado en el suelo, pero aun así. La intención estaba ahí. Me ha besado, me ha hecho el amor como si fuera a morirse si no me tocaba. Nuestro vínculo es real y no va a irse a ninguna parte. Da igual lo que diga. Darme cuenta de eso es tan liberador que en mis pulmones se abre un espacio extra.

—Supongo... supongo que me está costando creerme que ahora esta sea mi vida. Nueva York, el trabajo decorando. Tú. Todo ha pasado demasiado rápido. Es un salto enorme entre la que era antes en Bedford Hills y la que soy ahora. No sé cuál de las dos es la real. —Trago saliva, alzo la mano y le cubro la mandíbula sin afeitar con la palma—. Pero sé que esta yo me gusta mucho más. Me gusta quién soy contigo.

Debe de haber estado aguantando la respiración, porque se le escapa toda en un suspiro con sabor a menta que impacta en mi frente.

—Es un buen punto de partida —dice con la voz ronca, y me mira fijamente a los ojos hasta que asiento con la cabeza. Luego me besa la boca, nuestros labios se abren más y las lenguas acaban buscando la fricción hasta que Aiden me tumba boca arriba con un gemido, su peso presionándome contra el colchón—. Los dos nos sentimos reales así —susurra, entregándome su pene despacio, centímetro a centímetro, hasta que se entierra profundamente, y jadeo—. Todo lo relacionado contigo, todo lo relacionado con nosotros... es real. —Se echa hacia atrás y empuja hacia delante al tiempo que su frente cae sobre la mía—. Siéntelo, Stella.

No se refiere solo a nivel físico, sino emocional, y no puedo huir de eso. No cuando me hace el amor otra vez y solo puedo mirarlo a los ojos, los cuales albergan promesas. Y estoy muy cerca, a nada, de hacer las mías. Hay algo que me impide sumergirme sin inhibiciones en lo que me está ofreciendo Aiden y que soy incapaz de nombrar, pero entierro la duda con besos y arqueando la espalda hasta que deja de mirar con tanta profundidad y se entrega a la dicha.

Por ahora, somos… somos un nosotros. Somos reales.

Ya me encargaré del día de mañana cuando llegue.

15
Aiden

Es Nochebuena. Y, si bien es cierto que por los altavoces de la planta principal de Vivant está sonando música navideña, *I've Got You Under My Skin* de Frank Sinatra es la canción que estoy escuchando en mi cabeza. La sección de vientos alcanza su momento álgido y me viene el recuerdo de esta mañana despertándome junto a Stella. Bebiendo café sentados con las piernas cruzadas sobre las sábanas, viendo cómo el sol se alzaba sobre Manhattan. Saliendo de la ducha bastante más tarde y encontrándome con que había preparado el desayuno para los dos. Tostadas, huevos y las sobras de medio dónut. Era obvio que hacía mucho que no cocinaba y que sus esfuerzos la acomplejaban, así que me lo comí todo sin vacilar lo más mínimo, y la sonrisa… No puedo parar de pensar en la sonrisa de desconcierto que me dedicó.

Ahora es por la tarde y estoy recogiendo informes de ventas de cada departamento. Por lo general, este trabajo no me correspondería a mí, pero he dejado que parte del equipo directivo se vaya antes, a pesar de que la tienda está más llena de lo que recuerdo haberla visto nunca.

Mientras me dirijo al fondo de la planta principal, tengo que esquivar a clientes que están comprando regalos de última hora para sus seres queridos. Están agobiados y tienen las mejillas rojas por el frío de fuera. Están indecisos. Los clásicos compradores de última hora que han entrado gracias a nuestros nuevos y llamativos escaparates. Me apuesto lo que sea.

Según Leland, en la última semana se ha cuadruplicado nuestro número de seguidores en las redes sociales. Nos están etiquetando en fotos hechas por los transeúntes en la calle. El escaparate nuevo, con artículos de maquillaje y de cuidado de la piel, ha sido uno de los favoritos y ha inspirado a la gente a que pose como el maniquí y que lo llame el #RetoVivant. No comprendo ni predigo ese tipo de cosas, pero lo que sí sé es que la causa es el talento de Stella. El interés renovado por nuestra tienda no es ningún accidente. Dentro de ella hay algo especial que está compartiendo con el público, y este está respondiendo.

Ya casi en la parte de atrás de la planta principal, paso por delante de la vitrina de joyas y un anillo de compromiso titila en mi dirección. Sé que es demasiado pronto como para que me detenga en seco y me incline casualmente, muy casualmente, para mirar a través del cristal. Pero que me demanden por soñar.

Y eso es lo único que puedo hacer por ahora. Dios, si a Stella todavía le cuesta comprometerse a pasar la *noche* en mi apartamento. Todas las noches de la semana ha estado dándole vueltas al tema hasta el último segundo, cuando por fin me deja subirla al asiento trasero de mi coche y abrocharle el cinturón. Hay momentos en los que juraría que estamos compartiendo una mente. Que estamos ante nuestra alma gemela y ambos lo sabemos perfectamente. En cambio, hay otros momentos en los que la veo buscando la anilla del paracaídas, preparada para tirar.

Le doy dos palmaditas a la vitrina del anillo y me voy. Me estoy precipitando demasiado. Pues claro que me estoy precipitando. Solo porque yo sepa firmemente que es mía no tiene por qué significar que yo sea suyo, ¿no? Tal y como me dijo, todavía está intentando encontrarse cómoda y segura después de los últimos cuatro años. Lo único que puedo hacer es ser paciente y apoyarla... y mantener la esperanza de que, cuando lo consiga, todavía quiera quedarse junto a mí.

Me masajeo el cuello para eliminar el nudo que se me ha formado en la garganta, utilizo el ascensor para ir a la segunda planta y me sobresalto un poco cuando veo a una docena de clientes esperando para subirse cuando me bajo. Una clientela más joven de lo que estamos acostumbrados a ver por los pasillos. Las dependientas no tienen que fingir que están ocupadas cuando me ven llegar, porque *sí* que lo están. Por los altavoces suena *Silver Bells*, las bolsas de la compra de papel crujen... y se oye el sonido amortiguado de una risa procedente de los probadores. Contento de que las clientas se lo estén pasando bien, prosigo mi camino, pero me detengo en mitad del pasillo cuando oigo la risa de Stella.

¿Qué está haciendo en los probadores?

Es cierto que ya ha terminado con los escaparates navideños de este año. Esta semana se ha dedicado a esbozar ideas para los diseños de primavera y a hacer presupuestos de los materiales. Desde los comienzos, quienes han trabajado de escaparatistas nunca han tenido un despacho en Vivant, sino que por lo general utilizan el almacén como base y hacen mucho trabajo desde casa. Y *sé* que es un trato especial, ¿vale? Pero le pedí a Seamus que sacara algunas cajas del almacén y metiera un escritorio para que tuviera un lugar en el que imaginar lo que vendría después. Stella me cantó las cuarenta porque decía que eso era favoritismo, pero al mismo tiempo me besó, así que sigo manteniendo mi decisión.

Incluso si solo estaba desesperado por hacer que su presencia pareciera más… permanente.

«Relájate. No va a desaparecer».

Desde los probadores se alza otra ronda de risas femeninas, por lo que cambio de dirección y camino unos pocos pasos hacia atrás. Y ahí es cuando la veo. Mi Stella.

Con un vestido.

No como los que tiene con tejido de jersey.

Para nada.

Es verde esmeralda. Tela brillante, satén, creo. Apretado en la parte superior, allí donde se les ciñe a las tetas y las resalta, antes de descender sobre sus caderas. Tiene una abertura en el muslo derecho que hace que se me crispen los dedos. Me entran ganas de agarrarle el dobladillo del vestido y subirlo. El llavero de oro que le regalé le cae hasta el escote, visible por primera vez en el trabajo. Me pregunto si se habrá dado cuenta. Normalmente permanece oculto durante la jornada laboral. ¿Sería demasiado si tengo la esperanza de que se sienta cómoda con que todos sepan que está saliendo con el jefe?

Porque todo el mundo lo sabe.

El lunes fue la primera vez que necesité estar dentro de ella en horario laboral, pero no fue la última. Puede que la gente no sospeche que sus piernas están temblando alrededor de mi cintura en la sala de archivos, pero es imposible negar que pasamos la hora del almuerzo juntos. Que nos vamos juntos al final del día. Y no quiero negar lo que es, ni tampoco ocultarlo. Ya no hay razón para hacerlo, salvo la vacilación de Stella a la hora de comprometerse del todo en la relación. Y voy a ser paciente al respecto. Lo estoy siendo. Voy a darle todo el tiempo que necesite. No obstante, no puedo fingir que no me encanta ver cómo mi regalo descansa al descubierto sobre su piel.

Acallando sus protestas, Jordyn empuja a Stella a una plataforma que hay delante del espejo de cuerpo entero. Mi novia se queda completamente inmóvil cuando ve su reflejo, con los labios abiertos por la sorpresa.

Es un milagro que el corazón no se me haya salido por la boca y haya echado a correr hacia los probadores sobre un par de piernecitas. Como hombre que ha estado viendo a Stella desnuda de forma regular desde el lunes, no me sorprende que esté tan guapa. Ni una pizca. Tanto si está gimiendo contra la pared de azulejos de mi ducha como si se está quedando dormida con una de las historias de mi tía Edna o mirando por la ventana de mi salón, con el ceño fruncido y pensativa, nunca deja de alterarme el pulso. Vestida o desvestida, mi pulso está errático las veinticuatro horas del día. A estas alturas, estoy bastante seguro de que haría que una máquina de electrocardiograma empezara a echar humo, así que no. No me sorprende lo más mínimo que parezca un ángel en el espejo de los probadores.

Pero, joder, ¿ver cómo Stella se da cuenta de su *propia* belleza? ¿Ver cómo se gira un poco y se mira por encima del hombro para ver cómo le queda por detrás? Me siento como si estuviera entrando en el lugar al que teme dejarme ir.

Nuestras miradas se encuentran en el espejo y, solo durante un segundo, entro.

Hay sorpresa cuando me ve, pero luego… se desvanece y se convierte en asombro. Como si estuviera diciendo: «¿Te lo puedes creer?». Y asiento a modo de respuesta, porque sí que puedo. Cuando se trata de ella me creo cualquier cosa.

—Señor Cook —dice Jordyn tras seguir la mirada de Stella y verme embelesado en medio de la sección de moda de mujer—. Somos las únicas en estos probadores. Venga y denos una perspectiva masculina.

Un trío de mujeres mayores pasa por al lado y nos miran a Stella y a mí. Susurran entre ellas con expresiones cómplices. Y no puedo evitar tirarme del cuello de la camisa con ansiedad. Estoy dando mucho el cante, ¿verdad?

Pero parece que Stella tiene dudas sobre si comprar el vestido, a pesar de que está claro que le encanta, así que me trago mis reparos a la hora de acercarme a los probadores de la clientela y me abro paso a grandes zancadas por los percheros hasta que me detengo justo fuera.

Dios, está incluso más increíble de cerca.

—Ayuda, señor Cook. —Jordyn se acerca furtivamente a mí con los brazos cruzados—. Stella necesita algo que ponerse esta noche en la fiesta de Navidad. No me diga que no es el vestido perfecto. Yo voy a llevar lentejuelas rojas, así que, además de hacer que esté incluso más impresionante, me contrarrestaría muy bien.

Los ojos de Stella se encuentran con los míos en el espejo y se le contraen los labios. Los míos hacen lo mismo.

Una pareja compartiendo una broma interna.

Vuelvo a pensar en la caja del anillo de diamantes. Que Dios me ayude.

Jordyn me da un codazo en el costado, lo que me saca una risita de sorpresa. Nos sentimos mucho más cómodos el uno con el otro desde que el lunes intervinimos en nombre de Stella. De hecho, la mañana siguiente al enfrentamiento, casi todos los empleados de Vivant me dieron los buenos días mientras subía a la décima planta. El miércoles me invitaron a la *happy hour*, una invitación que solía declinar, ya que no quería ser el jefe que le aguaba la fiesta a todo el mundo. Pero Stella iba a estar allí, así que, cómo no, fui. Nos sentamos uno al lado del otro, sin tomarnos de la mano ni tocarnos, y puede que eso me pareciera antinatural, pero ¿qué es lo que *no* me pareció antinatural? Simplemente hablar con la gente lo era. Stella me animó a hablarle sobre la tía Edna a un grupo de dependientes y, de hecho, pareció gustarles. Uno de ellos incluso dijo que le hacía ilusión presentarme a su pareja en la fiesta de Navidad. Parece que ya no soy tan ajeno como antes.

He empezado a trabajar en eso de presionarme menos para hacer que todo el mundo esté feliz a costa de mis creencias. Para satisfacer a mi familia con la finalidad de que me traten como a uno de los suyos. Y me siento más como yo mismo desde que he dejado ir esa presión constante. Puedo ser positivo. Puedo ser un sensiblero durante todo el día. Pero pongo límites a la hora de fingir que estoy feliz cuando algo va mal. Tengo derecho a hacerlo. No estoy decepcionando a nadie si estoy menos alegre. Y no estoy seguro de haberme dado ese permiso hasta que llegó ella.

Hasta Stella.

—¿Te gusta el vestido? —le pregunto a Stella, y me meto las manos en los bolsillos para no colocárselas sobre las caderas.

Asiente despacio al tiempo que una sonrisa se le abre paso en el rostro.

—Me encanta.

«Llévatelo».

«Te lo compraré en nueve colores».

Consciente de lo que es correcto, me trago esas palabras. A Stella no le incomoda que le haga regalos, menos mal. Pero mi instinto me dice cuándo necesita conseguir algo por sí misma, y este es uno de esos momentos.

—Ese color te queda genial —digo, y mi voz está unas diez octavas por debajo de lo normal.

Mi mirada se encuentra con la suya en el espejo.

«No vamos ni a llegar a la cama después».

Su garganta se mueve cuando traga saliva.

—Voy a dejarlo reservado hasta que me ingresen el dinero en la cuenta. —Se inclina para mirar su móvil, el cual se encuentra en el banco del probador—. No debería tardar mucho.

—La primera paga de la pequeña —comenta Jordyn con alegría—. Es un poco molesto tener que volver antes de la fiesta. ¿Seguro que no quieres que lo cargue a mi cuenta ahora? Puedes devolvérmelo después.

—Seguro —responde Stella, que se gira para darle la espalda al espejo y mirarnos a nosotros, y sus tetas en el satén me incitan tanto a tocarlas que cierro las manos en puños dentro de los bolsillos—. Gracias por la oferta, pero no es ninguna molestia, de verdad.

Al bajar de la plataforma, la punta de su bota se le engancha en el dobladillo del vestido y pierde el equilibrio. Agita un poco los brazos para intentar recuperar el centro de gravedad, pero es demasiado tarde. Ya se está inclinando hacia delante. Me abalanzo, sacando las manos de los bolsillos, justo a tiempo para atraparla mientras se cae.

—Dios —digo con la voz ronca, y la atraigo contra mi pecho—. Eso ha estado cerca.

—Nota mental: que lleguen a la rodilla. —Suspira, desinflándose, y descansa la mejilla sobre mi pecho—. Buenos reflejos.

Le pido a mi corazón que vuelva a su ritmo normal, lo que sea que signifique para mi corazón estos días, y sin pensarlo, le acaricio el pelo con la palma de la mano. Y después la espalda desnuda.

Dios, quiero volver a estar en la cama bebiendo café con ella.

—Tenía la sensación de que vuestra «situación sentimental» era algo más que un rumor —dice Jordyn, y Stella levanta la cabeza tan rápido que me golpea en la mandíbula—. Supongo que Seamus y yo tenemos competencia para alcanzar el primer puesto a la pareja actual más poderosa de Vivant.

—¿Seamus y tú? —inquiere Stella sin apartarse de mí. De hecho, me endereza el pañuelo del bolsillo, y a mí casi se me olvida en qué año estamos—. ¿Cuándo se ha vuelto oficial?

—Cualquier hombre que haga que el vehículo de su jefe acabe en el depósito municipal sin soltar la escoba se merece una oportunidad. —Antes de salir del probador, nos mira por encima del hombro—. Yo no os he contado eso.

—¿Contarnos el qué? —preguntamos Stella y yo al unísono.

Cuando nos quedamos a solas, mi novia alza la cabeza y me sonríe, como si eso fuera a ayudar a que mi corazón disminuya su velocidad.

—¿Ya ha aterrizado la tía Edna?

Ni de broma voy a apartar la mirada de Stella para comprobar la hora. En vez de eso, hago una estimación.

—Le quedan otros veinte minutos o así para que el avión toque el suelo.

—¿Sigues agobiado?

—Se pierde en Kroger's.

—Pobre Aiden. —Exhala. Se pone de puntillas y me da un beso en la barbilla—. Quieres ser el héroe de todo el mundo... —murmura mientras juguetea con el pelo de mi nuca—. Y estás rodeado de mujeres cabezonas, ¿verdad?

Dios. El pene se me está endureciendo más rápido que el pan al aire libre.

—No me quejo. —Tiene el cuerpo pegado al mío, está sonriendo... y yo tengo una vista estupenda de su culo cubierto de satén color esmeralda. Las quejas no están en el orden del día. Y la sensación de que ha empezado un nuevo capítulo entre nosotros es, probablemente, la razón por la que me olvido de ser paciente—. Me quejaré mucho menos si te presentas en la fiesta de esta noche conmigo.

La luz de sus ojos parpadea.

El temor se apodera de mi estómago.

—Apenas acabo de decidir que *voy* a ir a la fiesta, Aiden. —Se ríe de manera entrecortada y deja de rodearme el cuello con los brazos. Se aleja en silencio—. Por favor... intenta entender que he pasado de ocupar un espacio diminuto a tener un... un mundo gigante que se expande delante de mí. Tengo que avanzar despacio, ¿vale? A mi ritmo.

Tiene razón. No paro de olvidarme de lo nueva que es cada experiencia para ella. Incluso el acto de probarse un vestido o de recibir un sueldo es algo ajeno. Y yo abajo mirando anillos como un idiota. Ojalá hubiera una manera de hacer que Stella creyera en sí misma como lo hago yo, pero esa fe no puede venir de mí. Es un proceso. Un proceso que estoy precipitando.

Y lo más probable es que acabe alejándola en el proceso.

Ese pensamiento hace que mi columna parezca hecha de hielo. Voy a perderla como no disminuya la maldita velocidad, y parece que me es imposible controlar el ritmo cuando me mira. Mi determinación se esfuma y ¿la próxima vez? La próxima vez... podría irse.

—Cierto, me has dejado boquiabierto tantas veces que a veces se me olvida que estás avanzando despacio —consigo decir con los labios entumecidos. ¿Por qué me duelen las cuerdas vocales? Probablemente porque lo que tengo para ofrecerle, lo que tengo para mantenerla, me va a partir por la mitad—. Si necesitas más... espacio, Stella. Te lo daré.

El brillo abandona su rostro.

—¿Qué? No... —Da un paso adelante—. No, no me refería a eso...

Su móvil suena sobre el banco. Es una serie de notas ruidosa.

No es su tono de siempre. He estado con ella cuando Jordyn ha llamado. La llamé al móvil para localizarlo cuando lo perdió en mi apartamento. Normalmente solo es un timbre ligero y repetitivo. Este es diferente. A juzgar por cómo se le cambia la cara, no es un sonido grato.

—¿Qué pasa, Stella? —Estiro la mano, se la coloco sobre el hombro desnudo y suave y se lo acaricio con el pulgar—. ¿Quién es?

Me mira, luego aparta la mirada. No me responde.

En lugar de eso, se aleja de mi alcance, toma el móvil, el cual sigue sonando, y se encierra en uno de los probadores. Me asusta lo rápido que ha cambiado todo en un maldito minuto. No consigo encontrar un punto de apoyo. Ni pensar con claridad. Pero estoy seguro de que acabo de fastidiarlo todo. A lo basto. He creado una división entre nosotros por miedo a que ocurriera justo eso. ¿Qué narices me pasa? Y ahora me ha dejado fuera en un momento en el que le vendría bien hablar con alguien.

—Es Nicole, ¿no? Ha salido.

—Eso creo. Es su número antiguo —susurra—. Me da miedo responder.

—Déjame entrar. Podemos hacerlo juntos.

Se ríe sin humor, y no la culpo. Acabo de ofrecerle espacio cuando eso es lo último que quiero. Dios. ¿Ahora se siente insegura conmigo?

—Mira, Aiden…, es demasiado complicado.

Observo el charco de seda verde en el suelo del probador. Su mano aparece para recogerlo y el sonido de una percha repiquetea contra la pared. Lo vivo todo a cámara rápida. Todo se está alejando de mí. Se está moviendo demasiado rápido como para que pueda repararlo.

Abre la puerta del probador, de nuevo con el vestido negro de cuello alto y las medias que se ha puesto esta mañana para ir a trabajar. Vi cómo se las ponía por encima del borde de mi taza de café y ahora pienso… ¿estamos rompiendo? Acabo de encontrarla.

—Stella, espera.

—*Ahora* quieres esperar —suelta con la voz temblorosa, evitando mis ojos. Sus movimientos son antinaturales.

Nerviosos. Me doy cuenta demasiado tarde de lo grave que es la situación con Nicole y, no sé cómo, he perdido el derecho a ayudar. Intenta rodearme y, sin pensarlo, me pongo en medio para bloquearle el paso—. Tengo que irme. Deja que me vaya.

«No puedo. Estoy enamorado de ti».

Es el momento equivocado para decírselo. Para decir esas palabras en voz alta. Así que las mantengo bien encerradas, a pesar de que están luchando por salir.

—Te juro por Dios, Stella, que si vas a verla… y eso te pone en alguna clase de peligro, voy a perder los estribos. —Mi visión empieza a volverse gris—. La idea de que acabes herida…

—Para. —Cierra los ojos durante un momento—. Escucha, Aiden. Has sido mi héroe desde el primer día. Podemos fingir que no es así, pero lo es. Estaba atrapada bajo todos estos… escombros y tú me sacaste. Me diste un lugar en el que curarme. Pero si voy a quedarme, si quiero sentir que me he ganado esta segunda oportunidad, tengo que ser mi propia heroína. ¿De acuerdo? Y tienes que confiar en que puedo hacerlo. En que puedo hacer *cualquier cosa*. —Hace una pausa—. ¿Por favor? Porque ahora mismo ni siquiera yo me lo creo.

—Pues claro que lo hago —contesto con la voz ronca, al tiempo que el calor me abrasa los lados de la garganta—. Creo en ti cada día de la semana. Eso ni lo dudes.

—Gracias. —Vacila bajo el umbral de los probadores antes de ponerse de puntillas y darme un beso en la mejilla—. Adiós, Aiden.

Mis rodillas amenazan con ceder.

Quedarme ahí mientras ella se aleja es lo más difícil que he hecho en mi vida.

No obstante, sospecho que, vaya donde vaya, está a punto de enfrentarse a algo más difícil todavía, por lo que me aguanto y empiezo a rezar como nunca para que vuelva junto a mí.

16
Stella

Estoy fuera de tu edificio.

Cuando no respondí la llamada de Nicole en el probador, ese es el mensaje que me mandó. Debe de haber conseguido la dirección por mis padres. No sé cómo iba a saber dónde me estoy quedando de no ser así. ¿Tanto han perdido la fe en mí mis padres como para que envíen a Nicole a mi puerta cuando solían suplicarme que me alejara de ella? Existe la posibilidad de que Nicole se las haya jugado para conseguir la dirección, tal vez diciéndoles que habíamos planeado vernos. Que se dio por entendido y yo accedí. O a lo mejor Nicole les ha dicho que sigue en la cárcel y que quería mandarme una carta.

Sea como fuere cómo me ha encontrado, está aquí ahora.

Está en Nueva York.

Después de haber estado tanto tiempo lejos de Nicole, el hecho de que me provoca una ansiedad tan elevada es mucho más evidente de lo que era antes, cuando la veía todos los días. De alguna forma, tener el pulso acelerado, estar tensa y tener el estómago revuelto se convirtió en la norma. Sin embargo, ya no es normal. No quiero sentirme así. No quiero sudar bajo la ropa preguntándome qué va a pasar. O qué va a decir para atacar mis inseguridades. Los amigos no deberían hacer eso. No está bien, y ahora lo sé.

Mis piernas están hechas de gelatina mientras camino desde el metro.

Las sombras del atardecer empiezan a proyectarse sobre la acera. El bullicio de Nochebuena está latente en todas las manzanas de la ciudad, aunque en mi barrio hay poca gente, ya que quienes viven aquí han viajado a casa para pasar las fiestas. Alguien sale de una cafetería a mi izquierda y la voz de Nat King Cole le acompaña. De las farolas cuelgan campanas grandes y rojas hechas de espuma de poliestireno y espumillón, las cuales se mueven con el viento frío.

«Dios, qué frío tengo».

Tengo frío y me siento vacía.

Echo de menos a Aiden, aunque solo hace media hora que me he separado de él. Estoy bastante segura de que le he hecho daño. O de que lo he alejado. Ambas cosas. Si ese hombre paciente y comprensivo está tan frustrado como para sugerir que le demos más espacio a nuestra relación, lo he fastidiado. Pero no sé cómo mejorarlo. No en este momento. No puedo separar el pasado del resto de mí. Cuelga de mí como un miembro errante. Siempre está ahí. *Ella* siempre está ahí.

Al final de la manzana, doblo la esquina y veo a Nicole, acurrucada contra el lateral del edificio, soplándose aire caliente en las palmas de las manos. Debe de haberse teñido el pelo mal en la cárcel, porque su cabello castaño claro natural está casi naranja y se le ven unos cinco centímetros de raíz. Lo lleva recogido en un moño desordenado. Su chaqueta es fina y tiene la piel pálida. Tiene frío y no tiene adónde ir. Problemas graves. Problemas inmediatos de los que no tenía que preocuparme, y ahí es cuando empieza a asaltarme la culpa. La responsabilidad por ella. De repente, estoy caminando con unos sacos de arena atados a los hombros y los tobillos al contrario que esta mañana, que me he despertado ligera y sin cargar ningún tipo de peso.

Me he despertado con él. Feliz. A salvo. Bajo la luz.

Ahora estoy abandonando esa luz. Estoy en la noche fría y, sinceramente, esto me resulta mucho más familiar que un rascacielos con vistas. Sin embargo, esa familiaridad me eriza el vello de los brazos, hace que tiemble y que me arrebuje más con la chaqueta. Mi móvil emite un pitido, y me lo saco del bolsillo para ver la notificación del banco que dice que ya me han ingresado el dinero.

En otra línea temporal, ahora mismo estoy comprándome el vestido verde. Estoy buscando accesorios y zapatos a juego. Nada demasiado caro, a pesar de que ser escaparatista te proporciona un buen sueldo. Estaba deseando tener cuatro cifras en mi cuenta por primera vez en mi vida. ¿Por qué ahora siento que nada de eso es real ni posible? ¿Por qué tengo la sensación de que mudé esa piel nueva cuando salí de los probadores?

Nicole gira la cabeza bruscamente cuando me acerco. Se impulsa con el edificio para incorporarse y sonríe. Y, por un momento, es la chica con la que compré pulseras de mejores amigas a juego en séptimo curso. La chica que, en las fiestas de pijamas, susurraba a través de la almohada sobre los chicos de segundo que nos gustaban. La nostalgia se extiende por mi pecho, cálida como la miel, y camino hacia sus brazos.

—Hola.

Me abraza, riéndose, y me da una palmada en la espalda. Una vez, dos, antes de darme un apretón.

—Hola. Estaba empezando a pensar que ibas a dejar que me muriera congelada.

—Lo siento. Vamos, entra en calor dentro —murmuro, y la miel caliente está empezando a diluirse ya. A aguarse. Nunca he sentido que este apartamento fuera un hogar hasta este momento, en el que hallo una oleada de protección. Este es el sitio en el que aterricé. En el que elegí empezar de cero. No quiero dejar eso de lado. No quiero alterar el delicado equilibrio entre trabajo, vida y relaciones personales que he creado. Todo ello sigue siendo muy frágil.

Suelto a Nicole y entramos en el edificio. A medida que me sigue por el pasillo, nuestras botas pesan sobre el linóleo agrietado. Abro la puerta de mi apartamento y se la sujeto para que pase mientras intento que no se me note en la cara lo expuesta que me siento.

—Joder. Es bastante decente. —Se quita la chaqueta, hace una bola con ella y la sostiene en vez de dejarla en algún sitio. La compasión me abruma. Lo entiendo. Yo acabo de empezar a dejar mis cosas en varios puntos del apartamento esta semana en vez de acorralarlas en un rincón. Una noche, en el apartamento de Aiden, mencionó que estaba colocando todas mis pertenencias junto a la puerta de entrada, debajo de una consola. En ese mismo instante, agarró mi bandolera y la puso en mitad de la mesa del comedor. Luego, metió mis zapatos en su habitación y los colocó a los pies de la cama.

El anhelo me recorre el pecho acompañado de púas, lo que me dificulta respirar.

—Sí, este sitio ha sido un regalo del cielo. No sé lo que habría hecho sin él.

Me observa mientras me quito la chaqueta y alza los ojos cuando ve el llavero de oro de diseño que me rodea el cuello. Por lo general, lo mantengo debajo de la ropa, pero me he vestido con prisas. Lo último en lo que pensé era en ser discreta en cuanto a mi relación con Aiden.

—Ya, no sé, Stella. —Se ríe y estira el brazo para tocar el collar—. Incluso si no tuvieras este apartamento, habrías encontrado algo, ¿verdad? Siempre has tenido esa suerte. —Retira la mano y se la mete debajo de la axila—. Tienes mucha más suerte que yo, eso seguro.

Noto como si me hundieran una barra de hierro en el estómago. No recuerdo cuándo empezó esto. Cuándo pasamos de ser niñas a adultas que sopesaban sus ventajas. Solo sé que salí ganando y que me pasé años y años intentando igualar la balanza para que no perdiéramos la amistad. Para que ella no se sintiera insuficiente. Para que no se notaran las diferencias entre lo que tenemos y lo que no tenemos y pudiéramos volver a ese lugar inocente en el que empezamos. En el que lo único que importaba era una pulsera de la amistad de cinco dólares y un sofá en el que ver los capítulos repetidos de *America's Next Top Model*. En algún momento empecé a darme cuenta de que eso no era posible, pero para entonces ya no podía parar de sacrificar lo que quería para mantenernos unidas.

Y ahora, debido a todas esas ventajas que intenté eliminar o ignorar, me siento culpable por todas las cosas con las que me topo. El trabajo en Vivant, este apartamento. Incluso Aiden.

—Sí, tengo suerte —contesto con la voz ronca—. Tienes razón.

Que admita eso en voz alta le toma por sorpresa, pero no tarda en ocultarlo.

—¿Qué has estado haciendo? —Camina hasta la ventana y mira a la calle—. ¿Dónde estás trabajando? Debes de ganar mucho dinero si te compras collares de oro.

Empiezo a hablarle de Vivant, pero dudo. Cierro la boca completamente. Si pensaba que me mostraba protectora con respecto al apartamento, no tiene ni punto de comparación con cómo quiero proteger mis queridos escaparates de la Quinta Avenida. A Jordyn, a Seamus y al personal. A Aiden. Dios, ahora mismo haría cualquier cosa con tal de tener el rostro contra su cuello. Cualquier cosa.

—¿No vas a decírmelo? ¿Tu lugar de trabajo es información de alto secreto? —Nicole se ríe y se muestra más ofendida por mi silencio. La información que estoy reteniendo—. Entonces, debe de ser una jodida pasada, Stella. Debes de ser *súper* importante.

Los años desaparecen y vuelvo a tener diecinueve. Ahora tengo algo que me importa mucho: mi nuevo comienzo. Por aquel entonces eran mis cursos *online* secretos. Mis padres. Nicole ni siquiera sabe todavía dónde trabajo o qué hago y ya lo ha reducido a algo trivial. Hace mucho tiempo, me habría reído. Habría aceptado que algo que me encantaba era insignificante para que no se sintiera mal por no haber encontrado todavía su pasión. O peor aún, por no tener los medios para perseguirla. No obstante, ahora mismo lo único que consigo hacer es quedarme paralizada. Las palabras no salen. Mi corazón no se lo permite.

—Ni siquiera quieres que esté aquí, ¿verdad? Es obvio. —Está dándole vueltas y más vueltas a la chaqueta en las manos, el único indicio de que su personalidad fuerte no es tan dura como hace ver—. No quieres que esté aquí interrumpiendo tu vida perfecta. No soy más que una interrupción para todo el mundo. Pensaba que tú eras diferente, pero supongo que estaba equivocada. Supongo que esta amistad no es lo que…

—Para.

Traga saliva y se balancea un poco sobre los talones. Ese brillo que hay en sus ojos es vulnerabilidad. Antes era demasiado joven como para reconocerlo, pero ahora soy mayor. Y veo lo que me llevó a proteger a Nicole y sus sentimientos. Ahora siento el mismo impulso, pero… no va a funcionar la misma solución. Ni para mí ni para ella.

—¿Qué? —pregunta con la barbilla firme.

Sí, ¿qué? Estoy en una encrucijada. He estado en medio de ella sin estar segura de qué camino se supone que tengo que seguir. Tiraban de mí en dos direcciones. Pasado y presente. Insegura de si estaba fingiendo ser esta persona nueva. Una mujer con una profesión, un novio y un sueldo. No obstante, ahora, mientras miro a mi mejor amiga a través de una lente completamente nueva, veo que *he* crecido. Soy diferente. En mi vida hay cosas que tienen valor y que no tienen nada que ver con tener ventajas. Me las he ganado siendo yo misma. He hecho amigos. Me he enamorado de un hombre.

Vaya.

Sí, quiero a Aiden. Con un amor muy profundo.

Puedo mantenerlo a mi lado. Puedo permitirme aceptar las cosas buenas nuevas que hay en mi vida. Lo haré.

Aunque ¿puedo hacer eso sin abandonar a Nicole? Nuestra amistad me moldeó. Para mí era importante antes de que se volviera tóxica. Es una persona a la que no puedo evitar querer también, sin importar lo que haya pasado entre nosotras. O la destrucción que ha causado nuestra relación. Siempre va a ser una parte de mí, me guste o no.

—Nicole... —Me meto el flequillo detrás de las orejas y la miro a los ojos. Las palabras de la doctora Skinner vuelven a mí a través de la distancia y, por una vez, no necesito decirlas de memoria. Salen de forma natural—. Eres mi mejor amiga. Pero si vas a estar en mi vida, necesito que entiendas que va a estar separada de la tuya. Necesito que entiendas que somos dos personas diferentes con decisiones distintas. —El calor se me agolpa detrás de los ojos—. Hoy he recibido mi primer sueldo. Y estoy orgullosa de ello. Estoy orgullosa de mí misma por empezar de cero, a pesar de que ha dado miedo y de que me he sentido extraña en mi propia piel. Sí, he tenido ayuda. He tenido *mucha* ayuda, y tú te mereces lo mismo. Siempre te lo has merecido. —Aparta la mirada con brusquedad y le tiembla el labio inferior, y yo tomo una bocanada de aire entrecortada para obligarme a soltar el resto—. Puedes quedarte aquí mientras te buscamos algo. Mientras te conseguimos un trabajo. *No* voy a abandonarte. Pero tampoco voy a abandonarme a mí misma por ti. Deja de sentirte mal contigo misma y de echármelo en cara, Nicole. No pienso seguir aguantando esa mierda, ¿lo entiendes?

Pasan unos segundos que parecen horas.

Están celebrando una fiesta de Nochebuena al final del pasillo, y las risas lejanas y el olor a pavo quemado se cuelan entre nosotras, interrumpiendo el silencio. Contengo la respiración, y la adrenalina se dispara en mis venas como pequeñas balas y me marea. No puedo creerme que haya dicho eso. No me lo creo, pero no voy a retractarme, porque cada palabra iba en serio. Por fin estoy siendo sincera con ella. Conmigo misma.

—Sí —responde, y suelta un suspiro con todo el semblante suavizado. Incluso relajado—. Lo entiendo.

—Gracias —contesto con la voz firme. No sé de dónde sale toda esta valentía. Igual es todo lo que he conseguido últimamente. Igual es una confianza en mí misma recién descubierta. O igual estoy enamorada de un optimista y se me ha pegado. No lo sé, pero acorto la distancia que nos separa a Nicole y a mí y la agarro de los hombros—. Eres fuerte. Puedes hacerlo. Puedes ser alguien de quien te sientas orgullosa. Mañana puede ser un gran día.

Suelta una risa llorosa.

—Joder. ¿Cuándo te has vuelto tan cursi?

Respondo con una risa real, auténtica, que sale con facilidad. Mucha facilidad.

—Ser cursi está infravalorado.

Retrocedemos y nos secamos los ojos. Con esta ligereza en el pecho, podría salir flotando. He estado caminando con una pila de ladrillos atrapados en mi cuerpo. Ahora han desaparecido, y solo hay una persona con la que quiero compartir esta ingravidez. Él ya me había quitado algunos de esos ladrillos, pero tenía que desprenderme del resto yo sola. Antes no era capaz de entregarme por completo a mi relación con Aiden, pero ahora sí. Y no hay *nada* que desee más. Mi sitio está junto a él y su sitio está junto a mí. Ya no hay ni una sola duda en mi cabeza.

«Por favor, por favor, que mis miedos no lo hayan arruinado todo».

—Tengo que irme a un sitio —murmuro.

El impulso que tiene al instante es quejarse, pero da marcha atrás. Asiente con la cabeza.

—Claro.

Me giro, agarro la chaqueta y me la vuelvo a poner.

—Hay comida en la nevera. —Espero a que haga contacto visual—. Puedes dejar la chaqueta donde quieras.

Un nudo le sube por la garganta.

—Gracias, Stella.

—Tendrás noticias mías mañana.

Le sonrío mientras me dirijo a la puerta y después corro. Hay algo que tengo que hacer antes de ir a la fiesta de Navidad de Vivant. Pero ya no es comprar el vestido verde y los accesorios apropiados. No, es algo totalmente distinto.

Aiden

Estoy de pie en medio de trescientas personas, y el estruendo de las conversaciones suena por encima de las cuerdas de la banda, la cual está interpretando un clásico de Sinatra. El salón de baile del hotel High Line está decorado de gala, con una iluminación blanca y azul formada por lámparas esmeriladas cuyas velas parpadean sobre decenas de mesas adornadas con todo lujo de detalles, hasta la ramita de acebo en cada servilletero. Hay risas y champán, e incluso el miembro más estirado del equipo directivo se está soltando en la pista de baile, junto a mi tía Edna.

Lo estoy viendo todo a través de un periscopio, con la cabeza y el corazón a un millón de kilómetros de aquí.

O dondequiera que esté Stella en este momento. El hecho de que no tenga ni idea de dónde puede estar es como si me apuñalaran constantemente en el estómago.

Llevar este esmoquin está mal. La salsa de melocotón y pimientos habaneros de Leland que me he tragado antes, más por tradición que por hambre, me revuelve la barriga. ¿Cómo es que todo el mundo está siguiendo con su vida con normalidad cuando la chica a la que quiero se ha ido a buscar a la amiga que la ayudó a ir a la cárcel?

Lo único (y quiero decir lo *único*) que me mantiene aquí, arraigado a este lugar donde es fácil alcanzar el burbon, es mi fe absoluta en ella. Sea lo que fuere a lo que se esté enfrentando ahora y con quién, va a hacer lo correcto. Va a hacer lo *seguro*. E incluso si no viene a la fiesta, que a estas alturas está a más de la mitad, tengo que creer que va a seguir trabajando en Vivant. No se va a alejar de mí por completo, ¿verdad? Por mucho que lo haya fastidiado, tendré la oportunidad de recuperarla.

Tengo que creerlo.

Lo *creo*, porque creo en Stella. Lo que hay entre nosotros no puede desvanecerse y dejar de existir como una de las esculturas de hielo que hay en la mesa del bufé.

Dios, me duele el pecho. Necesito sentarme. O sobornar a alguien para que me deje inconsciente. Igual esa es la mejor opción. Podría dejar de reproducir cómo se le llenaron los ojos de lágrimas a Stella cuando le pregunté si quería espacio.

«Eres un imbécil de los grandes».

Mi tía Edna se materializa delante de mí con un sombrero de Santa Claus que no llevaba cuando llegó.

—Cuanto más observes la tetera, más tardará en hervir el agua, Aiden. Deja de mirar a la puerta.

Mi sonrisa desaparece en cuanto intento esbozarla.

—¿Quieres algo más de beber?

Me da un manotazo en el hombro.

—¿Qué clase de pregunta es esa? Pues claro que quiero.

Agarro su copa vacía, la coloco encima de la barra y le hago una señal al hombre encargado de rellenar las bebidas. Cuando ve a Edna, no hace falta ni que le diga qué quiere beber. Lleva haciéndole martinis extra secos desde las seis.

—¿Te lo estás pasando bien?

—No. Ni se te ocurra hablar de nimiedades conmigo. —Me da un empujón en el costado—. Parece que estás en mitad de una limpieza de colon.

—¿Comparado con esto? Lo preferiría.

La tía Edna resopla.

—Está claro que nunca te han hecho una.

—No. —Suspiro y me quedo mirando las profundidades de mi burbon, donde los cubitos de hielo están adoptando la forma del perfil de Stella—. Igual pido cita para hacerme una. Parece un castigo suficiente.

—¿Por qué? —pregunta con indignación—. No eres de los que la lían tanto como para que te metan un tubo por el...

—Hola —dice Jordyn con suavidad mientras aparece junto a Edna, con la mano entrelazada con la de Seamus. Este lleva una lata de cerveza en la otra mano y me saluda con ella. Le asiento con la cabeza, lo que hace que el martilleo aumente—. Eres el alma de la fiesta, tía Edna —continua Jordyn con una sonrisa—. Me encanta una mujer que sabe cómo liderar una conga.

Edna le da un sorbo a su martini recién hecho.

—¿Qué puedo decir? Es vocación.

Con una carcajada, Jordyn me mira. Creo. Vuelvo a estar observando la puerta.

—¿Por qué no te vienes a la pista e intentas bailar, Aiden? —sugiere, tirándome del codo—. Madre mía. Es Nochebuena, no el día de la declaración de impuestos.

Para mi sorpresa, otro empleado aparece tras ella.

—Sí, venga, señor Cook —dice, y no tardan en unírsele otros dos empleados borrachos—. Suéltese la pajarita. Estamos a punto de enseñarle a su tía los pasos del Renegade.

—¿Los pasos del qué?

Jordyn sigue empujándome hacia la pista de baile y, con tantas personas de su parte, no me queda más remedio que ceder. Alguien se lleva mi chaqueta, la música cambia, pasa de Sinatra a una canción de hiphop y todo el mundo grita. Con un nudo enorme en la garganta, no me queda más remedio que quedarme en mitad de la pista de baile y asentir con la cabeza mientras alguien de contabilidad intenta enseñarme movimientos de baile que parecen fáciles en la teoría, pero que en realidad son muy complejos cuando intento ejecutarlos. Puede que porque, ahora mismo, cada brazo me pesa quinientos kilos.

Con lo poco que me está funcionando el cerebro, me doy cuenta de que los empleados me están sonriendo. Les caigo bien, se están dirigiendo a mí por mi nombre. Siempre me he llevado bien con los empleados más cercanos a mi despacho, pero ahora mi red se extiende más allá de eso. Hasta el niño prodigio del departamento de electrónica. Hasta el encargado de compras de la sección de moda infantil. Hace unas semanas no tenía esas conexiones. Antes de Stella. Ella ha abierto el mundo que me rodea, y necesito que vuelva a estar en él.

No sé qué es lo que provoca que deje de intentar el Renegade y que alce la mirada.

Quizás es por cómo se me acelera el corazón. Ese detector de metales interno que pita cuando Stella está cerca. La X marca el lugar. Pero alzo la mirada y ahí está, al límite de la pista de baile. Me está sonriendo con lágrimas en los ojos, tan preciosa que tengo que inhalar.

Y lleva una bata.

Una bata con rayas rojas y negras que le llega hasta los pies.

Sobre el brazo tiene otra a juego.

Antes de registrar el movimiento que hacen mis pies, estoy abriéndome paso entre las personas que hay en la pista de baile mientras que el amor y el alivio me cortan como una sierra circular. «Está bien. Está bien. Está aquí y está bien. Menos mal». Mi cerebro me dice que me detenga cuando estoy cerca y que le pregunte cómo está, dónde ha estado, si está triste o feliz o ambas. Sin embargo, sigo andando y me choco contra ella con un abrazo de oso lo suficientemente grande como para hacerle reír, y es el mejor sonido que he escuchado en toda mi vida.

—No quiero espacio —gruño sin preámbulos.

—Yo tampoco —susurra de manera irregular—. Ni lo quiero ni lo necesito.

Me atraviesa otra oleada de alivio.

—Menos mal —contesto con la voz ronca contra su cuello. Su cuello dulce y perfecto—. ¿Esa bata es para mí?

—Pues claro. —Me deja que la eleve del suelo y la abrace con más fuerza, como si me quedara otra opción cuando acaba de aparecer con batas a juego—. Antes no tenía libertad para llevar una contigo. Todavía no. Tenía que solucionar algo antes, ¿vale? Pero ahora estoy aquí. —Sus brazos me rodean el cuello con más seguridad—. Estoy aquí al cien por cien y te quiero.

Que Dios me asista, el corazón empieza a golpearme hacia arriba, hacia abajo y hacia los lados con tanta fuerza que casi pierdo el equilibrio. No me esperaba esa declaración. Por otro lado, es el mejor regalo que me han dado. El único que necesito.

—Yo también te quiero, Stella. —Le beso la frente, las mejillas, la nariz, todo lo que está a mi alcance hasta que vuelve a soltar esa increíble risa—. Eres mi hogar. —Pero eso no es del todo correcto, así que lo arreglo—. *Somos* nuestro hogar.

Me obligo a soltarla para poder quitarle las lágrimas del rostro. Lo hago con los pulgares. Luego, sin apartar la mirada de ella ni un solo segundo, me agacho y recojo la bata, la cual se ha caído mientras la abrazaba hasta casi dejarla sin respiración. Me la pongo, me la ato y la agarro de la mano. Nos sonreímos el uno al otro mientras caminamos para presentarle a mi tía Edna.

Es nuestra primera y mejor Navidad juntos. La primera de muchas durante décadas.

Y, con ella, cada una es mejor que la anterior.

Epílogo
Stella

Un año más tarde

Con los dedos clavados en el borde del asiento del copiloto, me giro para mirar el perfil de Aiden.

—Ya no estoy segura de que sea una buena idea.

Me lanza una mirada, frunce el ceño y detiene el Jeep que hemos alquilado en el arcén, donde apaga el motor. Ahora que los limpiaparabrisas no están quitando la nieve que cae, la imagen de la carretera empieza a verse cubierta de blanco enseguida. Una carretera familiar. La que conduce a la casa de mis padres.

Aiden estira el brazo y me acaricia el pelo con la mano.

—Es normal que estés nerviosa, Stella. Pero todo va a salir bien. —Inclina la cabeza hasta que hacemos contacto visual y esboza una sonrisa torcida—. Los milagros tienen lugar en Navidad, ¿no? Y, en serio, solo necesitamos un cuarto de milagro. Solo vamos a abrir una puerta con tus padres. No tenéis por qué cruzarla en el primer intento.

Tomándole prestada algo de tranquilidad a mi leal novio con el que llevo un año, inhalo una profunda bocanada de aire y asiento. Miro a la carretera con curvas mientras me acuerdo de la última vez que estuve en ella. Mi padre acababa de recogerme de Bedford Hills y el ambiente estaba tenso. Era temporal. Me estaba llevando a casa el tiempo suficiente como para darme la vuelta y enviarme en otra dirección. Lo entendía. Y, como no quería lidiar con su enfado y su decepción, me mantuve callada. Distante. Encerrada en mi habitación hasta que fue la hora de irme.

¿Tanto ha cambiado en un año esa chica solitaria y sin dirección?

Sí.

He cambiado.

La última Nochebuena fue el comienzo de Stella Schmidt, en el que entregó todo su ser al amor y a la vida. Me quedé con Aiden mientras ayudaba a Nicole a encontrar trabajo en una empresa de cáterin. Vivió en el apartamento de mi tío durante unos dos meses, hasta que él rompió con su novia del momento y decidió volver, así que le buscamos un cuarto de alquiler en un apartamento de tres habitaciones situado en Astoria. Lo comparte con otras dos chicas de nuestra edad y se han hecho buenas amigas. Seguimos quedando para cenar una vez al mes y hablamos por teléfono, pero vamos por separado. Ella tiene su vida ahora y yo tengo la mía. Nuestra relación es mucho más sana y fuerte por ese motivo.

En cuanto a donde vivo yo… una vez que me mudé con Aiden para que Nicole pudiera usar el apartamento de mi tío, digamos que no me fui del todo.

Aiden hizo que fuera difícil.

En primer lugar, fue redecorando poco a poco. «Toques de Stella», los llamaba. Mantuvo esas vibras nostálgicas a lo *Mad Men* que tenía el apartamento, pero poco a poco se fue convirtiendo en una casa de soltero y soltera. Reemplazó la mesa de centro por un arcón antiguo y ornamentado. Pintó una pared de un color negro metálico. Trajo a casa el maniquí retro del primer escaparate que diseñé para Vivant y lo colocó en la esquina de nuestra habitación… y ahí fue cuando me di cuenta de que iba a empezar a llamarla «nuestra» habitación. Nuestro apartamento. Me engatusó. Redecoró sin mencionar que estaba haciendo cambios. Pero, un día, miré a mi alrededor y me percaté de lo que había hecho.

—¿En qué estás pensando? —me pregunta ahora, y me pasa el pulgar por el labio inferior.

—Estoy pensando en la casa. —Giro la cabeza y le doy un beso en la muñeca—. En nuestra casa de Nueva York.

Se le suaviza la mirada, se vuelve escrutadora, como hace siempre que se siente romántico. Lo que ocurre con bastante frecuencia.

—¿Qué le pasa, cielo?

Lo miro con los ojos entrecerrados, pero estoy sonriendo.

—Cómo lo *Stellificaste*.

Se le mueven los músculos de la garganta.

—Una vez que te tuve, no pude dejarte ir.

El corazón empieza a latirme más rápido.

—No iba a irme.

Agarramos el cuello del abrigo de invierno del otro al mismo tiempo, tiramos con avidez y nuestras bocas se unen sobre la consola central. En su lengua puedo saborear el chocolate caliente que nos bebimos antes de entrar en Pensilvania, como si necesitara ayuda adicional para ser delicioso. Sus grandes dedos se me clavan en el pelo y me desabrocho el cinturón con dedos temblorosos. No tengo ni idea de lo que pretendo, solo sé que necesito acercarme a él. Siempre más cerca.

—Había un motel a un kilómetro y medio…

—Lo he visto —gruñe. Con la parte superior de mi cuerpo inclinado sobre la consola, nos volvemos a sumergir en el beso. Su mano izquierda abandona mi pelo para jugar con mis pezones y endurecerlos a través de mi jersey, pellizcándolos suavemente y tirando—. *Dios*, Stella… te necesito.

Esta es la cosa. Este año, la temporada navideña en Vivant ha sido espectacularmente ajetreada. Hemos trabajado sin parar desde Acción de Gracias hasta Nochebuena (que fue ayer) y en la recta final hemos tenido muy poco *tiempo en pareja*. Anoche fue la fiesta anual del personal, tras lo que caímos rendidos en el sofá. Esta mañana hemos tenido que levantarnos temprano para ir a Pensilvania a casa de mis padres a almorzar.

Por decirlo suavemente, estamos más cachondos que los conejos.

Estoy considerando seriamente subirme a su regazo en esta carretera pública para conseguir algo de alivio.

Rompo el beso y lo miro con una ceja alzada.

—¿Deberíamos…?

A la vez, le echamos un vistazo al reloj del cuadro de instrumentos. Las once y cuarenta y nueve.

—Les dijimos que llegaríamos al mediodía. —Aiden gime, y deja caer la cabeza contra el asiento del conductor—. Y todavía nos quedan otros diez minutos conduciendo.

Con un sonido quejumbroso del que no me enorgullezco, me dejo caer otra vez en el asiento y vuelvo a ponerme el cinturón.

—¿Motel a la vuelta?

—Puede que tengamos que quedarnos la habitación unos días. —Con valentía, Aiden cuadra los hombros y vuelve a arrancar el coche—. Supongo que deberíamos alegrarnos de que este año la tienda haya batido récords de ventas. Tus escaparates, Stella... —Se le escapa un suspiro al tiempo que se incorpora a la carretera—. Te has superado a ti misma, y pensaba que iba a ser imposible después de los diseños de verano.

En mi mente bailan molinetes de colores pastel y farolillos chinos brillantes, pero cuando veo el desvío que conduce a la calle de mi infancia, la oleada de buenos recuerdos se acaba con brusquedad y se me revuelve el estómago.

—Aiden, no estoy segura de esto.

Se acerca, me toma la mano y se la lleva a la boca.

—Yo sí lo estoy. —Me da un beso en los nudillos y roza mi anillo de compromiso de diamantes con los labios—. Estoy completamente seguro. Te has pasado el último año aprendiendo a estar orgullosa de ti misma, Stella. Ahora les toca a ellos. Podrán ver quién has sido todo este tiempo. La mujer por la que me arrastraría por el Sahara para casarme en marzo. —Me aprieta la mano y, con un tono de voz más suave, añade—: Queremos que estén ahí cuando camines hacia el altar. Empecemos a trabajar ya para conseguirlo, ¿vale?

—Sí —contesto con un suspiro, y miro a Aiden con gratitud—. Va a ser un buen día.

—Va a ser un buen día —repite con una sonrisa torcida.

Me acerco a él para ajustarle la pajarita de *El Grinch*, salgo del coche y las botas crujen sobre la calzada nevada. Me abrocho el abrigo y compruebo que no se me haya escapado de las horquillas ningún mechón del flequillo, el cual me estoy dejando crecer. Aiden me toma de la mano y caminamos juntos hacia la puerta principal.

Antes de que lleguemos al porche, la puerta de entrada se abre y ahí están mis padres, enmarcados en una guirnalda verde artificial, mirando dubitativos cómo nos acercamos.

Mis pasos se ralentizan y siento el impulso de volver corriendo al coche.

Aiden me agarra la mano con fuerza y tira de mí hacia delante.

—Feliz Navidad, Dale y Kendra, es un verdadero honor estar aquí. Teníamos intención de llegar un poco antes, pero hemos parado a tomarnos un chocolate caliente. Nunca es suficiente en esta época del año, ¿verdad? Mi tía Edna solía romper un *pretzel* salado encima de la crema batida. Tal cual. Voy a ser educado y no voy a mencionar el ron especiado que le echaba también. Cuando tenía once años bebí de su taza sin querer y me pasé la Navidad desmayado bajo el árbol con un pijama de fútbol. Si me preguntáis, así es como *debería* pasarse, borracho de ron o no. ¿Cómo va el almuerzo? ¿Necesitáis ayuda?

Miro a mi prometido con incredulidad.

No porque no me esperase que empezara con una historia de la tía Edna.

No, eso es casi un hecho.

Estoy incrédula conmigo misma. Por pensar que no iba a salir bien. En menos de un minuto, Aiden no solo ha roto la tensión, sino que la ha destrozado como si nunca hubiera existido. Los nudos que se me habían formado en el estómago se deshacen solos y... hasta intercambio una sonrisa perpleja con mi madre.

—Hola —susurro en el aire mañanero, frío y navideño—. Sí, siempre es así. ¿A que es increíble? —Le lanzo una mirada de agradecimiento a Aiden, le doy un apretón en la mano y la suelto, tras lo que subo los familiares escalones y me detengo delante de mis padres—. Feliz...

Me rodean con los brazos a la vez.

Emito un sonido ahogado y me quedo estupefacta durante unos segundos antes de devolverles el abrazo, y por mis extremidades se extiende un calor que no sabía que echaba de menos. Por encima de sus hombros veo la casa. En la mesa de la entrada hay una foto del primer escaparate que diseñé para Vivant. El segundo está justo detrás, en ángulo. Siempre el mismo marco.

Reconozco el diseño en bronce martillado del departamento de menaje de Vivant.

Aiden les ha estado enviando fotos de mis escaparates.

—Venga —dice mi madre, que me quita la nieve que se me ha acumulado en el hombro, y mi padre se seca las lágrimas de los ojos con discreción antes de pasar junto a mí para estrecharle la mano a Aiden—. El almuerzo está casi listo.

Mientras me adentro en la casa, miro a Aiden por encima de mi hombro.

La nieve cae a su alrededor, alrededor del hombre que puede tanto ser mi héroe como apartarse y dejarme ser mi propia heroína. Del hombre único con el que estoy deseando casarme en primavera.

Recojo cada ápice de amor que siento hacia él en una sonrisa.

—Te amo con batas a juego.

—Yo también te amo con batas a juego —dice con la voz ronca, cada palabra cargada de emoción. Luego, sube los escalones, me rodea la parte baja de la espalda con el brazo y entra en la casa a mi lado.

FIN

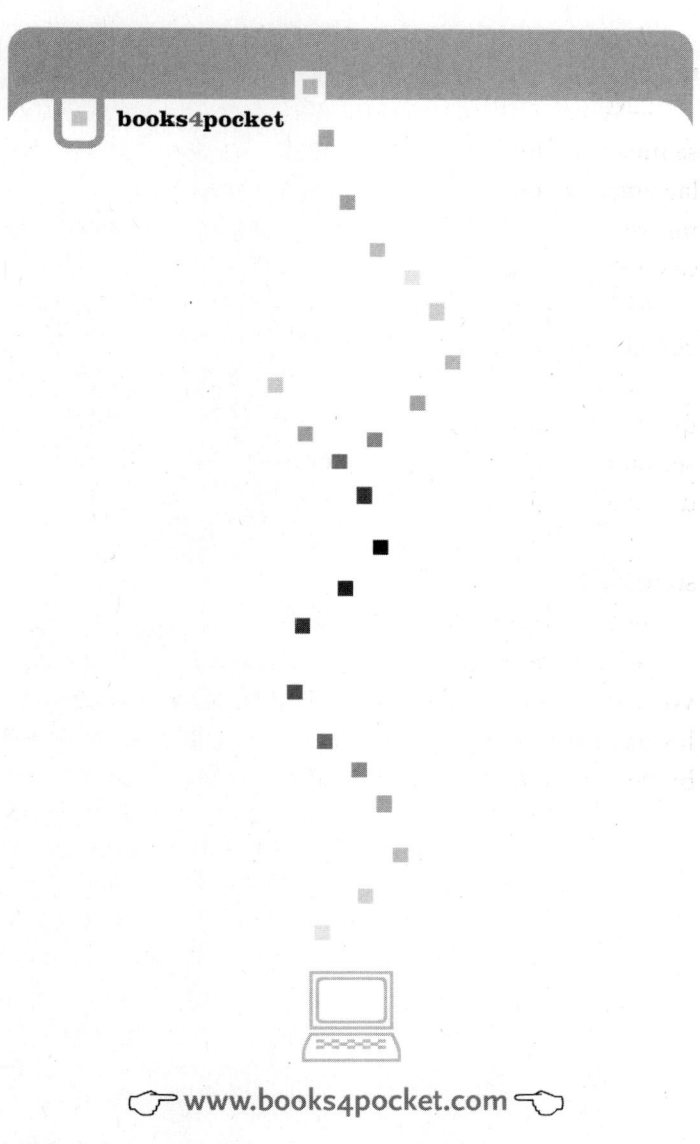

books4pocket

www.books4pocket.com